SPAN
FIC
BOO

#16

MAY 10 2017

LA INCUBACIÓN

Ezekiel Boone

LA INCUBACIÓN

Traducción de
Laura Lecuona

OCEANO

Ésta es una obra de ficción. Los nombres, personajes, lugares e incidentes son producto de la imaginación del autor, o se usan de manera ficticia. Cualquier semejanza con personas (vivas o muertas), acontecimientos o lugares de la realidad es mera coincidencia.

Diseño de portada: David Wu
Imágenes de portada (telarañas): iStock / Marilyn Nieves
Fotografía del autor: © Laurie Willick

LA INCUBACIÓN

Título original: THE HATCHING

© 2016, Ezekiel Boone, Inc.

Traducción: Laura Lecuona

D. R. © 2016, Editorial Océano de México, S.A. de C.V.
Eugenio Sue 55, Col. Polanco Chapultepec
C.P. 11560, Miguel Hidalgo, Ciudad de México
Tel. (55) 9178 5100 • info@oceano.com.mx

Primera edición: 2016

ISBN: 978-607-527-049-4

Todos los derechos reservados. Quedan rigurosamente prohibidas, sin la autorización escrita del editor, bajo las sanciones establecidas en las leyes, la reproducción parcial o total de esta obra por cualquier medio o procedimiento, comprendidos la reprografía y el tratamiento informático, y la distribución de ejemplares de ella mediante alquiler o préstamo público. ¿Necesitas reproducir una parte de esta obra? Solicita el permiso en info@cempro.org.mx

Impreso en México / Printed in Mexico

A Sara y Sandy

Prólogo

A las afueras del Parque Nacional del Manu, Perú

El guía habría querido decirles a los estadunidenses que se callaran. Así no iban a ver ningún animal: sus quejas constantes los estaban ahuyentando. Sólo seguían allí los pájaros, y hasta ellos se veían asustados. Pero no era más que un guía, así que no dijo nada.

Había cinco estadunidenses: tres mujeres y dos hombres. Al guía le interesaba saber cómo estarían emparejados. No era muy probable que el gordo, Henderson, anduviera con las tres mujeres. Por muy rico que fuera, ¿no debería bastarle con dos a la vez?, ¿a lo mejor el alto andaba con una? No, tal vez no. Por lo que podía verse, el alto sólo estaba allí para hacer de guardaespaldas y sirviente de Henderson. No se portaban como amigos. El alto llevaba el agua y los refrigerios del gordo y se obligaba a no mirar a las mujeres. Con toda seguridad era un empleado de Henderson. Igual que el guía.

Suspiró. Cuando llegaran al campamento vería cómo estaban repartidas las mujeres. Mientras tanto, haría el trabajo por el que le pagaban, que era conducirlos por la selva y señalar las cosas que supuestamente debían impresionarlos. Por supuesto, ya habían ido a Machu Picchu, que siempre deja a los turistas con la sensación de haber visto todos los atractivos de Perú, y ahora no había animales que enseñarles. Volteó a ver a Henderson y decidió que era hora de otra pausa. Tenían que parar cada veinte minutos para que el millonario pudiera correr a los arbustos a evacuar el vientre, y ahora al guía le preocupaba que le ocurriera algo por el esfuerzo excesivo.

Henderson no estaba precisamente obeso, pero sí era bastante corpulento y resultaba evidente que le costaba mucho seguir el ritmo de los demás. En cambio, el hombre alto y las tres mujeres estaban en forma. Las mujeres, en especial, tenían un aspecto tan joven y atlético que daba vergüenza: parecían como veinte o treinta años menores que Henderson. Era obvio que éste se estaba acalorando. Tenía el rostro completamente rojo y no dejaba de limpiarse la frente con un pañuelo húmedo. Era mayor que ellas, pero demasiado joven para tener un infarto. De todas formas, no haría daño mantenerlo bien hidratado, pensó el guía. Después de todo, le habían dejado perfectamente claro que si todo iba bien, tal vez sería posible convencer a Henderson de hacer un considerable donativo al parque y a los científicos que allí trabajaban.

El día no estaba más caluroso de lo habitual, pero, aunque el grupo había venido directo desde Machu Picchu, no parecían entender que también allí se encontraban a una gran altura. En realidad, no estaban dentro del Parque Nacional del Manu, y tampoco parecían notarlo. El guía les habría podido explicar que, estrictamente hablando, sólo se les permitía entrar a la zona de la biosfera, porque el parque estaba reservado para investigadores, personal y los machiguengas autóctonos, pero eso sólo los habría decepcionado más.

—¿Hay alguna posibilidad de que veamos un león, Miggie? —preguntó una de las mujeres.

La que estaba junto a ella —que bien podría haber salido de alguna de las revistas que el guía escondía bajo la cama cuando era adolescente, antes de que tuviera acceso a internet— se quitó la mochila de la espalda y la tiró al piso.

—Por Dios, Tina —dijo agitando la cabeza, de modo que su cabello se balanceaba entre la cara y los hombros. Al guía le costó trabajo no mirar la camiseta escotada cuando ella se agachó para sacar una botella de agua—. Estamos en Perú, no en África. Por tu culpa Miggie va a pensar que los norteamericanos somos unos tontos. En Perú no hay leones, aunque sí podríamos ver un jaguar.

El guía se había presentado como Miguel, pero ellos enseguida empezaron a decirle Miggie, como si su nombre hubiera sido sólo una sugerencia. Aunque no pensaba que todos los estadunidenses fueran unos tontos (cuando no llevaba a turistas en expediciones de senderismo ecológico trabajaba en el parque con los científicos, casi todos de universidades de Estados Unidos), empezaba a creer que, a pesar de la presencia de Henderson —que era un genio según lo que todos decían—, este grupo en específico parecía tener más tontos de lo normal. No iban a ver un león y, pese a lo que dijera la mujer, tampoco un jaguar. Miguel trabajaba para la compañía de recorridos turísticos desde hacía casi tres años, y ni siquiera él había visto un jaguar. Aunque tampoco era un verdadero experto. Nacido y criado en Lima, la única razón por la que estaba allí y no en la ciudad de más de ocho millones de habitantes era una joven. Habían ido juntos a la universidad, y cuando ella consiguió un trabajo ideal como asistente de investigación, él se las arregló para entrar al parque como ayudante eventual. Sin embargo, últimamente las cosas no iban tan bien; su novia parecía distraída cuando estaban juntos, y Miguel empezaba a sospechar que se estaba acostando con algún compañero de trabajo.

Vio a los estadunidenses tomar agua y sacar de sus mochilas barritas envueltas en plástico, y luego avanzó unos pasos por el sendero. Miró hacia atrás y observó a Tina, la mujer que quería encontrar un león, sonriéndole de una manera que le hizo imaginar que quizás esa noche, cuando Henderson se metiera a su tienda de campaña, podría estar disponible para él. Ya otras veces había tenido algunas oportunidades con las turistas, aunque las ocasiones se presentaban con menor frecuencia de la que habría esperado, y él siempre las rechazaba. Pero a lo mejor esta noche, si Tina se ofrecía, no se rehusaría. Si su novia lo estaba engañando, lo menos que podía hacer era devolverle el favor. Tina siguió sonriéndole y lo puso nervioso.

Con todo, la selva lo ponía todavía más nervioso. Cuando dejó Lima para ir allí, los primeros meses la odió, pero, por ahora, estaba acostumbrado a su proximidad y al constante zumbido de los insectos, el movimiento, el calor y la vida que parecía estar por todas partes. Todo había terminado por volverse un ruido de fondo, y ya había pasado mucho tiempo desde la última vez que le asustó estar en la selva. Pero ese día era diferente. El ruido de fondo había desaparecido. Era inquietante tanto silencio, fuera del parloteo de los turistas que iban detrás de él. A lo largo del recorrido se habían quejado de la ausencia de animales, y si hubiera sido honesto con ellos (no lo era, pues a un guía no se le paga para eso) les habría dicho que también a él le preocupaba. Lo normal habría sido ver más animales de los que hubieran imaginado: perezosos, carpinchos, corzuelas, monos (por Dios, cómo les gustaban los monos, nunca se cansaban de ellos) e insectos, por supuesto. Por lo general estaban en todas partes, y cuando con nada lograba mantener entretenidos a los turistas, Miguel, que nunca les había temido a las arañas, tomaba una de la punta de una rama y sorprendía con ella a alguna mujer del grupo. Le encantaba ver cómo chillaban cuando les acercaba una araña para que la vieran, y cómo los hombres fingían que no les preocupaba en absoluto.

Atrás de Tina vio a Henderson doblándose y agarrándose la barriga. Podía ser un tipo muy rico (aunque Miguel no lo había reconocido, sí había oído hablar de su compañía: todos los investigadores trabajaban en las pequeñas computadoras plateadas de Henderson Tech), pero no parecía muy especial. Toda la mañana se la había pasado quejándose. De los caminos, de la falta de acceso a internet en el alojamiento, de la comida. Ay, la comida. No paraba de quejarse de la comida, y cuando Miguel lo vio doblándose y haciendo una mueca, parecía que, al menos en eso, quizá tenía algo de razón.

—¿Todo bien, jefe? —el guardaespaldas estaba haciendo caso omiso de las tres mujeres, que seguían discutiendo sobre dónde exactamente viven los leones.

—Tengo un dolor de estómago horrible —dijo Henderson—. La carne de ayer. Tengo que ir a cagar. Otra vez.

Miró a Miguel, y el guía hizo una señal con el pulgar para que Henderson se saliera del sendero.

Miguel lo vio desaparecer entre los árboles y luego miró hacia delante. La compañía de recorridos turísticos le daba al sendero el suficiente mantenimiento para traer y llevar a estos turistas, claro, cuando no había alguien que tuviera que detenerse a cada rato como Henderson. Habían allanado una franja de tierra y luego les habían encargado a los guías que no se salieran de la vereda, para que nadie se perdiera. Como hacía con toda invasión humana, la selva tropical estaba tratando de recuperar el camino, así que la compañía usaba maquinaria para retirar la maleza cada tantas semanas. En general, el sendero facilitaba mucho el trabajo de Miguel. Podía mirar hacia delante y su vista alcanzaba casi cien metros de camino. También, gracias a eso, había una abertura en el follaje que le permitía ver el cielo cuando echaba la cabeza hacia atrás. No había una sola nube, y por un momento Miguel deseó estar en la playa en vez de servirles de guía a estos estadunidenses.

Pasó un pájaro sobre la brecha del follaje. El guía lo observó por un segundo, y estaba por voltear hacia el grupo para ver si Henderson ya había regresado de su escala técnica cuando se dio cuenta de que algo le pasaba al pájaro: aleteaba frenéticamente y se movía de manera irregular; luchaba por mantenerse en el aire. Pero había algo más. El guía habría deseado contar con unos binoculares, pues las alas del pájaro tenían algo raro. Parecía como si se estuvieran tensando, como si hubiera…

El pájaro cayó del cielo. Dejó de luchar y simplemente se desplomó en picada.

Miguel se estremeció. Las mujeres seguían platicando atrás de él, pero fuera de eso no se oía ningún ruido de animales en la selva. Hasta los pájaros permanecían callados. Escuchó con mayor atención, y en eso escuchó algo. Un martilleo rítmico, hojas crujiendo. Estaba a punto de deducir lo que era cuando de repente un hombre apareció por la curva del sendero. Incluso a cien metros de distancia, estaba claro que algo no andaba bien. El hombre vio a Miguel y le gritó, pero éste no entendió lo que le decía. Luego el hombre echó una mirada al camino a sus espaldas, y justo en ese momento se tropezó y cayó pesadamente.

A Miguel le pareció como si un río negro corriera tras él. El hombre apenas había conseguido arrodillarse cuando la masa oscura le pasó por encima cubriéndolo.

Miguel retrocedió unos pasos, pero no quería apartar la vista. El río negro permaneció sobre el hombre, agitándose y levantándose, como si se hubiera topado con un dique. Hubo un movimiento disparejo mientras el hombre seguía oponiendo resistencia. Entonces el río se desbordó. El agua negra se esparció y cubrió el sendero. Desde donde estaba Miguel, parecía como si el hombre sencillamente hubiera desaparecido.

Y luego toda esa negrura empezó a dirigirse a raudales hacia él, cubriendo la vereda y moviéndose rápidamente, casi tan rápido como un atleta de pista. Miguel sabía que debía salir corriendo, pero había algo hipnótico en esas aguas silenciosas. No bramaban como un río. Si acaso, parecían absorber el ruido. Lo único que alcanzaba a oír era un murmullo, como un crujido o un suave golpeteo de lluvia. Había algo bello en el movimiento del río, en su cadencia, en cómo se escindía en ciertos lugares y formaba riachuelos que poco más adelante volvían a juntarse. Cuando estuvo más cerca, Miguel dio otro paso atrás, pero cuando se dio cuenta de que en realidad no era un río ni agua de ninguna clase, ya era demasiado tarde.

ECLOSIÓN

Minneapolis, Minnesota

El agente Mike Rich odiaba llamar a su exesposa. Lo detestaba, sobre todo cuando sabía que su nuevo esposo (odiaba que ahora alguien más fuera *su esposo*) podía contestar el teléfono, pero no había nada que hacer. Se le había hecho tarde y si había algo que molestara a su exesposa más que llegara tarde a recoger a su hija, era que no llamara para avisarle. Demonios, si hubiera fallado menos en esos dos aspectos, quizá Fanny seguiría siendo su esposa, para empezar. Se quedó viendo su teléfono.

—Al mal paso darle prisa, Mike.

También su compañero Leshaun DeMilo era divorciado, pero sin hijos. Leshaun siempre decía que había cortado por lo sano, aunque no le gustaba estar soltero de nuevo. Había estado saliendo con mujeres con rigurosa determinación. Además, Mike consideraba que en los últimos tiempos Leshaun bebía demasiado y, desde el divorcio, más de una vez había llegado al trabajo completamente desaliñado.

—Ya sabes que mientras más esperes, peor va a ser —le dijo Leshaun.

—Vete al carajo, Leshaun —Mike encendió el teléfono y marcó el número de su exesposa. Por supuesto, contestó el esposo.

—Supongo que llamas para avisar que otra vez vas a llegar tarde.

—Adivinaste, Dawson —dijo Mike.

—Prefiero que me digan Rich, ya lo sabes, Mike.

—Sí, sí, perdón. Es que cuando oigo Rich pienso en mí: agente Rich, y todo eso. Es chistoso que tu nombre sea mi apellido. ¿Y si te digo Richard?

—Mientras no me digas maldito Dick, al menos no de frente...

Ésa era otra cosa que Mike odiaba del nuevo esposo de su mujer: Rich Dawson era abogado (razón suficiente), pero también era un tipo bastante agradable. Si Dawson no se hubiera vuelto millonario por salvar de la cárcel a los mismísimos hijos de puta que él se la pasaba arrestando, y si Dawson no estuviera acostándose con su exesposa, Mike podía imaginarse tomando una cerveza con él. Habría sido más fácil si Dawson fuera un cabrón consumado, porque así tendría un pretexto para aborrecerlo, pero Mike debía soportar no tener con quien estar enojado más que con él mismo. Mike no sabía si el hecho de que Dawson fuera fenomenal con Annie era algo bueno, o si eso volvía al nuevo esposo de Fanny todavía peor. A Mike le dolía que Dawson hubiera congeniado tanto con su hija, pero eso a ella le hacía bien. Había estado muy callada durante el año en el que Fanny y él se separaron y ella empezó a salir con Dawson. La niña no estaba triste, o al menos no había admitido estarlo, pero no hablaba mucho. Sin embargo, en el año y medio que había pasado desde que Dawson entró en escena, Annie había vuelto a ser la de siempre.

—Sólo pásame a Fanny, ¿de acuerdo?

—Claro.

Mike se removió en el asiento. Nunca se quejaba de pasarse horas y horas sentado en el coche, el café quemado, el fétido e intenso olor a calcetines y sudor que llenaba el auto cuando tenían que asarse bajo el rayo del sol. Estaban como a treinta grados, un calor anormal para Minneapolis en abril. Recordaba algunos años en que el 23 de abril aún había nieve en las calles. Salvo en lo más duro del verano, estar a treinta grados era mucho calor para Minneapolis. Leshaun y él solían dejar el coche encendido y subir el aire acondicionado (o la calefacción en el invierno), pero la hija de Mike se había convertido en una de esas defensoras del medio ambiente en la escuela, que hizo que tanto Leshaun como él le prometieran no dejar el motor encendido si estaban únicamente ahí sentados. De haber estado solo, Mike probablemente se habría rendido y habría encendido el aire, pero Leshaun no se lo permitía. *Se lo prometiste a tu hija, cabrón, y las promesas se cumplen*, dijo una vez, y luego hasta había llevado unas tazas metálicas de café reutilizables para dejarlas en el coche. Al menos no había obligado a Mike a lavar y reutilizar la botella donde orinaban cuando les tocaba vigilancia, pero no estaban estacionados lo suficientemente cerca de un McDonald's o Starbucks para llegar al baño. En realidad ya no tenían tanta labor de vigilancia, pero Mike extrañaba un poco días como éste, cuando sí les tocaba vigilar. Supuestamente eran gajes del oficio. Tenía algo de romántico eso de estar sentado esperando y esperando y esperando. Pero hoy la espalda lo estaba matando. Llevaban ya nueve horas en el coche. El día anterior lo había pasado en la YMCA con Annie, nadando, aventándola por los aires, persiguiéndola. A las nueve, Annie ya empezaba a pesarle, ¿pero qué iba a hacer? ¿Dejar de jugar luchitas en la alberca?

Arqueó la espalda y se estiró un poco para acomodarse. Leshaun le ofreció un frasco de Advil, pero Mike negó con la cabeza. También el estómago le había estado dando lata: café, donas, hamburguesas grasientas, papas fritas y toda la porquería que hacía que cada vez le resultara más difícil mantenerse en forma, correr sus kilómetros y hacer las dominadas necesarias para pasar sus revisiones médicas, por lo que tragarse un par de pastillas para el dolor de espalda no era tan buena idea. *Carajo*, pensó. Tenía apenas cuarenta y tres años, todavía era demasiado joven para empezar a envejecer.

—¿Qué tan tarde, Mike? —Fanny tomó la llamada haciendo un esfuerzo.

Mike cerró los ojos e hizo una respiración de limpieza. Así la llamaba su terapeuta, *respiración de limpieza*. Cuando abrió los ojos, Leshaun lo miraba fijamente; luego alzó una ceja y le dijo, articulando en voz baja:

—Discúlpate.

—Lo siento, Fanny, de verdad lo siento. Estamos haciendo vigilancia y al relevo se le hizo tarde. Será sólo media hora. Cuarenta y cinco minutos a lo mucho.

—Se suponía que la ibas a llevar al futbol, Mike. Ahora voy a tener que hacerlo yo.

Mike respiró de nuevo.

—No sé qué más decir, Fanny. De verdad, lo siento. Nos vemos en la cancha.

Él quería estar allá. Algo tenía el olor del césped recién cortado y observar a su hijita corriendo tras la pelota. La desvencijada tribuna de madera le recordaba lo que era ser niño, cuando volteaba hacia las gradas en los juegos de beisbol o futbol y veía a su papá allí sentado, atento y con aire de gravedad. Mirar a Annie tonteando con los otros niños, frunciendo el ceño concentrada, mientras trataba de aprender a driblar o alguna otra habilidad, era una de las mejores cosas de su semana. Nunca pensaba en su trabajo, su exesposa ni nada. La cancha de futbol era otro mundo: el ruido de los niños gritando y los silbatos de los entrenadores servían como botón de reinicio. La mayoría de los otros padres platicaban entre ellos, leían libros, trataban de trabajar un poco, hablaban por teléfono, pero Mike sólo veía. Nada más. Veía a Annie correr, patear y reírse durante esa hora de entrenamiento. Para él no había nada más en el mundo.

—Claro que yo puedo llevarla, pero el problema no es ése. El problema es que sigues haciendo lo mismo. Yo puedo dejarte y divorciarme, pero ella tiene que aguantarte, Mike. Por mucho que quiera a Rich, tú eres su padre.

Mike echó un vistazo a Leshaun, pero su compañero se esforzaba en fingir que no estaba oyendo y hacía lo que se suponía que era su deber, que era clavar los ojos en el callejón. No había muchas posibilidades de que el cabrón al que estaban esperando, Two-Two O'Leary, se apareciera por ahí, pero como consumía la misma cantidad de metanfetaminas que las que vendía y había herido a un agente en una redada que salió mal, que uno de ellos pusiera atención no estaba mal.

—Lo único que puedo hacer es seguir pidiendo disculpas.

Volvió a mirar a Leshaun y decidió que le daba lo mismo si lo oía o no. Como si no hubiera hablado con él de su relación con Fanny (o de la relación de Leshaun con su propia exesposa) todavía más de lo que jamás lo había hecho con su terapeuta o, para el caso, con la propia Fanny. A lo mejor si hubiera hablado con Fanny tanto como con Leshaun, las cosas seguirían bien.

—Sabes que lo siento. Lamento lo que ha pasado, no sólo llegar tarde —Mike esperó a que Fanny dijera algo, pero sólo hubo silencio, así que prosiguió—: he hablado de eso con mi terapeuta, y sé que me he tardado en decirlo. Supongo que soy impuntual para todo, pero lo que quiero expresar es que hace mucho que debí decirte que lo siento. No quería que todo se viniera abajo, y aunque en realidad eso no me hace muy feliz, sí estoy feliz de que tú estés feliz. Y, pues sí, parece que Dawson... Rich te hace feliz, y sé que Annie lo quiere. Así que, ya sabes, lo siento. Estoy poniendo todo de mi parte para cambiar y ser mejor persona, pero siempre habrá una parte de mí que es así, así soy. Y también así es mi trabajo.

—Mike —la voz de Fanny sonaba débil, y Mike volvió a removerse en el asiento. No sabía si era su teléfono de porquería cortándose o si ella estaba hablando más quedo—. Mike —repitió—, hay algo de lo que quiero hablar contigo.

—¿De qué? ¿Otra vez te vas a divorciar de mí?

Leshaun se enderezó y se inclinó un poco hacia fuera por la ventanilla abierta. Mike se sentó más derecho. Un auto estaba entrando al callejón, un Honda, que no era el coche que Two-Two habría escogido, pero era toda la acción que habían visto en un buen rato. El coche se detuvo con la cajuela golpeando sobre la banqueta, y un adolescente negro, como de quince o dieciséis años, se bajó por la puerta del copiloto. Mike se relajó y Leshaun se recargó en el respaldo. Two-Two vendía armas y metanfetaminas, pero también era un cabecilla de la Nación Aria. Era poco probable que saliera a pasear con un muchacho negro.

—Quiero cambiarle el nombre a Annie —dijo Fanny.
—¿Qué?
—Quiero que lleve el mismo apellido que yo, Mike.
—Espera un momento —Mike se puso el teléfono en el muslo y se frotó la cara con la otra mano. Lástima que ya no fumaba, aunque de cualquier forma Leshaun no lo dejaría encender un cigarro en el coche. El coche. El maldito coche se sentía caliente y encerradísimo. Estaba sudando con el chaleco antibalas sobre la camiseta. ¿No podían encender el motor sólo unos minutos para que entrara un poco de aire acondicionado, carajo? Tenía que bajarse un momento, pararse para recibir el aire fresco. Abrió la puerta. Necesitaba una sacudida de viento frío como las de los anuncios de chicles, pero afuera no estaba más fresco.
—¿Mike? —Leshaun lo estaba viendo—, ¿qué haces?
—Nada, cabrón. No me voy a ir a ningún lado. Sólo me voy a parar aquí afuera, ¿okey? Sólo quiero hablar por teléfono afuera del coche unos minutos. ¿Está bien?, ¿sí?, ¿no te importa?

Se dio cuenta de que estaba hablando fuerte y golpeado, y sabía que cuando terminara de hablar con Fanny iba a tener que disculparse con él. Leshaun era buen compañero y buen amigo y entendería, pero de todas formas Mike se sintió un cabrón. Peor que eso. Leshaun asintió con la cabeza y Mike se bajó. Azotó la puerta, pero con las ventanillas abiertas daba lo mismo.

Volvió a levantar el teléfono.

—¿De qué estás hablando, Fanny?

—Vamos, Mike, ¿no lo veías venir?

—No, Fanny, no lo vi venir.

—Ay, Mike. Nunca ves venir nada.

Oyó el roce del teléfono contra la mejilla de Fanny y luego a ella susurrándole algo a Dawson. Presionó el teléfono contra su oreja.

—No vas a cambiar el nombre de Annie. Es mi hija, y va a ser Annie Rich, no Annie Dawson, con un carajo.

—Mike —dijo ella—, Annie también es mi hija. Es raro que no se apellide igual que yo.

—No tenías que cambiarte el apellido a Dawson —dijo Mike, y ya en el momento en que lo decía se dio cuenta de que era una torpeza, pero no pudo evitarlo.

Fanny suspiró.

—Podemos hablar de esto después, pero de todas formas lo voy a hacer. Lo siento, Mike, de verdad, pero las cosas han cambiado.

—También yo estoy tratando de cambiar —respondió Mike.

—Eso lo agradezco, de veras —dijo ella, y ninguno volvió a decir nada por algunos segundos. Mike oía la respiración de Fanny. Finalmente ella dijo—: ¿quieres hablar con Annie?

—Sí, por favor.

Se sentía derrotado. Se recargó en el coche viendo hacia el callejón. Se giró hacia el costado del coche, alzó el hombro y jaló su camiseta abajo del chaleco. Estaba empapada de sudor, pero más valía estar incómodo que muerto. El agente al que Two-Two le había disparado en Eau Clair probablemente habría muerto si no hubiera llevado una coraza: le entró una bala derechito en el bíceps. Igual eran ciento cincuenta kilómetros de Eau Claire a Minnesota y, demonios, nadie pensó que Two-Two, aunque tuviera un subidón de metanfetamina nazi, regresaría a su bar tras la catástrofe de Wisconsin. Ajustó la correa para aflojar el chaleco. Normalmente llevaba una camisa encima de él, pero como iban a estar sentados en el coche todo el día, pensó que no tenía mucho caso tratar de esconderlo. Como si, además de todo, no llevara colgada la placa en una cadena. Le encantaba usarla, le encantaba cómo la gente lo veía con otros ojos cuando se presentaba como agente especial, pero mientras pasaba los dedos por la cadena pensó que debería quitársela más seguido.

—Hola, papi.

—Hola, hermosura. Voy a tener que alcanzarte en la cancha, ¿de acuerdo?

—De acuerdo.

—¿Cómo te fue en la escuela?

—Bien.

—¿Pasó algo emocionante?

—No gran cosa.

Así era hablar por teléfono con ella. Cuando estaban juntos no conseguía que Annie se callara, pero algo tenía la invisibilidad de hablar por teléfono que era muy raro que dijera más de dos palabras cada vez. Como si ella creyera que había algún tipo de magia negra de por medio y, si le daba demasiada información, el teléfono le podía robar el alma. Esa idea lo hizo sonreír. Sonaba a libro de Stephen King.

Iba a preguntarle qué había llevado de almuerzo cuando vio el vehículo. Era una pick up Ford roja con grandes llantas, ventanillas polarizadas, y estaba dando vuelta en el callejón.

—Hermosura, tengo que colgar.

—Okey. Te quiero, papi.

—Yo también te quiero, nena —sintió un nudo en el estómago. Con la mano libre volvió a toquetear la placa que traía colgada del cuello—. Te quiero muchisísimo. Que no se te olvide. Pase lo que pase, que no se te olvide.

La pick up se detuvo. Mike guardó el teléfono en su bolsillo. Sintió cómo se movía el coche cuando Leshaun abrió la puerta y se deslizó hacia fuera. Pasó la mano de su placa a la cadera, hasta que pudo tomar la empuñadura de la pistola. El metal se sentía frío. Volteó un momento por atrás del hombro para ver a Leshaun. Su compañero estaba empezando a enderezarse, y Mike miró hacia la pick up roja. Se dio cuenta demasiado tarde de que Two-Two ya lo había visto parado afuera del coche, además del chaleco antibalas y la placa colgándole del cuello. No debió hablar por teléfono afuera del coche. No debió ver a Leshaun. Debió estar dentro del coche con su compañero, poniendo atención. Muchas cosas debieron ser distintas.

El pasajero de Two-Two, un maleante de camiseta con la cabeza rapada que parecía de veinte años a lo mucho, salió disparando una pistola. Mike ni siquiera estaba seguro de haber oído el estallido, pero sí escuchó una bala golpeando la puerta del coche, el ruido del vidrio del parabrisas haciéndose añicos. Oyó un resoplido, y enseguida el cuerpo de Leshaun cayendo al suelo pesadamente. Todo esto antes de que Two-Two saliera de la pick up.

Mike se quedó en blanco y vio al copiloto de la pick up extraer el cargador vacío, rebuscar en el bolsillo de sus pantalones guangos y sacar otro cargador. Mientras tanto, se abrió la puerta del piloto y Mike vio que Two-Two también llevaba pistola. Dos hombres, dos pistolas, Leshaun herido, aunque Mike no sabía qué tan gravemente, y él ni siquiera había sacado su pistola todavía. Sabía que debía hacer algo, pero sólo se quedó allí parado como si no supiera qué. No sabía qué hacer, no sabía qué hacer...

Y en eso, lo supo.

Primero le dio al joven copiloto. Tres tiros se le apiñaron en el pecho. Two-Two y su compinche no llevaban chalecos. Había oído a algunos de los agentes, obsesionados con las armas, quejarse de la Glock 22 que les daban con el equipo, pero a juzgar por la manera en que el muchacho cayó como bolsa con piezas de pollo, los cartuchos .40 no estaban funcionando nada mal. Nunca antes le había disparado a nadie: sólo una vez en cumplimiento de su deber, y había sido una bala, cuando llevaba apenas un año trabajando, y había fallado el tiro. Y le sorprendió lo fácil y normal que fue. Las tres balas salieron, y mientras el muchacho caía abatido, Mike giró para apuntarle a Two-Two.

Sólo que Two-Two tuvo la misma idea y ya le estaba apuntando también.

Mike no sabía quién había disparado antes, o si habían disparado al mismo tiempo, porque el empujón de la pistola en su mano coincidió con un tirón en la manga de su camiseta. De lo que no había duda era de quién tenía mejor puntería. La cabeza de Two-Two se sacudió en medio de una neblina de sangre. Cuando Mike se vio el brazo notó el agujero en la manga, pero no había nada en la carne.

El copiloto no se movía, y tampoco Two-Two. Mike enfundó la pistola y se precipitó al otro lado del coche para ver cómo estaba Leshaun. Tenía dos agujeros en la camisa: uno en el brazo, que era una masa sanguinolenta, y otro en el pecho, limpio y despejado: el chaleco había hecho su trabajo. Leshaun tenía los ojos abiertos, y Mike nunca se había alegrado tanto de ver a ese negro hijo de puta mirándolo fijamente, pero cuando llamó para pedir auxilio cayó en la cuenta de que también iba a tener que llamar otra vez a su exesposa.

Ahora iba a llegar tardísimo.

Centro Nacional de Información de Ingeniería Sísmica, Kanpur, India

No importaba lo que hiciera, de todas formas surgían cifras muy extrañas. La doctora Basu había reiniciado dos veces su computadora, y hasta había llamado a Nadal a Nueva Delhi y le había pedido que revisara manualmente el sensor del sótano de su edificio; con todo, seguían apareciendo los mismos resultados: algo estaba sacudiendo a Nueva Delhi con una desconcertante regularidad. Fuera lo que fuera, no era un terremoto, pensó. Al menos no se comportaba como tal.

—Faiz, ¿me haces favor de revisar esto? —pidió.

Faiz no solía responder muy rápido que digamos. El mes anterior había ido a una conferencia a Alemania y al parecer había pasado la mayor parte de sus días en Düsseldorf metido en la habitación de hotel de una sismóloga italiana. Desde que su colega había regresado, toda su atención se había centrado en intercambiar fotos lascivas por correo electrónico con su nueva novia y en tratar de conseguir empleo en Italia.

La doctora Basu suspiró. No estaba acostumbrada a ese comportamiento en Faiz. Era divertido y encantador, pero también descuidado, con frecuencia inoportuno y en muchos sentidos, una mala persona. Le había mostrado algunas de las fotos que le envió la italiana, fotos que de ninguna manera eran para enseñarlas. Con todo, era bueno en lo que hacía.

—Faiz —volvió a decir—, algo está pasando.

Faiz aporreó el teclado con ademán elegante y luego, impulsándose con los talones, puso su silla a girar a lo largo del piso de concreto.

—Sí, jefa —sabía que ella no soportaba que le dijera así. Vio el monitor y pasó los dedos por él, a pesar de saber que tampoco soportaba eso—. Sí. Se ve raro. Demasiada regularidad. ¿Y si reinicias la computadora?

—Ya lo hice. Dos veces.

—Llama a Nueva Delhi y pídele a alguien que revise los sensores. Quizá también haya que reiniciarlos.

—Ya lo hice —dijo Basu—. Los datos son precisos, pero no tienen ningún sentido.

Faiz tomó un caramelo del tazón de dulces que estaba junto a la computadora de Basu. Empezó a quitar la envoltura de celofán.

—Dice Ines que a lo mejor puede venir a visitarme la última semana de mayo. Voy a tener que tomármela de vacaciones, jefa, ¿está bien?

—Faiz, concéntrate —le dijo.

—Es difícil concentrarse pensando en que Ines podría venir a verme el mes que entra. No vamos a salir de mi departamento. Es italiana, o sea que es particularmente sexy, ¿sabes?

—Sí, Faiz, lo sé. ¿Y cómo lo sé? Porque te la pasas diciéndolo. ¿Nunca has pensado que prefiero pasar el tiempo concentrada en los datos y no en la manera en la que a tu nueva novia le gusta...?

—Nunca ha venido a la India —interrumpió Faiz—, pero de todas formas no vamos a hacer nada muy turístico. Una semana en la recámara, ¿sabes lo que eso significa?

—Es imposible no saberlo, Faiz. Eres un hombre que nunca ha conocido la sutileza, y si yo no fuera una persona tan maravillosa y comprensiva, haría que te despidieran y hasta te encarcelaran. Ahora, por favor, concéntrate —le respondió tajante.

Él volvió a ver los números.

—Bajo y fuerte, pero sea lo que sea, un terremoto no es. Hay demasiada regularidad.

—Ya sé que no es un terremoto —dijo Basu. Estaba tratando de no perder los estribos. Tenía que ser algo que no estaba viendo, lo sabía, y si bien Faiz podía estar comportándose como un estúpido perdidamente enamorado, en realidad era un extraordinario científico—. Pero en vez de concentrarnos en lo que no es, pensemos en lo que sí puede ser.

—Sea lo que sea, está aumentando —dijo Faiz.

—¿Qué?

La doctora Basu miró el monitor, pero no notó nada que sobresaliera. Todos los retumbos eran de baja intensidad. Nada que de verdad pudiera preocuparle si hubiera sido algo ordinario. Era la regularidad, la uniformidad, lo que le daba la sensación de que aquello no estaba bien.

—Aquí —dijo Faiz tocando la pantalla y dejando una mancha—, aquí y aquí. Mira, tiene ritmo, pero cada diez retumbos hay uno un poquito más grande.

La doctora Basu se desplazó adonde empezaba la trama regular y se puso a contar. Frunció el ceño, anotó unos números y mordió el extremo de la pluma. Había adquirido ese hábito en el posgrado; a pesar de haber roto más de una pluma, todavía no conseguía dejarlo.

—Se vuelven más grandes —dijo ella.

—No, sólo en el décimo retumbo se agrandan.

—No, Faiz, mira —le pasó el bloc y luego señaló la pantalla de la computadora—. ¿Ves?

—No —dijo Faiz negando con la cabeza.

—Por eso yo soy la responsable y a ti te toca traer el café —dijo.

La risa de Faiz la tranquilizó un poco. Pulsó el mouse y aisló los puntos, luego trazó una línea para marcar los cambios.

—Fíjate: cada diez retumbos se amplifica, y aunque no mantiene toda la amplificación, cada conjunto de nueve que le sigue es un poco más fuerte que el conjunto anterior, hasta, una vez más, el décimo.

Faiz se reclinó en la silla.

—Tienes razón, eso se me fue. Pero si sigue incrementándose, si sigue creciendo así, vamos a empezar a recibir quejas de Nueva Delhi. No lo van a sentir todavía, pero tarde o temprano alguien nos va a llamar para preguntar qué está pasando —Faiz se acomodó los anteojos en la parte superior de la cabeza. Pensaba que eso lo hacía verse listo. Lo mismo que tocarse la barba, cosa que hizo mientras cavilaba—: mmm... mmm... cada diez...

La doctora Basu se sacó la pluma de la boca.

—Pero ¿qué significa? —preguntó. Le dio unos golpecitos al escritorio con el extremo de la pluma y luego la hizo rodar lejos de ella—. ¿Será una máquina perforadora?

—No, esa regularidad no corresponde.

—Ya lo sé, pero a veces me gusta confirmar si soy tan lista como creo.

Faiz agarró la pluma y se puso a darle vueltas. Una rotación, dos rotaciones, tres rotaciones. En la cuarta se le cayó abajo de la silla y tuvo que agacharse a recogerla.

—¿Tendrá algo que ver el ejército? —dijo, su voz sonó un poco ahogada.

—Puede ser —dijo Basu, pero los dos sabían que eso tampoco la convencía—. ¿Alguna otra posibilidad? —le preguntó a Faiz, porque a ella no se le ocurría ninguna.

Universidad Americana, Washington, D.C.

—Arañas —dijo la profesora Melanie Guyer. Dio unas palmadas, con la intención de que el sonido llegara hasta la parte superior del auditorio, donde por lo menos un estudiante parecía estarse durmiendo.

—¡A ver, jóvenes! En esta clase la respuesta siempre va a ser *arañas*. Y sí, sí mudan —dijo apuntando hacia la alumna que había hecho la pregunta—, pero no, en realidad no se parecen tanto a las cigarras. Empezando porque las arañas no hibernan. Y bueno, las cícadas tampoco hibernan precisamente.

Melanie vio hacia fuera por la ventana. No iba a reconocer enfrente de la clase que las cigarras le parecían escalofriantes. Una vez se le había enredado un murciélago en el cabello mientras buscaba un escarabajo poco común en una cueva en Tanzania, y en otra ocasión, en Ghana, pisó sin querer un nido de serpientes *Atheris chlorechis*. Una vez, en el sureste de Asia, le picó una avispa cazatarántulas, y pensó que era lo más doloroso que podía sucederle hasta que una hormiga bala le picó en Costa Rica (eso se sintió como si le hubieran disparado con una pistola de clavos en el codo y acto seguido se lo hubieran sumergido en ácido), pero nada de eso le daba tanto miedo como las cigarras. Ay, las cigarras. Sobre todo las de ojos rojos. El chasquido de sus timbales, y cómo se aglomeran en los árboles y luego se caen y se desparraman en las aceras. Y los crujidos, santo Dios, ¡los crujidos! Las vivas crujen cuando las pisas, y cuando están muertas, los exoesqueletos también. Y lo peor son sus cantidades. La forma de saciar al depredador es algo genial desde el punto de vista evolutivo: lo único que tienen que hacer las cigarras es reproducirse en tales cantidades que cualquier animal que se alimente de ellas se satisfaga, y listo. Las supervivientes siguen ocupándose de sus asuntos. Y luego, después de algunas semanas, mueren y sólo queda un cementerio de cáscaras, que también es de lo más escalofriante. Habría que agradecer enormemente que todavía faltaba como una década antes de que Washington tuviera su siguiente plaga de cigarras. Tendría que planear unas vacaciones. Para una bióloga especializada en el empleo del veneno de araña para propósitos medicinales, reconocer que tenía terror por las cigarras al grado de no poder salir cuando pululaban no era la mejor idea.

—Pero no estamos hablando de cigarras —dijo Melanie al darse cuenta de que se estaba desviando—, sino de arañas. Aunque al parecer a mucha gente le dan pánico, casi no hay razón para eso. Al menos no en América del Norte. Australia es otra historia. En Australia todo es peligroso, no nada más los cocodrilos.

El grupo soltó una risita. A su manera de ver, una risita casi al final de una clase matutina de dos horas a menos de tres semanas de que acabara el semestre era todo un triunfo.

Miró el reloj.

—Muy bien, entonces para el miércoles, de la página doscientos doce a la doscientos cuarenta y cinco. Y les recuerdo: por favor, tomen nota de que con esto nos estamos apartando un poco del programa.

Vio a sus estudiantes salir del auditorio arrastrando los pies. Algunos se veían un poco aturdidos; no sabía si era porque la clase empezaba muy temprano o si porque otra vez había hablado con monotonía. Era una investigadora de talla mundial, quizás una de las mejores en su especialidad, pero aunque estaba tratando de hacer algo al respecto, dar clases no era su fuerte. Había buscado que fueran más dinámicas, y de repente hacía bromas, como la de Australia, pero había un límite a lo que podía hacerse en un curso de tercer año. La mayor parte del tiempo se resguardaba en su laboratorio y se ocupaba de estudiantes de posgrado, pero parte del acuerdo al que había llegado con la Universidad Americana era que cada dos años también daría una clase para estudiantes de licenciatura. Detestaba apartarse de su investigación, pero si el precio a pagar por un laboratorio bien equipado, asistentes de investigación y un grupo de estudiantes de posgrado becados trabajando bajo su dirección, era tener que explicarle cada dos años a una clase de jóvenes de diecinueve y veinte que las arañas que viajan de polizón en los embarques de plátano casi nunca son peligrosas, no se quejaría.

Miró la pantalla de su tableta, que presentaba las mismas imágenes proyectadas en la pantalla al frente del salón. Tenía debilidad por la *Heteropoda venatoria*, la araña cangrejo. En parte, porque trabajando con esa especie había tenido su primer gran logro en investigación, de esos que la hacían relativamente famosa en su campo y por los que había conseguido las subvenciones y el financiamiento que mantenía todo viento en popa, pero siendo honesta, también porque la vez que encontró una araña cangrejo en el primer año de licenciatura, su profesor, con marcado acento, había descrito a la araña como una especie con bigote. A Melanie le gustaba el hecho de que existieran en el mundo arañas con bigote. Cuando estudiaba el posgrado se disfrazó de *Heteropoda venatoria* en Halloween y eso les hizo mucha gracia a sus amigos del doctorado. Lo malo fue que nadie más entendió la broma. Casi todos creían que el disfraz pretendía ser de tarántula pero no entendían a qué venía el bigote. Había decidido renunciar a los disfraces de araña dos años antes en una fiesta de Halloween, cuando por casualidad oyó que alguien se refería a ella como la Viuda negra. La broma, si es que lo era, había dado en el blanco, porque la verdad era que a pesar del trabajo de su esposo (bueno, su exesposo), ella era la que no había estado disponible para Manny, quien había pasado tanto tiempo en el laboratorio hasta que el matrimonio se fue a pique.

Apagó el proyector, guardó la tableta en su bolsa y salió del salón. Al abrir la puerta decidió buscar alguna ensalada de camino al laboratorio: algo más fresco que los sándwiches con sabor a conservante que normalmente compraba en las máquinas expendedoras del sótano del edificio. De hecho, pensó Melanie, menos mal que los sándwiches estaban repletos de conservadores, pues no estaba segura de que nadie aparte de ella los comiera. Tenían que durar un rato en la máquina. Hasta sus alumnos más tenaces traían la comida de sus casas o se tomaban cinco minutos más para atravesar el patio y conseguir algo que no tuviera que comprarse con un puñado de monedas. Hablando de estudiantes de posgrado tenaces... Se detuvo cuando se cerró la puerta.

Había tres de ellos de pie afuera del salón, esperándola.

—¿Profesora Guyer?

Melanie alzó las cejas, tratando de mostrarse un poco irritada con Bark. Su nombre real era complicado y ucraniano, así que todo mundo, y también Melanie, le decía Bark. A pesar de que a todas luces era un tipo brillante, hacía enojar a Melanie. Era una extraña habilidad que, entre todos los estudiantes de posgrado, sólo él poseía. Era como si pasara su tiempo libre pensando en maneras de fastidiarla. Por ejemplo, ésta: ¿Profesora Guyer? El solo hecho de que le dijera profesora Guyer, cuando todos los demás en el laboratorio le decían Melanie, hacía que le dieran ganas de abofetearlo. Le había pedido, dicho, ordenado, que le dijera Melanie, pero él no sólo seguía diciéndole profesora Guyer, sino que siempre lo decía en un tono como de pregunta, con la voz más aguda al final, como si no estuviera del todo seguro de que así se llamaba, como si en una de ésas no fuera Melanie sino alguien más, a pesar de haber estado en su laboratorio ya tres años.

Además, desde febrero se acostaban.

Eso era lo que más le molestaba. Él no era un tipo pesado y ya: también era su amante. No, pensó Melanie. No su amante. Le disgustaba la palabrita. Amigo con derechos tampoco era la mejor descripción. ¿Pareja sexual? Algo. Lo que fuera, acostarse con él no contaba entre sus mejores decisiones. El problema, a su entender, era que aunque cada vez que él hablaba le daban ganas de romper un vaso de precipitados y cortarle el pescuezo con el vidrio roto, cuando cerraba la boca (o, mejor aún, cuando pegaba sus labios al cuerpo de Melanie) no podía pensar en nada más que en él. Nunca se consideró superficial, pero después de su divorcio quiso divertirse un poco. Y a pesar de todas las cosas de Bark que la ponían furiosa, no era un poquito divertido en la cama: era endemoniadamente divertido. Manny la hacía sentir cómoda y segura cuando tenían relaciones sexuales, pero después de que se desintegró su matrimonio, la excitación que le provocaba Bark era un agradable cambio de ritmo.

Así, si acostarse con él quizá no había sido la mejor decisión, debía alegrarse en su defensa que habían ayudado mucho varias copas de algo que los estudiantes de posgrado prepararon en la fiesta del día de San Valentín a la que la habían convencido de ir. A la bebida le decían *veneno*, y se le había subido considerablemente. A la mañana siguiente, cuando se despertó con Bark a su lado en la cama, necesitó algunos minutos para recordar quién era ella, y ya ni hablar de dónde estaba, qué hacía en la cama de Bark y por qué ninguno de ellos tenía la ropa puesta. Se metió al baño disimuladamente, sin despertarlo. Cuando estaba haciendo gárgaras con enjuague bucal y arreglándose el cabello frente al espejo, se dio cuenta de que ya había tomado una de esas decisiones prácticas que habían empobrecido su matrimonio con Manny: si ya había cavado su tumba al tener sexo con Bark, lo mejor era permanecer en ella. Una y otra vez.

La fiesta de San Valentín seguía estando borrosa, pero sí recordaba la mañana siguiente con absoluta claridad. Bark era brillante, pero fuera de eso no tenía el aspecto que se esperaría de un científico. Se sabía vestir, pero aun si ostentara un protector de bolsillos y una regla de cálculo habría llamado mucho la atención. Había llegado a la Universidad Americana directo del Instituto de Tecnología de California, de la Costa Oeste a la Costa Este; a lo mejor allá en California sí encajaba, pero en el laboratorio de Melanie, y en todo el edificio de entomología, sobresalía. Era de otra especie, completamente. Melanie medía como 1.80, y a pesar de haber transcurrido casi dos décadas desde sus días de posgrado en Yale, todavía jugaba basquetbol al menos tres veces y nadaba cuatro mañanas por semana. Pero Bark le sacaba quince centímetros y era fuerte como un roble. Ella sabía que no levantaba pesas, y por lo que podía adivinar, nunca había pisado un gimnasio ni practicado ningún deporte, pero incluso con la ropa puesta parecía una escultura. Si no hubiera querido estudiar un doctorado, podría haberse ganado la vida modelando ropa interior.

Cuando Melanie regresó del baño sin hacer caso de su ropa, esparcida en el piso, se metió a la cama y esperó. Y esperó y esperó. Bark dormía profundamente, pero cuando finalmente despertó, cuando retomaron lo que evidentemente habían dejado pendiente la noche anterior, valió la pena. Todavía después de dos meses de estar acostándose tres o cuatro veces a la semana, la visión de él con el torso desnudo seguía siendo atractiva para ella. No podía evitar tocarle el pecho, los brazos, los músculos atrás de los hombros. Era tan diferente a su exesposo. Manny no era chaparro, pero medía menos que ella, y aunque podía ser increíblemente intimidante, no era lo que se dice musculoso. No, Manny era muy duro, pero por dentro: malo y mezquino cuando pensaba que alguien lo jodía en el trabajo o la política (que para él era lo mismo, pues era jefe de gabinete de la Casa Blanca), y cuando alguien lo atacaba era tan feroz como la araña de tela de embudo de Sídney. Por agresivo que fuera en su vida profesional, en la cama Manny era demasiado cortés. Un semental no era.

Bark, el galán en cuestión, la miraba fijamente.

—¿Profesora Guyer? —repitió.

—Bark —dijo, mirando a los otros dos estudiantes: Julie Yoo, que era demasiado rica para pasar el tiempo estudiando las arañas, y Patrick Mordy, del primer año del programa de posgrado y mucho menos listo de lo que su historia académica y demás documentos entregados con su solicitud habían indicado, y que, Melanie sospechaba, muy probablemente abandonaría los estudios antes de titularse—. ¿Qué? ¿Qué es tan importante que no pueden esperar a decirme en el laboratorio?

Bark y Patrick clavaron los ojos en Julie, que se estaba viendo la punta de los zapatos. Melanie suspiró y trató de no perder los estribos. Julie le caía bien, de verdad, pero para una joven que tenía todo a su favor, no le habría hecho mal atesorar más confianza en sí misma. Sus padres poseían mucho dinero, muchísimo. Dinero para comprar un avión privado, para que un edificio del campus de la Universidad Americana llevara su nombre. Dinero para que nadie entendiera qué demonios hacía Julie estudiando arañas en un laboratorio. Julie era bonita, y no nada más porque entre las estudiantes de ciencias no hubiera mucha competencia, no. Julie podría haber sido bonita en administración de empresas o en derecho, y eso sí que es ser bonita. Mientras pensaba en ello, Melanie sonreía para sus adentros. Podía darse el lujo de pensarlo porque se sabía igual de bonita. Demostraba la edad que tenía, pero con los años bien llevados: una mujer de cuarenta que hacía a los hombres voltear a ver a sus esposas y preguntarse por qué no habían elegido mejor. Descubrió a Patrick mirándola y empezando a sonreírle y ella le puso mala cara. Había que ser dura con ellos; si no, podían descuidar el trabajo en el laboratorio.

—Me lo pueden decir mientras caminamos —dijo, y pasó rozándolos—. Voy a comprar una ensalada en el camino, y si lo que tienen que decirme es interesante, también a ustedes les compro algo de comer, pero si están aquí porque otro imbécil cree que encontró una araña venenosa en un cajón de plátanos, les juro por Dios que los voy a poner a jugar a la papa caliente con una araña parda solitaria.

Se colgó la bolsa en el hombro y se preparó para el calor que la esperaba al salir del edificio con aire acondicionado. Eran sólo cinco minutos al laboratorio, y se detendría en la cafetería por su comida, pero eso la iba a dejar sudorosa y con la cara roja. El calor de Washington no era algo que disfrutara, y ese año se había adelantado.

—La parda solitaria no pica a menos que…

Melanie se giró rápidamente y Patrick cerró la boca. Ella asintió con la cabeza.

—Eso imaginé. ¿Entonces qué me iban a decir?

Julie se colocó al lado de Melanie, y Patrick y Bark atrás. Bajaron las escaleras y empezaron a atravesar el patio. Algunas nubes ligeras descansaban arriba de los edificios del campus, pero no había muchas esperanzas de que la lluvia aliviara el calor. A lo mejor ese día salía temprano, prendía el aire acondicionado al máximo en su departamento, pedía algo de comida preparada y veía un par de comedias románticas sola. O a lo mejor invitaba a Bark a pasar la noche con ella enfrascados en actividades para las que no se necesitaba que él hablara. Sin embargo, muy en el fondo sabía que no saldría del laboratorio más temprano que de costumbre. Si fuera de esas mujeres que salen temprano, posiblemente todavía tendría un esposo que la esperara en casa. Sabía que eso no había sido del todo justo, pues Manny nunca llegó de la Casa Blanca más temprano de lo que ella llegaba del laboratorio. La diferencia era que cuando Manny estaba en casa con ella, en realidad estaba en casa con ella, mientras que cuando ella estaba en casa con él, gran parte de su ser seguía en el laboratorio.

—Tenías razón —dijo Julie finalmente.

—Por supuesto que tenía razón —dijo Melanie—. ¿En qué?

Caminaba con paso enérgico, sin tomarse la molestia de voltear a ver si los muchachos conseguían seguirle el ritmo.

Julie no le preocupaba. La joven podía no tener ninguna confianza en sí misma, pero era quizá la científica más trabajadora que Melanie hubiera conocido jamás, y ni siquiera unos tacones de cinco centímetros (modestos para una noche de juerga, pero nada prácticos para el laboratorio) le iban a impedir seguir el ritmo de su asesora.

—Nazca —dijo Julie.

—¿Nazca?

—Nazca —repitió Julie, como si eso tuviera que significar algo para Melanie.

Melanie no dejó de caminar, pero sí volteó a verla. En cien metros más estarían en el interior de un edificio y otra vez frescos, al menos durante los dos minutos que le tomara comprarse algo de comer y meterlo en una bolsa para poder seguir caminando hasta el laboratorio.

—¿Nazca?, ¿de qué diablos hablas, Julie?, ¿Nazca?, ¿eso es lo que tienen que decirme?, ¿estaban los tres afuera del salón como si fueran estudiantes de primer año esperando a lanzarse sobre mí, y me salen con eso?, ¿es eso lo que no puede esperar a que llegue al laboratorio?, ¿Nazca? —y volvió a agarrar el ritmo.

—Nazca —volvió a decir Julie—, ¿en Perú?

Melanie se detuvo.

—¿Es pregunta o afirmación?

Volteó a fulminar con la mirada a Bark, que no parecía entender por qué lo veía así, pero como no era ningún tonto, mejor se puso atrás de Patrick. Melanie quería abofetearlo. Le había contagiado a Julie la costumbre de terminar todas las oraciones con una interrogación.

—Nazca, Perú —dijo. Observó a sus tres estudiantes de posgrado y ellos la miraron esbozando una leve sonrisa, como si estuvieran esperando alabanzas. Melanie suspiró—. Muy bien, me rindo. Se refieren a las Líneas de Nazca. ¿Y qué con eso? ¿Pueden hacer el favor de decirme de qué carajos están hablando para poder comprarme una ensalada y dirigirme al laboratorio?

—¿No te acuerdas de la fiesta del día de San Valentín? —preguntó Bark.

Melanie no sabía si Bark tenía la cara roja por el calor o si se había ruborizado al darse cuenta de lo que estaba diciendo, pero estuvo a punto de tropezar y caerse.

—¿No dejabas de hablar de Nazca? ¿Las líneas? ¿La araña?

Patrick acudió en su auxilio:

—Dijiste que estaban allí por una razón. Las marcas en el suelo. Hay toda clase de marcas: líneas, animales y otras cosas. Yo nunca antes había oído hablar de eso, pero a ti en realidad no te interesaban los animales. Estabas hablando de las marcas de las arañas. Dijiste que las líneas se ven desde los aviones, y que no son tan profundas, pero que deben haber requerido un gran esfuerzo hacerlas, y decías que la araña tenía que estar ahí por alguna razón.

Melanie no recordaba haberles hablado de las Líneas de Nazca (si bien no tenía razones para dudar de sus alumnos), pero lo cierto es que se había quedado fascinada desde la primera vez que había oído discutir sobre ellas. Por otra parte, ponerse a hablar de una teoría u otra sí era algo que podía hacer cuando se emborrachaba. Además, claro, de acostarse con un estudiante de posgrado; también eso podía hacer cuando se emborrachaba. Justo por esa razón no bebía muy a menudo.

Sólo una vez había ido a Perú, con Manny, en los últimos estertores de su matrimonio, en unas vacaciones que eran su última oportunidad, la esperanza de volver a pegar los pedazos de su relación destrozada. Manny había propuesto Hawái, Costa Rica, Belice, playas de arena blanca y chozas privadas, pero ella desde hacía años deseaba ver las Líneas de Nazca, aunque él no quisiera. Y en realidad, siendo sincera, la razón por la que había insistido era en parte porque, sencillamente, Manny no quería ir a Perú.

Desde el aire eran deslumbrantes. Líneas blancas en la tierra entre café y rojiza. Glifos, animales, aves. Formas que no entendía. Y allí, la que más ansiaba ver: la araña.

Algunos estudiosos (chiflados, pensaba Melanie) afirmaban que las líneas eran pistas de aterrizaje para antiguos astronautas, o que los nazcas habían hecho los dibujos con ayuda de globos aerostáticos, pero la opinión general era que habían usado medios terrenales. Los arqueólogos habían encontrado estacas al final de algunas líneas, lo que mostraba las técnicas básicas empleadas para hacer los dibujos. Los nazcas primero los trazaban en un plano y luego quitaban las piedras de color más oscuro a menos de quince centímetros de profundidad, donde el suelo blancuzco debajo hacía un marcado contraste.

Aunque la conocía en fotos y dibujos, la visión directa de la araña la dejó sin habla. Desde la avioneta, la araña parecía pequeña, aunque ella sabía que en la tierra medía aproximadamente cuarenta y cinco metros, quizá más. Oyó que el piloto gritaba algo y lo vio haciendo círculos con el dedo en el aire, preguntando si quería que diera algunas vueltas sobre la araña, algo que ella había mencionado en su pésimo español antes de despegar. Asintió con la cabeza y palpó la mano de Manny en su hombro. Puso los dedos sobre los suyos y se dio cuenta de que estaba llorando. No quería visitar a la araña por el deseo de ver en persona aquello sobre lo que había leído. No, era más que eso, y su científica interior se avergonzaba de sólo pensarlo. No le había dicho a Manny porque él habría suspirado y habrían tenido otra de esas conversaciones interminables acerca de los límites de la ciencia y la biología y el asunto de la adopción.

Sólo en ese momento se dio cuenta de exactamente por qué se había empecinado en ir a Perú. Había insistido frente a las muchas objeciones de Manny. Se había obstinado en que si iban a ir a algún lugar sería a ver las Líneas de Nazca. Sabía que era una locura. Su parte racional y científica, la mujer que había cimentado su carrera con su investigación de doctorado, que dormía en su laboratorio dos o tres noches por semana y despedía a los estudiantes de posgrado que no estuvieran dispuestos a trabajar tan duro como ella, sabía que su deseo de arrastrar a Manny con ella a Perú era su última y desesperada manera de aferrarse. Era una mujer ya cerca de los cuarenta que creía poder aplazar el momento de tener hijos hasta estar lista y después descubrió que quizás eso nunca había sido una opción para ella. El viaje era la posibilidad más remota, pero después de haber leído la teoría de un especialista en Nazca que decía que las líneas eran imágenes rituales, que los pájaros, las plantas y la araña eran símbolos de fertilidad, no había podido quitarse la idea de que si siempre se había sentido atraída por la imagen tal vez era por alguna razón: que allá en las estribaciones andinas, la araña simplemente había estado esperándola.

En la avioneta había deseado a Manny con una urgencia que hacía mucho faltaba en su relación. Por mucho que deseara quedarse en el aire y volar en círculos sobre la imagen de la araña, también moría de ganas de estar otra vez en la tierra, en la intimidad de la tienda de campaña, haciendo lo que esperaba que finalmente llevara hasta el bebé que, según ella, podía salvar su matrimonio.

Se había equivocado tanto en lo del bebé como en lo de salvar su matrimonio.

Después del divorcio siguió recordando el viaje con cariño. Mientras daban vueltas en el aire dibujó a toda prisa su propia versión de la araña de Nazca:

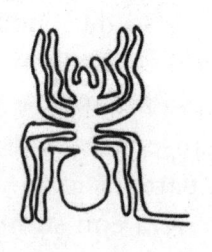

Cuando terminaron los trámites del divorcio arrancó la página de su cuaderno, la recortó cuidadosamente y la enmarcó. La tenía en el laboratorio, en la pared cercana a su escritorio. No la dejaba sin habla como las verdaderas líneas talladas en la tierra. La escala, la permanencia, la manera en que la falta de lluvia y viento había dejado en paz por más de dos mil años esas líneas tenían algo que la inquietaba y al mismo tiempo la llenaba de felicidad. Le gustaba imaginar a una mujer como ella, sacando rocas de la tierra y deseando desesperadamente tener un bebé, dos mil quinientos años antes.

O más.

—Diez mil años —dijo Julie—, no dos mil quinientos.

Melanie se jaló el cuello de la blusa, pero en realidad ya no pensaba en el calor. Reconoció los primeros indicios de compromiso intelectual, esa manera en que la curiosidad podía consumirla. El hecho de que fueran las Líneas de Nazca facilitaba atraer su atención, pero lo cierto es que nunca había sido difícil despertar su interés. Había mejorado en cuestiones como no olvidarse de comer, bañarse y cambiarse de ropa (y tener un baño privado en su oficina también ayudaba), pero en el fondo seguía siendo la misma investigadora obsesiva que nunca se la pasaba tan bien como cuando estaba en su laboratorio tratando de encontrar la respuesta a una pregunta.

—¿Pero quién te dijo que las líneas se hicieron hace diez mil años? —dijo.

—No todas —respondió Julie—. Ah, fue un amigo mío, un compañero de la licenciatura.

Por lo común, una pequeña parte de ella se habría interesado en el chisme y le habría hecho a Julie preguntas indiscretas hasta que reconociera que el tal amigo era alguien con quien se había acostado a los diecinueve o veinte años, un tipo del que todavía estaba perdidamente enamorada, pero Melanie empezó a impacientarse con los tres estudiantes.

—También es estudiante de posgrado y está trabajando ahí, en arqueología.

—Por supuesto.

—Sí —dijo Julie—. Nos escribimos correos con cierta regularidad, y le mencioné tu teoría.

Melanie emprendió la marcha nuevamente. Eso ya se estaba poniendo tedioso.

—¿Qué teoría?

—Sobre la araña —dijo Bark. Empezó a decir algo más, pero Julie lo interrumpió.

—Una de las cosas que están tratando de averiguar con las excavaciones es si las líneas se hicieron en un mismo periodo de unos cuantos años o de algunas décadas, si se extendieron a lo largo de cientos de años y definir cuánto tiempo les tomó hacerlas. Han encontrado estacas de madera cerca de casi todas las líneas y creen que los nazcas las utilizaron como si fueran estacas para topografía cuando realizaban los dibujos. Mi amigo está trabajando en el emplazamiento de la araña y, en efecto, encontró estacas. Y determinó la fecha de una.

—¿Y?

—La araña no es parte de las Líneas de Nazca.

Melanie cayó en la cuenta de que estaba caminando demasiado rápido, pero la cafetería estaba a la vista, y pensar en el momentáneo alivio del calor la ayudaba a mantener ese ritmo, aunque no fuera cómodo.

—Lo cierto es que parece una línea de Nazca —dijo.

—No —dijo Julie—. Las Líneas de Nazca se parecen a la araña. Todas las otras líneas tienen como dos mil quinientos años, como dijiste, pero la araña es más antigua. Mucho más. Tiene diez mil años, más o menos. Estaba allí mucho antes que las otras.

Melanie aflojó el paso al acercarse a los escalones.

—¿Y eso qué tiene que ver con nosotros? —miró por encima del hombro y se dio cuenta de que los tres estudiantes habían dejado de caminar. Patrick, Bark y Julie estaban parados tres escalones debajo de ella, mirando hacia arriba con expectación—. ¿Y bien?

Julie echó un vistazo a los dos jóvenes y ellos asintieron con la cabeza.

—No había sólo estacas —dijo Julie—. Cuando estaba excavando encontró algo debajo de ellas, enterrado en una caja de madera. Mandó datar un poco de esa madera y tiene la misma antigüedad que las estacas: diez mil años. Pero nunca adivinarías qué había en la caja.

Julie hizo una pausa, y Melanie descubrió que se estaba frustrando. Eso del suspenso para buscar un efecto dramático estaba sobrevalorado, pensó, pero si viene de una pandilla de estudiantes de posgrado es francamente molesto. Con todo, y muy a su pesar, tenía mucha curiosidad y no pudo evitar soltar:

—¿Qué?

—Una ooteca. Al principio ninguno de los arqueólogos supo qué era, pero cuando mi amigo se enteró, le sugirió a su asesor que la enviaran a nuestro laboratorio para ver si podíamos identificarla. Pensaron que estaba fosilizada o petrificada, o como se diga cuando algo así se conserva. Como la caja de madera tenía diez mil años, y el saco de huevos estaba dentro de la caja, probablemente el saco tenga la misma antigüedad.

—Pues sí —dijo Melanie—. Muy bien. Diles que nos la envíen para que podamos echarle un ojo.

—Ya la mandó. Está en el laboratorio. Este... le dije que podían usar nuestro código de envíos de Federal Express para que nos llegara al día siguiente —dijo Julie. Las palabras salían de su boca como si esperara que Melanie le pegara de gritos a continuación.

Melanie reprimió su enojo. El presupuesto había estado muy justo, pero no tanto como para que Julie no pudiera cargar los gastos de envío de un paquete que tenía algo que ver con los asuntos del laboratorio. Aunque ¿cuánto costaría un envío de un día para otro desde Perú?, se preguntó.

—Hay algo más —dijo Bark. Estaba muy erguido y la miraba con una intensidad que normalmente reservaba para cuando estaban solos.

—¿Algo más? —Melanie miró a Patrick y a Julie, y luego otra vez a Bark. Los tres parecían nerviosos y emocionados, sin saber muy bien si lo que habían venido a decirle era tan importante como creían—. Muy bien —dijo, notando que sonaba más cortante de lo que hubiera querido—, suéltenlo.

Bark miró a sus colegas, luego a Melanie, y dijo:

—La ooteca está eclosionando.

La Casa Blanca

—Bombardéenlos —dijo la presidenta—. Lancen las armas nucleares y acabemos de una buena vez.

Se reclinó en su silla y miró al joven que daba vueltas junto a ella, uno de los nuevos pasantes. Manny sonrió. No recordaba el nombre del pasante, pero a la presidenta Stephanie Pilgrim le gustaban jóvenes y guapos. Hombres trofeo, podría decírseles. Ella nunca tenía comportamientos impropios con ellos (afortunadamente eso no estaba entre las muchas preocupaciones de Manny como jefe de gabinete), pero definitivamente le gustaba tenerlos por ahí. La presidenta alargó la mano y la posó en el antebrazo del pasante.

—¿Y si nos traes un tazón de palomitas o algo así? A lo mejor unas papitas con salsa. Tanto hablar de guerra me está dando hambre.

—Vamos, Steph —dijo Manny—, no estás tomándotelo en serio.

—Soy la presidenta de Estados Unidos de América, Manny, así que dirígete a mí con propiedad —dijo sonriendo—. Para ti, soy la señora presidenta Steph. ¿Y cómo voy a tomármelo en serio? Es un ejercicio. El otro equipo está allá afuera en el fragor de las primarias. Muy pronto sabrán cuál de esos payasos obtendrá la nominación y empezarán a tirarme a mí, no unos a otros. Mientras tanto, estamos aquí metidos en la Sala de Crisis haciendo como si de verdad fuéramos a entrar en guerra con China. ¿No puedo dar la orden de bombardearlos y ya lo damos por terminado? Tengo cosas más importantes que hacer que jugar a la guerra para darle gusto al ejército cuando se le da la gana.

—Técnicamente, ésta es sobre todo una situación naval —dijo Manny.

—¿Hace cuánto que me conoces, Manny?

Manny no dijo nada. Conocía a Stephanie Pilgrim desde hacía suficiente tiempo como para saber que ella no esperaba que le respondiera. Se habían tratado desde que eran unos tontos y jóvenes estudiantes de licenciatura. Él estaba en su primer año y ella en el último, y a ella se le conocía como Steph, no como la señora presidenta, y le gustaba torturarlo en ciertos momentos inapropiados diciéndole que no llevaba calzones debajo de la falda. No es que fuera especialmente promiscua. Desde entonces cuidaba su reputación, y ya tenía planes de estar bajo los reflectores. Se habían entendido desde un principio, y ella, además de sentirse atraída por Manny, había confiado en él. No habían sido pareja exactamente, pero antes de que Manny conociera a Melanie y se casara con ella, Steph y él habían tenido una especie de arreglo que iba más allá de su relación profesional y laboral. Habían vuelto a ese arreglo cuando las cosas entre Melanie y él implosionaron. Bueno, no, mejor dicho, se disolvieron. Pero cuando él se encontró libre y sin interés de salir con nadie, y mientras Steph tenía que mantener la ilusión de que su matrimonio era feliz, fue fácil reincidir en su viejo hábito de acostarse de vez en cuando. Pero él tuvo un poco de sentimiento de culpa. No por Steph. Ambos se atraían, funcionaban bastante bien en la cama y se querían mucho, aunque no estuvieran enamorados uno del otro. Se respetaban, se caían bien y no se ocultaban nada. Ninguno iba a terminar lastimado... No, Manny se sentía mal por George. De verdad le caía bien el esposo de Steph. El doctor George Hitchens era un tipo simpático. A la hora de las elecciones, él siempre era un punto a favor. Guapo y culto, conforme con que Steph se desenvolviera en el ámbito político, contento de ser esposo de una política. Era un aristócrata, de una familia acaudalada de Texas, lo suficientemente listo como para ir a una universidad de la Ivy League y graduarse como médico sin usar sus influencias, o al menos sin mover los hilos tanto que se enredaran de manera embarazosa. Había ejercido como dermatólogo hasta que Steph llegó a la silla presidencial. Desde que arribaron a la Casa Blanca asumió con entusiasmo el papel de *primer caballero*, como a la prensa le gustaba decirle. Podía cortar listones como el mejor. Era lo más cercano a un esposo ideal que una política pudiera tener.

Pero ése era el problema, precisamente. Stephanie quería a George, pero sólo como se quiere a una persona buena y decente a la que conoces desde hace quince años y con la que tienes dos hijos. Lo quería mucho, pero no estaba enamorada de él. Nunca lo había estado. Se había casado la política, no la mujer. Probablemente si hubiera tenido una carrera distinta, algo que no fuera estudiar derecho porque era el camino más corto a la política y después a la presidencia, ya se habría divorciado de George. Pero en ese momento no era una posibilidad.

Manny no era modesto si de sus talentos se trataba: en la esfera política era un maldito genio consumado. Y aunque Stephanie Pilgrim era una máquina (atractiva y simpática sin ningún esfuerzo, lista y ocurrente, de buena educación, con mucha suerte, acérrima y resuelta), hasta Manny sabía que había un límite. Cuando anunció su candidatura, nadie había creído que tuviera posibilidades de ganar, pero Manny la había apoyado, y gracias a eso ahora era jefe de gabinete de la Casa Blanca. Sin embargo, si querían seguir allí, Stephanie iba a tener que hacer eso que había aprendido a desarrollar tan bien: caminar sobre el filo de la navaja compaginando su vida de mujer y su vida como presidenta de Estados Unidos. El país podía estar preparado para una mujer presidenta, para que esa presidenta tuviera cuarenta y dos años y fuera el comandante en jefe más joven jamás electo (ganándole a Theodore Roosevelt por míseros cuatro días), y podía estar preparado incluso para reelegir a esa misma mujer al cabo de tres años de paz y crecimiento económico ininterrumpido, pero con toda seguridad no estaría preparado para reelegir a una mujer en medio de un divorcio.

Stephanie alejó su silla de la mesa y se frotó los ojos.

—Sabes tan bien como yo que todo este asunto es pura pérdida de tiempo. Deja que el ejército haga sus ejercicios y jueguitos de guerra, que hagan sus simulacros, y la próxima vez que pase algo haremos lo mismo de siempre, o sea, aquilatar la situación (que seguramente será distinta de este desastre con China) y hacernos cargo de ella. Por lo que veo, la única razón por la que estamos aquí en este momento es para que el ejército averigüe si tenemos el valor para ordenar un ataque. Entonces vamos a darles lo que quieren: ordenemos que se lancen armas nucleares. Bombardeemos todo el maldito país. Lo damos por terminado y nos ponemos a trabajar de verdad. Además, programaron esto para qué, ¿tres horas? Terminemos de una vez y el día nos rendirá dos horas más —sostuvo ella.

Esto no se lo dijo, no podía hacerlo en plena sala llena de gente trajeada y uniformada, pero Manny sabía que estaba insinuándole que podían tomarse media hora de ese tiempo extra para ellos. Recordó cómo lo hacían en la universidad. Ella era tres años mayor que él y, cuando se conocieron, él seguía siendo virgen. A los dieciocho, él se conformaba con pasar toda una tarde holgazaneando en la cama con ella. Ahora, a los cuarenta y pocos, todavía se conformaría con pasar la tarde holgazaneando en la cama con ella, pero eso no iba a suceder. El artículo más importante que ahora tenía la presidenta de Estados Unidos era el tiempo.

—Señora presidenta, si me permite —era Ben Broussard, el presidente del Estado Mayor Conjunto. Ben era el único hombre en la sala que invariablemente fastidiaba a la presidenta. Manny intentaba no horrorizarse cuando oía su voz, pero era difícil. Las cosas empezaron a ir de mal en peor con Ben, desde el instante de su nombramiento, hasta que tarde o temprano (de preferencia temprano) Ben se dé cuenta de que ya está retirado.

—Sé que puede parecer que con estos ejercicios habituales perdemos el tiempo, pero es importante repasar situaciones posibles para que sepamos reaccionar rápidamente cuando ocurra algo que sí exija una respuesta militar.

Stephanie echó un vistazo a Manny, y con eso él supo que la presidenta ya había dicho todo lo que tenía que decir sobre el asunto. Le tocaba a él hablar. Era una de las razones por las que trabajaban tan bien juntos. Por estúpido que fuera, sabían cuál era el fondo del asunto: que una mujer, aunque fuera presidenta de Estados Unidos de América, era juzgada de manera distinta. Esa percepción era real, y no convenía que la consideraran una quejumbrosa. Por supuesto, a Manny no le preocupaba que pensaran eso de él.

—Anda, Ben —dijo Manny—, este simulacro sí parece un poco obsoleto. ¿No tendría un poco más de sentido hacerlo en respuesta a un ataque terrorista simulado, o a una conflagración en algún sitio más peligroso? Evidentemente, ha habido algunas tensiones serias con China, pero todos sabemos que no estamos ni cerca de un tiroteo con ellos. No como sí lo estamos con un país como...

—Somalia —al secretario de Defensa, Billy Cannon, nunca le había preocupado interrumpir a Manny. Por lo general, porque tenía razón—. Deberíamos hacer estos ejercicios con Somalia, porque allá dentro de poco tendremos que enfrentarnos de verdad. Las probabilidades de que entremos en guerra declarada con China parecen lejanas en el mejor de los casos. Es casi tan útil como hacer un simulacro de un ataque de zombis.

El pasante regresó con una charola y la puso en el aparador

detrás de la presidenta. Llevaba un tazón de palomitas y también unos de totopos y salsa; los tomó para colocarlos en la mesa frente a la presidenta. Manny observó lo discreto que era el joven, la manera como esperó a que la atención de todos estuviera centrada en Billy antes de poner disimuladamente las botanas frente a la presidenta, el hecho de que recordara que a Steph le gustaba tomar el refresco en lata, no obstante la determinación del personal de la Casa Blanca de servírselo en cristal cortado. Para eso se necesitaba una habilidad especial, pensó Manny, para saber cómo tener contenta a la gente a tu alrededor y al mismo tiempo pasar inadvertido. El pasante se llamaba Tim, Thomas o algo así, y Manny tomó nota considerando conservar al muchacho cuando hubiera terminado su pasantía.

Manny puso una mano en el hombro de Steph y se inclinó sobre ella para tomar un puñado de palomitas; podía tener esa confianza por su posición y por su larga amistad.

Billy Cannon y Ben Broussard estaban muy insistentes; el presidente del Estado Mayor Conjunto seguía arguyendo que este simulacro de China era útil, y Billy no se echaba para atrás. Manny sabía que tenía que poner un alto al asunto, ya fuera que dejaran atrás el ejercicio y correrlos de la sala, o seguir adelante y obligar a Steph a cumplir con las formalidades, pero disfrutaba ver a Billy Cannon discutir. Cannon era de familia adinerada, pero parecía como si lo suyo fuera usar uniforme. A diferencia de algunos generales que se descuidaban una vez que habían llegado al punto de dar órdenes en vez de obedecerlas, Billy seguía siendo esbelto, guapo y de apariencia peligrosa, con cabello muy rizado, entrecano, y una cicatriz en la sien por una lucha cuerpo a cuerpo de su época en combate. Su esposa había muerto cuatro o cinco años antes, por cáncer de seno, y hacía poco había empezado a salir. Manny entendía por qué las mujeres del Distrito de Columbia morían por caminar con él del brazo. Incluso se decía que la revista *People* estaba considerándolo para su siguiente número sobre el hombre más sexy. Tarde o temprano,

Billy decidiría jubilarse y entonces se postularía para algún tipo de cargo y con toda seguridad resultaría electo.

—¿Les está gustando el show? —la consejera de Seguridad Nacional, Alexandra Harris, se levantó parcialmente de su asiento para agarrar unos totopos. No les puso salsa. A Manny le caía bien Alex, y aunque a menudo estaban en desacuerdo sobre qué hacer con la información que ella le daba a la presidenta, Manny pensaba que había sido uno de los mejores nombramientos de Steph. Alex era lista, acérrima y leal, y aunque sus opiniones fueran contrarias, en cuanto la presidenta tomaba una decisión, ella la secundaba por completo. No se llega a esas alturas sin un agudo sentido de supervivencia política y sin la clase de ambición que alcanza a verse desde el espacio exterior, pero, por lo que Manny podía apreciar, Alex estaba exactamente donde ella quería. Nunca trataba de minar la autoridad de la presidenta. Además, tenía setenta y tres años. Ya era demasiado vieja para postularse a la presidencia. Suponiendo que Steph fuera reelegida, Alex cumpliría el primer año del segundo mandato de Steph y luego se jubilaría y se iría a vivir al campo.

Steph finalmente dio su opinión, y su voz sonó un poco dura. Manny y Alex podían estarse divirtiendo al ver al secretario de Defensa y al presidente del Estado Mayor Conjunto discutiendo si el simulacro siquiera valía la pena, pero a todas luces la presidenta ya había tenido suficiente.

—Señores —les dijo a Ben y a Billy—, les aseguro que entiendo la importancia de estos ejercicios. Van a tener que confiar en mí si les digo que cuando haya una crisis me tomaré las cosas más en serio. La próxima vez que tengamos uno de estos simulacros tendré mejor actitud, sobre todo si el ejercicio es preciso, pero hoy no estamos en una crisis —se levantó de su asiento, y todos los que estaban sentados se incorporaron de inmediato.

Manny había hecho la transición de amante a amigo y luego otra vez a amante sin ninguna dificultad, y había manejado la mudanza de la campaña electoral a la Casa Blanca con ecuanimidad, pero acostumbrarse a la ceremonia que comportaba que una de sus más viejas amigas pasara de ser *Steph,* que vive en la residencia de estudiantes, a *Stephanie Pilgrim,* la primera mujer presidenta, había sido difícil. Él nunca había sido muy formal, pero desde las elecciones, la mayor parte del tiempo se veía en la obligación de ser parte de la ceremonia.

—¿Señora presidenta? —dijo uno de los oficiales uniformados frente al tablero de computadoras y televisores a un lado del salón. En una pared había una serie de monitores y pantallas para que la presidenta y los demás consejeros pudieran seguir los detalles, pero este oficial estaba viendo alguna otra cosa. Su voz sonó lo bastante fuerte para atravesar la sala e interrumpir a la presidenta. Normalmente un oficial de su rango no se dirigiría a la presidenta, a menos que se le hubiera hecho una pregunta concreta.

—Señora presidenta —repitió el hombre, y esta vez se quitó los audífonos—. Los chinos.

A Steph se le escapó un suspiro y Manny dio un paso al frente.

—Creo que por hoy ya terminamos —dijo—. Suspendan el simulacro.

—No —dijo el oficial, y un dejo de severidad y urgencia en su voz acalló el leve movimiento que se había iniciado en la sala; algo que captó la atención de la presidenta e hizo que Manny quisiera saber más—. Esto no es parte del ejercicio —dijo—. Están... va a verse en la pantalla dentro de unos segundos. ¿Señora?

—Está bien, suéltelo ya —Stephanie se había detenido, pero se veía aburrida. La mayoría de las otras personas en la sala ya se preparaba para irse, y Manny se dio cuenta de que nadie más había visto la expresión de miedo en el rostro del oficial. También se percató de que Alex seguía sentada y con expresión de alarma, mientras un uniformado le susurraba con apremio algo en el oído.

Manny levantó la vista hacia el tablero de pantallas de televisión y monitores de computadora que cubrían la pared. La mayor parte de la información se relacionaba con el simulacro, pero en el extremo había dos pantallas grandes que mostraban imágenes satelitales de China cercanas al tiempo real: la información entraba con un retraso de tan sólo un treintavo o cuarentavo de segundo. El país estaba separado más o menos por la mitad en las pantallas; una mostraba las partes más densamente pobladas de China del este y Beijing con su red de carreteras, y la otra, la mitad occidental del país, con una línea que indicaba las fronteras superiores: Kazajistán y Mongolia.

Y de repente, un resplandor. Un punto ardiente en el extremo izquierdo superior de la pantalla.

—Santo Dios —dijo alguien, y un momento después Manny se dio cuenta de que había sido él.

—¿Qué demonios fue eso? —también la presidenta estaba viendo la pantalla.

Ahora todos en la sala tenían los ojos clavados en el mapa de China y veían las luces abriéndose y cerrándose cerca de la esquina noroeste del país. Esto es, todos excepto la consejera de Seguridad Nacional. Ella estaba atendiendo al uniformado que le decía algo al oído.

—¿Qué fue eso? —preguntó Alex. Volteó para ver al oficial junto a la consola—. ¿Fue un misil? ¿Y de quién? ¿Hay algún otro en el aire o fue el único?

El oficial, que había vuelto a presionar uno de los auriculares contra su cabeza, levantó la mano para hacerle una señal a Alex y asintió con la cabeza.

—Eso es... —dijo—. No fue un misil.

Manny cayó en la cuenta de que había pasado intermitentemente de ver a Alex con el oficial a cómo se desvanecía el estallido de luz.

—Si no fue un misil, ¿qué demonios fue?

Tras la pregunta de Manny se hizo un silencio incómodo en la sala, un súbito vacío de sonido. No fue el único que brincó cuando sonó el teléfono detrás de ellos. No era un teléfono sonando. Era *el teléfono*. Manny recordaba cuando, de niño, en las películas se mostraba al presidente tomando una llamada de los rusos en el teléfono rojo, que solía ser siniestro y estar allí como un último recurso antes del invierno nuclear, pero sólo hasta después de pasar un tiempo en la Casa Blanca se dio cuenta de que el teléfono sí existía. Y ahora llamaba. Con toda seguridad, la persona al otro lado de la línea sería el secretario general chino, y apenas había sonado dos veces cuando Steph caminó hacia él y puso la mano en el auricular.

—¿Podría alguien decirme qué carajos fue eso que vimos en la pantalla? —le gritó al resto de la sala, mientras se preparaba para levantar el teléfono.

—Fue… —dijo Manny, viendo otra vez la pantalla, donde el destello de luz ya empezaba a disiparse— una bomba nuclear.

Provincia de Sinkiang, China

Por un momento pensó que iba a vomitar, pero no redujo la velocidad. El camión a duras penas había conseguido abrirse camino por las barricadas, y de todos modos había tenido que pasar por encima de dos soldados. Pensar en el golpe y los gritos bastaba para provocarle arcadas, pero no importaba lo que hubiera sucedido, él no iba a dejar de manejar. Había querido llegar por su hermana y su familia, pero era demasiado tarde.

No, no iba a detenerse por unos soldados ni tampoco para vomitar. No se detendría hasta que se quedara sin gasolina, hasta que se hubiera alejado de la zona tantos kilómetros como fuera posible. Los oficiales afirmaban que la situación estaba bajo control, pero la zona que decían que estaba contenida parecía crecer cada día. Aparte de eso, las emisiones de televisión, en las que se veía a conductores de noticieros locales y a oficiales del partido que reconocía, habían sido sustituidas por gente a la que no conocía, gente de fuera de la provincia. Había oído rumores en la fábrica y en el mercado. Sabía de por lo menos dos hombres que habían trabajado en las minas a quienes no se les había permitido regresar a casa. Pero había algo peor que todo eso, lo que finalmente lo había inducido a robar una copia de las llaves del camión y guardar una botella de agua y un poco de comida en los bolsillos de su chamarra (todo lo que pudo sin llamar la atención) fue que tres días antes se habían cortado todas las comunicaciones con el mundo externo: no había teléfonos fijos, celulares ni internet. Nada entraba ni salía. Sólo las transmisiones oficiales de radio y televisión.

Habían transcurrido sólo cinco días desde el primer incidente en la mina. Había pensado que sería tan sólo un accidente como otros, pero no pasó mucho tiempo antes de que empezaran a correr los rumores. Un virus. Experimentos militares con armas químicas o biológicas. La vieja que le servía la sopa en el restaurante a la vuelta de su departamento insistía en que eran fantasmas, que los mineros habían molestado a alguna especie de fuerza sobrenatural. La hermana de un amigo suyo, una muchacha que pasaba casi todo su tiempo libre leyendo copias pirata de novelas estadunidenses para jóvenes, afirmaba que eran vampiros o zombis, y que por eso el ejército había llegado tan rápido.

Al principio no le dio mayor importancia. La gente moría en las minas, qué se le iba a hacer. Por lo menos él no tenía que trabajar allí. Si bien no le encantaba su trabajo en la fábrica, a sus diecinueve años había ganado más dinero en un mes del que sus padres podían creer. Estaban convencidos de que exageraba cuando les mencionó su salario. Tenía un departamentito para él solo, su propia televisión, un teléfono celular, una computadora, y de vez en cuando hasta podía pasar una noche solo con la hermana de su amigo. Su propia hermana y sus dos hijos vivían a unas cuadras de su departamento, y lo invitaban a cenar algunas noches por semana. Aunque no veía a sus padres con la frecuencia que él hubiera deseado, pues el viaje de cinco horas en autobús lo dificultaba, tampoco se podía quejar.

Cinco noches atrás, cuando la mayoría de la gente creía que sólo había sido un accidente, había ido a cenar con su hermana y, mientras le hacía caballito a su sobrino, el fanfarrón de su cuñado se la pasó hablando de fallos de seguridad en las minas, diciendo que eso tenía que suceder tarde o temprano por todos los pasos que se saltaban. Cuatro noches atrás sabía que se estaba hablando mucho del asunto, pero era una de las noches reservada para su novia (o lo que fuera para él), y entre ellos no hablaron gran cosa.

Había empezado a hacer caso tres noches atrás. Se había preparado algo de cenar y luego trató de entrar a internet, pero su computadora se negó. No le preocupó, pues aunque la aldea tenía una conexión relativamente rápida, era esporádica. Luego sacó su teléfono celular para llamar a sus padres y vio que no tenía señal. Y en la televisión, todos los canales estaban en blanco, salvo el local oficial, que repetía lo mismo cada hora. Suspiró, leyó un poco y se fue a dormir.

A la mañana siguiente, camino a la fábrica, se dio cuenta del número de soldados que había en la zona. Luego vio cómo se levantaban los rollos de alambre y notó que los muchachos de uniforme, de su misma edad, sujetaban firmemente los fusiles. En el trabajo por lo general prefería estar solo, pero en el descanso para comer se sentó con un grupo de viejos. Se impresionó cuando oyó que la mina había sido acordonada y que a ninguno de los hombres que estaban trabajando cuando ocurrió el incidente lo habían dejado ir a casa. Más tarde, casi al final de su turno, el capataz habló por los altavoces y anunció que se esperaba que siguieran adelante, que no ocurría nada y que debían seguir cumpliendo sus turnos.

Su teléfono seguía sin funcionar y tampoco los demás tenían señal, pero él era lo bastante listo para saber que cuando los soldados llegaban a raudales y empezaba a levantarse alambre de púas, que cuando los encargados trataban de tranquilizarlos y asegurar que no estaba pasando nada fuera de lo común, aunque a todas luces lo que estaba sucediendo no era normal, era momento de preocuparse.

Fue entonces cuando robó las llaves de uno de los camiones, llenó una botella de agua y metió una manzana y unas galletas en los bolsillos de su chamarra. Pensó en hacer una maleta, pero apenas el día anterior, camino al trabajo, había visto que los soldados molían a un hombre a golpes. El hombre iba con su familia en un coche, con la cajuela amarrada para que las maletas no se salieran, y se había detenido en el nuevo portón que se había instalado después de que el ejército cercó la aldea. El portón era el único lugar por donde ahora se podía salir. Oyó al hombre intercambiar palabras fuertes con los soldados y luego, mientras intentaba mirar sin ser demasiado obvio, vio cómo sacaban al hombre del auto y lo golpeaban con las culatas de los fusiles. Incluso a lo lejos se veía claramente que los soldados seguían hincándole el metal al hombre mucho más de lo necesario.

Por todas estas razones atravesó el portón sin reducir la velocidad. Simplemente se abrió camino. Durante toda la noche se habían oído disparos intermitentes. En algún momento escuchó algo procedente de la zona minera que debió ser una explosión. No podía dormir y entonces, finalmente, apenas pasadas las cuatro de la mañana, salió sigilosamente de su departamento y se escabulló. Las calles y callejones estaban vacíos y oscuros, y la fábrica en silencio. No había ninguna valla alrededor del estacionamiento donde estaban los camiones, y ya tenía la llave en la mano antes de siquiera darse cuenta de que algo andaba mal.

Había una sola luz en la esquina del edificio, y aunque el foco amarillo era brillante, no era suficiente más que para proyectar sombras por el estacionamiento. De repente deseó que fuera más intensa, pero trató de no pensar en eso. Sabía que simplemente estaba asustado por las historias y rumores y por la afluencia de soldados y la nueva alambrada, el sonido de disparos y explosiones por la noche. Pensó que debía tranquilizarse, y luego soltó una risita. ¿Por qué debía tranquilizarse? Todas esas razones justificaban su miedo. Dio los últimos pasos hasta el camión y había alcanzado la manija de la puerta cuando escuchó el ruido. Era una especie de chirrido. No, algo más quedo que un chirrido. Como el sonido de una hoja cuando el viento la empuja por el pavimento. O de varias hojas. Vio a su alrededor, pero no había nadie. Y luego se dio cuenta de que ocurría algo raro con la luz. No, no la luz, con las sombras. Como a veinte pasos, una sombra parecía moverse un poco, como en pulsaciones. La miró fascinado, y siguió absorto hasta que una hebra de negrura pareció caer de la sombra y desenrollarse hacia él.

No sabía qué era y no le importó. Aunque titubeó un poco, se percató de que había tomado una decisión en el momento en que robó las llaves del camión, y no veía la utilidad de averiguar qué era exactamente aquello de lo que había decidido huir. Se subió al camión, y justo al entrar sintió que algo lo rozaba por la nuca, y luego sintió el cuello completamente helado. Dio un manotazo, y algo pequeño y sólido cayó de su mano. Luego ya estaba dentro del camión con la llave en el encendido y el pie en el acelerador, dejando atrás lo que fuera aquella sombra.

Manejó con cuidado por la aldea hacia el departamento de su hermana. No le había platicado el plan. Sabía que ella le habría dicho a su esposo, y su esposo no era un hombre al que se le pudiera confiar un secreto. Pero también sabía que si simplemente se aparecía en el departamento con el camión, su hermana conseguiría convencer a su esposo de escapar. Su cuñado no le caía muy bien que digamos, pero tampoco era un estúpido.

Sin embargo, al dar la vuelta en la calle de su hermana fue claro que las cosas estaban peor de lo que incluso él hubiera imaginado. Estaba tan preocupado que no había notado el brillo de las linternas, pero cuando dio la vuelta a la esquina, el resplandor de las luces mostró la calle con gran nitidez. Había cinco o seis camiones del ejército estacionados y decenas de soldados corriendo con fusiles. Vio a alguien echado en el suelo, pero por el color artificial de las luces tardó algunos segundos en darse cuenta de que el charco negro alrededor del cuerpo era sangre. Y más adelante, ¿era eso un tanque? Santo Dios, pensó, era un tanque.

Sin siquiera pensarlo, giró el volante y llevó el camión por el callejón y siguió manejando hasta la salida de la aldea, metió el acelerador hasta el fondo y con gran estrépito atravesó el portón. Tuvo suerte de que los soldados esperaran que se detuviera. Le dispararon (el cristal trasero se hizo añicos), pero por lo visto el camión corría bien y a él no lo alcanzaron las balas. Estaba bien.

Eso había sido una o dos horas antes. Había perdido la noción del tiempo. Ahora que estaba lejos de la aldea se encontraba mejor. Estaba de maravilla. Le molestaba la nuca ahí donde algo le había rozado en el estacionamiento, pero en el espejo no podía ver qué era. Con los dedos palpó una ligera hinchazón, tal vez una cortada, pero, más que adolorido, estaba entumecido. El verdadero problema era su estómago, lo sentía agitarse. Pensó que sería una gastroenteritis, pero lo más probable era que fuera pura ansiedad. No tenía idea de qué era eso de lo que acababa de escapar, pero estaba seguro de que nunca volvería a ver a su hermana, nunca volvería a cargar a sus sobrinos. Tuvo que ahogar un sollozo y luego reprimió otra serie de arcadas.

No se hallaba bien.

Pero estaba vivo.

Sacó la botella de agua del bolsillo de su chamarra, le quitó a tientas la tapa y dio un trago. Eso lo hizo sentir bien y pareció asentarle el estómago por un minuto, pero luego vino otro acceso de náuseas.

Quizá pararía el camión por un par de minutos para poder vomitar a un lado de la carretera. Así se sentiría mejor.

En eso vio una luz brillante detrás de él, como el flash de una cámara. Miró por el retrovisor, pero la luz le lastimó los ojos. Volvió a mirar al frente y se dio cuenta de que no veía mucho más que el reflejo de la luz. Disminuyó la velocidad y se detuvo para frotarse los ojos. Afuera, la luz ya se estaba apagando, y lo que hubiera sido no le había dañado la vista. Se le habían grabado en los ojos imágenes remanentes del paisaje, pero ya empezaban a desvanecerse. Otra vez el acceso de náuseas. Esta vez no creía poder retenerlo y salió del camión como pudo.

En el momento en que sus pies tocaron el suelo volteó hacia la aldea, hacia el lugar de donde había salido el destello. Sólo que ya no era un destello: eran lenguas de fuego alumbrando el firmamento.

Base del Cuerpo de Marines, Centro de Combate Aeroterrestre, Twentynine Palms, California

La soldado de primera clase Kim Bock volvió a revisar su fusil. Sabía que no tenía caso, pero era la primera vez que comandaba a su unidad en un ejercicio con fuego real, y revisar su M16 la tranquilizaba. En su entrenamiento básico había usado el M16A2, pero cuando consiguió irse a California le entregaron un M16A4. Para ella no había mucha diferencia entre los dos fusiles, o al menos no cuando estaba en el campo, aunque sí le gustaba que se le pudiera quitar el asa de transporte si se encontraba en pleno ejercicio.

Estaba en cuclillas e intentaba relajarse. Había un sol endiabladamente fuerte, pero se estaba bien en la sombra. Kim fue catcher en el equipo de softball de la preparatoria, así que podía estar mucho tiempo cómodamente acuclillada, pero los tres hombres de su unidad estaban sentados en la losa de concreto. El cabo primero Elroy Trotter tenía los ojos cerrados y, por lo que Kim sabía, realmente podía estar durmiendo. Nunca parecía emocionarse y todo le daba lo mismo. Se bromeaba con que probablemente mantenía la cara de aburrido hasta cuando tenía sexo. La primera persona que hizo esa broma, el soldado raso Duran Edwards, era un muchacho afroamericano de Brooklyn mucho más listo de lo que cualquiera de los oficiales parecía reconocer, y a Kim le alegraba que estuviera en su unidad. Al principio le daba cierta aprensión el tercer hombre, el soldado raso Hammitt Frank, *Mitts*, pero tenerlo en su unidad era como echarle agua al fuego: sólo quedaba humo. Se daba cuenta de que los dos podían terminar como pareja en la vida civil, pero como parte de una unidad era diferente. Eran un equipo. Tenía suerte. Todos eran buenas personas; el hecho de que una mujer comandara la escuadra no les parecía nada del otro mundo. Sabía que al principio, cuando las fuerzas armadas empezaron a darles espacio a las mujeres en las unidades de combate, hubo algunos retrocesos. En el ejército sobrevinieron unos cuantos incidentes de alto perfil, pero tampoco entre los marines había sido miel sobre hojuelas. Kim todavía estaba en secundaria cuando a las mujeres se les otorgaron iguales condiciones, pero seguía siendo relativamente reciente y algunas personas mayores aún no podían adaptarse al hecho de que hubiera marines con tetas en la línea de fuego. Elroy, Duran y Mitts, sin embargo, tenían su misma edad y habían estado con ella en el campo de entrenamiento básico. Quizá en secreto no les encantara en general la idea de que una mujer les diera órdenes de combate, pero como se trataba de ella, no tenían problemas con eso. La conocían bien, y eso ayudaba. Sabían que estaba en forma y era capaz de competir con la mayoría de los hombres, además de que era lista y buena para tomar decisiones rápidas. Probablemente habrían aceptado a otra mujer como su soldado de primera, pero de verdad era importante el hecho de que la conocieran. Confiaban en que los mantendría a salvo.

Kim oyó que decían su nombre por los altavoces.

—Enterado —le dijo a su unidad—. Somos los siguientes. Recuerden, fusiles en ráfaga. Es fuego real, así que mucho cuidado aquí. Tómense su tiempo y decidan bien. La acción rápida no sirve a menos que sea la correcta.

Los tres hombres se pusieron de pie apresuradamente mientras Kim se levantaba y todos juntaron las manos en un pequeño montón de diferentes tonos de piel.

—Sean listos, sean fuertes, sean marines.

Le encantaba cómo sonaban los cuatro gritando *¡Hurra!* y cómo sus manos bajaban y subían; cómo se sentía el M16 en sus manos y el clic cuando removía el seguro al fusil y lo ponía en ráfaga. Le embelesaba verse en su uniforme de combate rodeada de otros marines, y sentir la primera descarga de adrenalina en el pecho, le encantaba la sensación de ser una marine. Sus padres nunca habían entendido su fascinación, y todavía no entendían por qué se había alistado, si todas sus amigas de la preparatoria estaban ya en la universidad, bebiendo cerveza en las residencias y exponiéndose a violaciones en las fiestas de las fraternidades. Bueno, Kim sabía bien que sus padres no imaginarían así su experiencia universitaria, pero para ella, pasar por la universidad era algo que sólo haría siendo miembro de los marines. Había querido ser marine desde que empezaron a admitir a mujeres en las unidades de combate, y desde el instante en que se puso uniforme y se calzó las botas de agujetas entendió el dicho: *Quien es marine nunca deja de serlo.*

Les dieron luz verde y bajaron por la rampa. Duran y Elroy se fueron por la izquierda y se resguardaron atrás de una barrera de concreto, mientras que Mitts y ella se fueron por la derecha y se pusieron a cubierto atrás de la esquina de un edificio. Se suponía que estaban en un entorno urbano; había que reconocer el mérito de quien hubiera construido el escenario: realmente se sentía como si estuvieran en una ciudad. La base del cuerpo de marines podía estar en medio de la nada (a Twentynine Palms, veintinueve palmeras, la ciudad colindante con la base, le llamaban de broma *Twentynine Stumps* o veintinueve tocones, por la maravillosa ausencia de cosas divertidas que hacer), pero el entrenamiento era fabuloso. Entre los demás marines se decía que si el entrenamiento se había intensificado era por una razón: se enviarían tropas a Somalia en algún momento de los siguientes meses. Kim creía en los rumores. Si sólo se hubieran incrementado los programas de entrenamiento de ella y los otros reclutas todavía jóvenes podría haberlos descartado, pero no fue sólo con los nuevos marines: todo mundo se estaba preparando.

Les hizo a Duran y a Elroy una señal para que los cubrieran, mientras Mitts y ella corrieron a la siguiente barrera. Saltaron dos siluetas de civiles, y aunque ella empezó a apretar el gatillo, lo soltó. Luego, cuando vio que dejaban atrás a Duran y Elroy, apareció un blanco en la ventana de un edificio más adelante. Mitts no lo vio (estaba oteando más abajo), pero Kim giró y pulsó el gatillo. Como estaba en modo de ráfaga, el fusil lanzó tres balas de un solo tiro, y Kim vio al blanco astillarse y caer. Delante de ellos, Duran y Elroy ya estaban agazapados y levantando sus armas, pero en cuanto Mitts y Kim se levantaron para seguir corriendo, sonó el altavoz:

—Alto al fuego. Todos los marines, alto al fuego. Bajen sus armas. Terminó el ejercicio. Alto al fuego.

Kim vaciló. ¿Sería esto parte del ejercicio? Sabía que a veces les gustaba dar giros de tuerca para simular lo imprevisible de la vida en el campo de batalla, pero esto parecía demasiado, incluso para los marines. Además, la gente de su unidad ya estaba levantándose y poniendo el seguro a sus M16.

Se incorporó, aseguró su fusil y volteó a ver a Mitts.

—¿Qué diablos pasa?

Mitts se encogió de hombros.

—Quién sabe. Yo creía que nos estaba saliendo bien. Nos estábamos moviendo bien, los disparos dieron en el blanco, todo estuvo limpio. A lo mejor todavía había alguien en la arena, algún técnico que no consiguió salir antes de que empezáramos el ejercicio...

Elroy y Duran deambulaban por ahí; Duran tenía expresión adusta, pero Elroy estaba tan imperturbable como siempre.

—¿Y si tenemos que volver a empezar? —dijo.

Kim suspiró, porque Mitts tenía razón: les estaba saliendo muy bien, y les iba a costar trabajo mentalizarse para un nuevo intento. Estaba diciéndole a la unidad que regresaran a la rampa cuando el altavoz volvió a chisporrotear. Esta vez dejó escapar una sirena larga y aguda. Esto no era nada más en la arena, sino en toda la base. Y luego, cuando la voz anunció que todas las unidades tenían la orden de reportarse inmediatamente, en especial cuando advirtió: *Esto no es un simulacro*, se preocupó. No por lo que *Esto no es un simulacro* pudiera significar, sino porque no recordaba haber visto nunca inquieto al cabo primero Elroy Trotter.

Hindú Kush,
frontera entre Afganistán y Tayikistán

Estaba cansada de los mineros. A veces venían a visitarla y a pedirle información de la zona, aunque no estaba segura de qué estaban esperando encontrar exactamente. Otras veces le hacían un canje por alguna de sus ovejas, y una vez la invitaron a compartir una comida. Sin embargo, la mayor parte del tiempo la dejaban en paz. Eso había cambiado desde que les enseñó las piedras que había bajado de la vieja cueva en donde en ocasiones se refugiaba, cuando se quedaba atrapada en el paso de montaña.

Antes de ver las piedras, tampoco los mineros parecían querer estar allí. Con lo poco que podían entenderse, ella dedujo que les parecía frío e inhóspito. Eso no era más que la verdad. Era hábil con las ovejas y más próspera que otros, pero incluso cuando su esposo y su hija seguían vivos, había sido un lugar difícil para vivir. Los mineros habían facilitado las cosas en algunos sentidos (le habían dado un cuchillo y una nueva chamarra con la que estaba muy contenta), pero más que nada eran un fastidio. Les gustaba poner música a un volumen fuerte en su campamento y usaban explosivos en sus intentos de encontrar lo que fuera que estuvieran buscando. Eran cordiales, pero destructivos, y no le entristecería que se marcharan.

Sin embargo, ese día le iban a pagar. No tenían idea de cuánto ofrecer, y por lo que habían estado dispuestos a darle, ella los habría llevado con gusto adonde quisieran durante el tiempo que desearan. Así pues, los conduciría hacia el paso de montaña para ayudarles a encontrar la vieja cueva y enseñarles dónde había sacado las piedras. No entendía por qué les emocionaban tanto esas piedras: no tenían ni oro ni plata. De todas formas no le interesaba. Lo importante era que le estaban pagando generosamente.

A pesar de ser mayor que muchos de ellos (estaba cerca de los cuarenta, y los mineros parecían mucho más jóvenes que ella, aunque casi todos eran mayores que su esposo cuando murió), los estaba dejando atrás. Cada pocos minutos se detenía y esperaba a que la alcanzaran. Llevaban unas mochilas llenas de equipo electrónico, picos y palas y otras herramientas, pero a ella no le parecía que las bolsas estuvieran tan pesadas. Ella cargaba una. Como pudieron, le dijeron que les estaba costando trabajo respirar en lo alto de las montañas, así que disminuyó el paso y tomó descansos para que recobraran el aliento.

Para cuando llegaron a la cueva, ya era casi mediodía. El cielo seguía despejado. El jefe de los mineros, un hombre llamado Dennis, le había dicho que habría buen tiempo todo el día, que no tendrían nada de que preocuparse. La puso frente a su computadora, le mostró un mapa lleno de colores y le dijo que caería nieve hasta el día siguiente. Ella no estaba tan segura. Había vivido allí mucho tiempo y sabía que una tormenta podía irrumpir inesperadamente. Si quedaban atrapados en una, tendrían un difícil descenso. Sin embargo, no habría alternativa: ninguno de los hombres llevaba equipo para pasar la noche. Eran unos idiotas.

Para ella no era ningún problema llevarlos a la cueva. Todos los años terminaba refugiándose ahí unas cuantas veces, guiando a sus ovejas hacia ella cuando el mal tiempo la sorprendía demasiado lejos de casa. Era lo bastante grande para que cupiera todo el rebaño, y su entrada era estrecha, con bordes prominentes que contenían el viento. La cueva por lo general estaba oscura, pero eso nunca le había preocupado. Pasaba las noches acurrucada lo suficientemente cerca de la entrada para poder ver las estrellas y lo suficientemente lejos para quedar guarecida del viento y la nieve.

Con los mineros era diferente. La cueva tenía techos altos (la media docena de hombres podían estar de pie con facilidad) y todos llevaban linternas con luces potentes que podían desplegar por las paredes y el suelo. Nunca había visto la cueva tan iluminada. Uno de los hombres fue alumbrando el suelo y la pared hasta encontrar una piedra parecida a la que les había enseñado el día anterior. Murmuraron emocionados; Dennis la tomó para mirarla. Se la llevó a la mujer.

—Sí era cierto, no nos engañó —dijo, y le hizo un gesto con la cabeza—. Esto podría ser buenísimo. Si encontramos más, le pagaremos mejor —se frotó los dedos, por si ella no había entendido, pero sí sabía lo que significaba: que habría más dinero para ella, pero también que los mineros no se irían.

Afuera sopló un poco el viento y ella volvió a alzar la mirada al cielo. Seguía despejado, pero, aunque Dennis estuviera convencido, ella desconfiaba de que las nubes pudieran acercarse. Muchas veces había corrido peligro por el mal tiempo, y había sido un día como ése cuando la nieve se extendió por todo el valle y las montañas, y ella se quedó viuda y sin hija. Se adentró más en la cueva, más allá de los bordes de la entrada y a salvo del viento. Se acuclilló y se recargó contra la pared. No sabía cuánto tiempo querrían pasar los hombres en la cueva, pero se preparó para esperar.

Desde su perspectiva parecían estar apurados y al mismo tiempo inactivos. Sacaron unas maquinitas de sus mochilas, algunas que reconocía y otras que nunca había visto, y se dedicaron a recoger muestras del suelo de la cueva. Uno de ellos tomó algo que parecía una varita mágica y lo pasó por la pared. La vara tenía una serie de luces y dejaba escapar unos pitidos que parecían acelerar conforme las luces mudaban de un amarillo pálido a un rojo intenso. Cuando los pitidos se regularizaron y quedaron en un tono constante, el hombre bajó la vara y llamó a Dennis. Todos dejaron lo que estaban haciendo, y ella los observó desde su lugar, acuclillada contra la pared. Después de unos minutos, uno de los hombres buscó entre la pila de herramientas y palas, sacó la piqueta de mango largo y empezó a golpear la roca.

    La mujer perdió el interés, pues había visto algo iluminado por las luces que se movían por la cueva. Caminó hacia las bolsas que estaban en el suelo y tomó una de las linternas. La levantó para buscar lo que había visto. La luz destelló en la pared y movió las sombras a su alrededor. Le tomó unos minutos encontrarlo, allí, arriba en la pared de enfrente. Lo bastante lejano para que nunca antes, en las noches que pasó acurrucada en casi completa oscuridad con sus ovejas, lo hubiera podido ver. Apenas si podía alcanzarlo de lo alto que estaba; negro como el carbón, embadurnado en la pared. Primero pensó que sería ceniza, pero no. Levantó la linterna y supo que era otra cosa. Algo más viejo. Ya antes había visto dibujos pintados en las cuevas, pero éste era diferente. Era sencillo. Verlo le provocó un escalofrío. Era una araña.

    A sus espaldas, el ruido de la piqueta golpeando la pared de la cueva era constante; la respiración del hombre al moverla era pesada.

    La mujer recorrió la pared alumbrándola con la linterna, pero ya no había más dibujos ni imágenes. Solamente la araña. Eso la inquietó. No les tenía miedo a las arañas. No había razón para temerles. Pero de todas maneras...

    Hubo una pequeña ovación y algunos aplausos. Volteó a ver. El hombre con la piqueta estaba sonriendo: había atravesado la pared. Detrás de ella había un espacio oscuro. Otra cueva. Un túnel. No podía ver nada. Otro hombre tomó el hacha; empezó a moverla y el agujero se ensanchó rápidamente.

Ella pensó que en pocos minutos sería lo bastante grande para que entrara una persona.

Afuera de la entrada de la cueva vio algo flotando. ¿Un copo de nieve? Se asomó preocupada. ¿Cuánto tiempo llevaban allí dentro?

El cielo, antes despejado y con un sol radiante, ahora estaba cubierto de nubes. La temperatura había descendido. Sentía el frío húmedo de una tormenta que se avecinaba. Atrás de ella, el ruido del hacha contra la roca se había detenido, pero había algo más. Un golpeteo rítmico. Los hombres estaban platicando, y ella giró para buscar a Dennis y decirle que tenían que irse porque se avecinaba una tormenta.

Después ya no supo si estaba viendo el cielo o el techo de la cueva, pero estaba completamente oscuro. Y gritó.

Desperation, California

Siete minutos.

Pasaron siete minutos entre que vio las noticias del bombardeo nuclear hasta que aseguró la entrada al refugio. Gordo estaba sudando y tenía que orinar, pero había llamado a Amy desde su camión, y para cuando bajó por las escaleras a toda velocidad, Claymore y ella lo aguardaban bajo tierra. Amy se veía seria pero resuelta, y Claymore, que había pasado mucho tiempo en el refugio con Gordo (había adquirido el hábito de ver el beisbol allí, en vez de en su casa, donde volvía loca a Amy, y normalmente llevaba al perro con él), no parecía notar nada extraordinario. Claymore hizo lo que siempre hacía cuando veía a Gordo, o sea, menear la cola y luego echarse panza arriba para que le sobaran la barriga.

Gordo volvió a revisar las puertas del refugio (esta vez iba en serio, y un pequeño error sería el último) y se levantó la camiseta para secarse el sudor de la cara. Se agachó para rascarle la panza al labrador chocolate y volteó a ver a su esposa.

—Dilo —pidió—, quiero oírte decirlo.

La boca de Amy se frunció en una sonrisita. Él sabía que a ella le gustaba su capacidad de aligerar las cosas. Incluso en momentos como ése, a menos de veinte minutos antes de que empezaran a llover armas nucleares, Gordo podía hacer a Amy sentirse un poco mejor.

—Tenías razón —dijo Amy.

Gordo se enderezó y se llevó una mano a la oreja.

—¿Qué dijiste? Sonaba como a... No, no entendí bien.

Notaba que Amy trataba de mantenerse seria, pero no lo consiguió y su sonrisa se hizo más grande.

—Dije que tenías razón —dijo moviendo la cabeza.

Gordo se acercó a ella y le puso las manos en la cintura. Se reclinó para que su barbilla quedara en el rincón entre el hombro y el cuello de Amy.

—El marcador, mi vida, está en dieciocho millones seiscientos cuarenta y ocho mil trescientos dos contra once, a tu favor.

—Gordo —dijo Amy, y él sintió cómo ella iba relajándose al contacto con su cuerpo—, eres el tonto más extraño con que me haya casado jamás, pero te lo vuelvo a decir: tenías razón.

—¿Y en qué tenía razón, dulce esposa mía?

Amy retrocedió un paso para poder poner las manos en su pecho y darle un empujoncito.

—Tenías razón en que debíamos mudarnos a este pueblo dejado de la mano de Dios. Tenías razón en construir un refugio antiaéreo. Tenías razón en que tarde o temprano las cosas se iban a ir al demonio —caminó para encender la televisión—. Pero no tenías razón en pensar que eran zombis.

—Bueno, eso todavía no se sabe —dijo Gordo, pero pensó que tal vez en eso sí iba a fallar. No había zombis. Todavía no.

Había ido a la ciudad a comprar una pizza, su ritual semanal. Era más para él que para ella. Para sorpresa de ambos, Amy rápidamente se había adaptado al cambio de Nueva York a Desperation, California (o, como ella a veces le decía, *Desolation*). Se había criado en un rancho de caballos en Wyoming, y había ido a la Universidad Estatal Black Hills, en Spearfish, Dakota del Sur. Comparada con Desperation, Spearfish era una ciudad de tamaño decente, con una población cercana a los veinte mil habitantes durante el curso académico, pero gracias a su crianza y educación estaba más preparada para la vida en una ciudad pequeña que Gordo, nacido y criado en Nueva York. Aunque fue él quien insistió en que se mudaran, el cambio había sido más difícil para él.

En lo que tocaba a sus trabajos no había sido tan problemático. Amy era redactora técnica, algo que podía hacer desde donde fuera, y Gordo se dedicaba a las operaciones bursátiles. Trabajaba en los horarios del mercado, encorvado frente a la computadora, con un programa que él mismo había desarrollado, con el que se aprovechaba de variaciones menores en los mercados cambiarios. Los beneficios que obtenía eran constantes, y habría ganado mucho más si hubiera dejado que todo siguiera su curso, pero no tenía ninguna confianza en que los ceros digitales al final de sus saldos bancarios sirvieran de algo cuando llegara el apocalipsis. No, le parecía mucho mejor conservar al menos dos terceras partes de su dinero en una forma tangible. En ese momento le tranquilizaba mucho la caja fuerte en el fondo del refugio, donde tenía cincuenta y nueve kilos y medio de oro. En los precios vigentes, a casi sesenta y cinco dólares el gramo, su valor era cercano a los tres millones ochocientos cincuenta mil dólares, y le pareció que cuando hubieran caído las bombas nucleares, tras el inevitable colapso del papel moneda, el precio del oro se dispararía.

No, el trabajo no había sido un problema. El problema era la realidad cotidiana de vivir en Desperation. Su nombre, Desesperación, era muy apropiado, y Gordo temía que Amy se diera cuenta de cuánto lo aliviaba que el mundo tal como lo conocían se acercara a su fin. Le había emocionado tanto que ella aceptara dejar atrás Nueva York que se había metido de lleno a la planeación. Primero investigó sobre los lugares a donde podían mudarse, para determinar cuál sería el mejor sitio para sobrellevar el apocalipsis. Por suerte, internet facilitaba enormemente las cosas. Era fácil descartar algunos lugares: si había una guerra nuclear, cualquier sitio demasiado cercano a una instalación militar sería bombardeado con toda seguridad, mientras que si llegaban los zombis, cualquier sitio cercano a una población civil importante sería invadido. El lugar donde se guarecieran tenía que poderse defender fácilmente, estar lo bastante cerca de alguna pequeña ciudad con infraestructura básica que les permitiera construir la casa y el refugio antiaéreo, e idealmente, que hubiera ya ahí algunas personas con ideas afines que pudieran ayudar a organizar una defensa cuando todo se hubiera venido abajo y llegaran las hordas al saqueo. Gordo sabía que sería un sálvese quien pueda, pero también que en ciertas situaciones podía ser conveniente tener aliados. Si Amy y él iban a reconstruir la humanidad, sería bueno tener ayuda.

De inmediato descartó los lugares de preparacionistas que ya se habían instalado con alguna clase de filosofía que a Amy o a él les resultaban chocantes, como los complejos habitacionales de supremacistas blancos que parecían desperdigarse en los estados montañosos o, peor aún, los hippies, veganos, activistas por la paz y ambientalistas que construían sus refugios con materiales sustentables y se negaban a abastecerse siquiera de armas básicas para la defensa personal. Sin embargo, cuando dio con Desperation, un sitio que ya era popular entre los preparacionistas independientes, supo que era lo que buscaba. Después se entregó a la construcción de la casa y el refugio. Fue bastante fácil encontrar el terreno, a tan sólo cinco kilómetros de la ciudad o, como Gordo decía, *la ciudad*, con el énfasis necesario, pues dicha ciudad estaba conformada en su totalidad por cuatro bares, el Jimmer's Dollar Spot (negocio que funcionaba como tiendita, gasolinera, supermercado, tienda de armas, oficina de correos, ferretería, tienda de ropa y cafetería, todo en uno, y a pesar de su nombre, allí muy pocas cosas costaban un dólar) y, finalmente, el restaurante LuAnne's Pizza & Beer. Esto significaba, pensaba Gordo, que podría decirse que en Desperation había cinco bares, no cuatro.

Gordo y Amy compraron cuarenta y cinco hectáreas de terreno a setecientos cincuenta dólares la hectárea, y de inmediato empezaron a excavar. Una de las razones por las que Desperation era tan popular entre los preparacionistas era que los terrenos a su alrededor estaban salpicados de minas abandonadas y con un poco de planeación era fácil aprovechar la tierra ya ahuecada para construir un refugio. La mayor parte del trabajo ya estaba hecho. El pasadizo a la mina era lo suficientemente grande para que cupiera un camión con cemento, y la cueva ahuecada donde construyeron el refugio tenía suficiente espacio sobrante para que Gordo estacionara una retroexcavadora, *para poder salir si terminamos enterrados*, le dijo a Amy.

Gordo podía llegar de la casa al refugio en menos de tres minutos si iba corriendo, pero no tenía que hacerlo: podía ir en la camioneta por abajo en el túnel. Lo más difícil del proyecto había sido instalar la serie de puertas de acuerdo con especificaciones para que no penetrara la radiación. Fuera de eso, se trataba básicamente de ir de expedición a las tiendas para conseguir comida enlatada y no perecedera, agua, pastillas de yodo, pastillas antirradiación, un contador Geiger, libros y manuales para construir desde molinos de viento hasta armas de fuego básicas, cuchillos y palas, botiquines de primeros auxilios, medicinas, pistolas y fusiles, municiones y, con ayuda de internet y parte de sus reservas de oro, explosivos de alta potencia.

Pero entonces, cuando ya habían terminado de construir y mudarse, ya que Gordo había planeado todo lo que podía planear, se dio cuenta de que lo único que faltaba era esperar a que pasara lo peor. Y esperar y esperar.

Amy y él se conocieron cuando él todavía trabajaba para la empresa de fondos de cobertura y ella había entrado como analista subalterna recién salida de la universidad y con poco tiempo de haberse mudado a Nueva York. Aunque eran muy jóvenes, se casaron al cabo de un año. Cuando Gordo cumplió veintiséis, ganaba muchísimo dinero con el comercio de divisas, pero también se lo estaban gastando rapidísimo. Amy había abandonado los mercados para ponerse a escribir manuales técnicos, y habían entrado a robar a su casa cuatro veces en un año. Ése era el precio de vivir en Nueva York, y Gordo sentía que era una prima muy elevada. Amy, sin importar si estuviera de acuerdo con eso o no, había aceptado irse de la ciudad. Antes de que Gordo cumpliera treinta, el refugio estuvo terminado y llevaban más de cuatro años viviendo en Desperation, California. Era un sistema perfecto. La casa estaba justo al lado de la entrada a la mina, y tenían líneas de visión despejadas en todas direcciones. Si se trataba de bombas nucleares, podían desaparecer en las fauces del túnel, y si se trataba de zombis o de armas biológicas, podían esperar en la casa hasta que vieran el peligro yendo hacia ellos.

Pero todo era esperar… Gordo había vivido en alerta máxima desde que decidieron largarse de Nueva York, y después de siete años (tres construyendo el refugio y cuatro a la espera de usarlo) ya se había cansado de estar permanentemente listo. Y Amy, que era comprensiva, había estado insinuando que no podían esperar mucho tiempo más si querían tener hijos. Él ya tenía treinta y cuatro años, y aunque eso no era precisamente ser viejo, tampoco era joven, además de que llevaban juntos el tiempo suficiente para que ya fuera hora. ¿Hora de qué?, quería preguntar Gordo. ¿No entendía ella que la razón que los había hecho mudarse a Desperation era su idea de que en efecto *ya era hora*, y que de hecho *hacía tiempo* que las cosas tenían que haberse ido al carajo? Él no estaba seguro de querer traer niños a un mundo que iba a destruirse. Con todo, en todas las novelas sobre el fin del mundo que había leído había niños. A veces sólo para tocar las fibras sensibles del lector, pero casi siempre estaban allí por alguna razón: repoblar el mundo. Entonces quizás era su deber; quizá, pensó, podía hacer feliz a Amy y hacer lo correcto, dado que era uno de los pocos hombres que estaban preparados para sobrevivir al fin del mundo.

Además, tratar de tener un hijo sonaba más divertido que *esperar a que eso pasara*.

Estaba pensando en todo esto cuando llegó al centro de Desperation y se estacionó frente a LuAnne's Pizza & Beer. Amy no se estaba sintiendo muy bien y se tomó una siesta, pero había insistido en que no cancelaran su noche de pizza. Seguramente sabía lo importante que era para él tener un pretexto para ir a la ciudad y tomarse una o dos cervezas mientras esperaba a que el esposo de LuAnne, con sus nudillos peludos, hiciera su pizza. Gordo suponía que simplemente podría haber ido a uno de los bares, pero temía que esa opción sonara demasiado atractiva. Había quizá cuarenta o cincuenta parejas y familias como Amy y él, que habían ido allá porque esperaban que las cosas se fueran al carajo en cualquier momento, gente común y corriente que simplemente era realista en cuanto al estado del mundo, pero también había muchos hombres solteros chiflados que pensaban que el gobierno andaba tras ellos, o que decían haber sido investigados por los extraterrestres, y eran ésos los que iban a los bares. Ellos y los motociclistas. Por alguna razón que Gordo no terminaba de entender, Desperation era una parada habitual en el circuito de las motocicletas, y siempre había grupos de motos estacionadas frente a los bares. Había alguna especie de regularidad, reglas sobreentendidas sobre adónde iban cuáles motociclistas, pero Gordo nunca se tomó la molestia de investigar sobre el tema. Las motocicletas le parecían peligrosas. No, él prefería mil veces una camioneta buena y maciza, y con eso se conformaba.

LuAnne's Pizza & Beer estaba más concurrida de lo que esperaba. Vio a la familia Grimsby sentada en la gran mesa de banquetes: siete niñas, cuatro niños, el padre que se estaba quedando calvo y siempre se veía como si llevara varios días sin dormir, y la madre, increíblemente guapa para ser mamá de once niños que no iban a la escuela sino que recibían educación en casa. Se rumoreaba que Ken Grimsby había hecho una fortuna con computadoras antes de mudarse a Desperation, y había venido, al menos en parte, porque le aterraba que alguien pudiera intentar acostarse con su esposa. Gordo se quedó viendo a Patty Grimsby por un segundo, y se dio cuenta de que probablemente era un terror justificado. Había en Patty algo inexplicablemente sexy. No era sólo que hubiera sido modelo (cuando se casaron tenía diecinueve años, y Ken casi le doblaba la edad), sino algo más, una especie de disponibilidad, y aunque ella nunca había hecho o dicho nada que hiciera a Gordo pensar que quisiera acostarse con él, no podía quitarse la sensación de que en efecto eso quería. Feromonas o algo así, pensó. Tal vez era solamente que con los once niños sentados a la mesa, algo relacionado con su fertilidad despertaba la lujuria de los hombres. O con su apariencia de fertilidad: dos conjuntos de gemelos, otros dos hijos biológicos y cinco adoptivos. Pero más allá de la procedencia de sus hijos, ella parecía ser más una exmodelo de lencería que la esposa de un preparacionista medio loco y madre de once hijos. Y si bien su atractivo sexual podía ser un asunto interesante, no era un tema del que pudiera hablar con Amy. Sabía que a muchos hombres, aunque no engañaran a sus esposas, les gustaba fantasear con eso. Él no era uno de ellos. Nunca había deseado a nadie más que a Amy desde el instante en que la vio sentada en su cubículo en la empresa de fondos de cobertura en el corazón de Manhattan. Sin embargo, eso no significaba que fuera buena idea hablar con ella sobre su percepción de la disponibilidad sexual de Patty Grimsby.

Pero con Shotgun sí podía hablar sobre eso. A Shotgun no le gustaban mucho las mujeres, pero a pesar de ser gay, su matrimonio con Fred Klosnicks se parecía muchísimo al de Gordo, y las dos parejas habían entablado una buena amistad hacía un par de años. Gordo suponía que Shotgun tendría un nombre de verdad, algo benévolo como Paul o Michael, incluso Eugene, pero nadie en Desperation había jamás oído que a Shotgun le dijeran de ningún otro modo. De hecho, Gordo, al verlo sentado en el bar, por primera vez se dio cuenta de cuán apropiado era el apodo. Escopeta. Era alto y delgado, varios centímetros más alto que Gordo, que corto de estatura no era. Shotgun, por reflejo, se agachaba cada vez que entraba por una puerta, y todo el tiempo se andaba golpeando la cabeza con la lámpara que colgaba sobre la mesa de billar en la esquina. Tenía un cuerpo flaco y duro, como el cañón de una escopeta, e incluso las canas prematuras intercaladas en su espesa cabellera negra daban la sensación de un gris plomo. Shotgun estaba cerca de los cuarenta y era, como muchos de los preparacionistas, autodidacta. Había de tres clases: los imbéciles de siempre, que no habían aprendido gran cosa sobre ningún tema y en ningún lugar, y parecía que se emborrachaban con cierta regularidad; los tipos como Gordo, que habían ido a una buena universidad (en su caso, Columbia) y se habían formado como ingenieros o en alguna otra especialidad relacionada con la solución de problemas, y aquéllos como Shotgun, que eran listos como ellos solos y podían aprender por su cuenta todo lo que necesitaran saber. Shotgun siempre estaba construyendo algo nuevo en su rancho o trabajando en algún nuevo proyecto que sonaba imposible y quijotesco, pero invariablemente le salía bien. Muchas de las familias y hombres en Desperation y sus alrededores estaban sin un peso y construían al aventón casas con desechos de plástico y conglomerado, hacían refugios con tubos de drenaje enterrados y escombros, pero algunos tenían dinero. Gordo y Amy eran relativamente acaudalados, y en casi cualquier lugar que no fuera Nueva York se habrían considerado ricos, mientras que la familia Grimsby debía tener diez o veinte millones de dólares en el banco, pero de todos ellos, Gordo estaba seguro de que Shotgun era el único indudablemente rico. Rico lo que se dice rico, con dinero en cantidades que provocarían la ira de Dios. Shotgun tenía al menos veintisiete patentes conocidas por Gordo, y un par de ésas eran de aparatos muy usados, con lo que a Shotgun le entraban cantidades importantes de dinero con regularidad.

Sin embargo, no se le notaba. Cada vez que Gordo lo veía, Shotgun iba vestido igual: zapatos deportivos, pantalones militares oscuros, camiseta negra y una gorra de beisbol de los Cachorros de Chicago. Manejaba una camioneta vieja, y su casa desde afuera parecía tan frágil que un pedo violento podría derribarla. Por supuesto, cuando uno llegaba a conocer bien a Shotgun todo era un poco diferente. Para empezar, al entrar por la puerta principal, uno se daba cuenta de que estaba construida arriba de una mina abandonada. Lo que se veía desde fuera no era más que el caparazón. Si Gordo había construido un refugio cerca de su casa, Shotgun había hecho uno mejor y se había construido un refugio a manera de casa. Desde fuera parecía una casa prefabricada del catálogo de Sears con una cochera extragrande, pero bajo tierra había casi dos mil metros cuadrados de espacio destinado a vivienda y talleres. La vivienda consistía en cuatro recámaras, una cocina abierta y un conjunto de sala y comedor que habrían quedado bien en una torre de departamentos chic en Nueva York, pero lo que hacía babear a Gordo eran los talleres: había allí aparatos de alta tecnología, además de todas las herramientas eléctricas que pudieran imaginarse. Si Shotgun no quería esperar el tiempo de entrega de alguna cosa, o si todavía no existía, él mismo podía producirlo. Y en la cochera, más grande que una cancha de basquetbol, además de algunos *juguetes* como un Maserati y un Corvette antiguo, Shotgun guardaba un par de máquinas de construcción y, lo más imponente, un avión de seis plazas.

Por supuesto, nada de eso le sorprendía tanto a Gordo como el simple hecho de que hubiera preparacionistas gays. Cuando las parejas se reunían, Gordo y Shotgun empezaban a hablar sobre problemas de ingeniería o de la calidad de cierta clase de cuchillo, mientras Amy y Fred podían hablar de cine, libros y cocina. En Nueva York, Gordo no habría tenido que pensarlo dos veces antes de hacerse amigo de una pareja gay, pero allá en Desperation sí resultaba un poco extraño. Simplemente, que Gordo supiera, no había tantos preparacionistas gays, ni tampoco negros. La mayoría eran blancos, locos y heterosexuales, solteros o familias. Suponía que Amy y él entraban en esa categoría. Bueno, se corrigió Gordo, Shotgun y Fred estaban casados, así que eran una familia, y eran blancos, y uno tenía que estar un poco loco para mudarse a Desperation. Pero no tenían hijos. Una vez le preguntó a Shotgun sobre el tema, le dijo que pensaba que Amy y él se ocuparían de repoblar el mundo cuando estuvieran encerrados en el búnker, pero que no estaba seguro de los planes de Shotgun.

Cuando se lo dijo, Fred y Amy permanecían sentados en un gabinete, y Shotgun y él estaban en la barra. Shotgun le dio el último trago a pico de botella a su cerveza antes de hablar. No estaba enojado, pero se iba a tomar su tiempo para responder. Tenían suficiente tiempo de conocerse y buena voluntad acumulada para que Gordo supiera que podía decir algo estúpido y Shotgun se tomaría el tiempo necesario para explicar por qué era estúpido. Y en ese mismo momento estaba seguro de que había dicho algo estúpido.

Shotgun puso la botella en la mesa, le hizo un gesto a LuAnne para que le llevara otra y clavó los ojos en Gordo.

—A ver, amigo, ¿para qué crees que estoy aquí? La humanidad podría importarme como concepto abstracto, en cuanto a lo de repoblar el mundo y todo eso. Pero lo cierto es que me importa un carajo. Realmente nada. Estoy aquí por Fred y por mí. Estoy aquí porque cuando empiecen a caer las bombas —Shotgun estaba seguro de que serían misiles nucleares, no zombis ni una pandemia de influenza— no quisiera perderme los años de esperanza de vida que me queden.

Desafortunadamente, parecía que Shotgun tenía razón en lo de las bombas nucleares.

Gordo se sentó en el bar, pidió su pizza y se puso a platicar con Shotgun mientras se tomaba su cerveza. Resultó que también Fred se sentía un poco mal, igual que Amy, y había mandado a Shotgun a comprar una pizza.

—Deberíamos poner a Fred y a Amy juntos en un sofá para que puedan sufrir en compañía, y tú y yo podamos ser nerds a gusto —dijo Gordo.

—A propósito, quería enseñarte esto, mira —Shotgun había estado trabajando en una nueva especie de filtro de agua y sacó uno de los dibujos que había ideado para evitar las restricciones del diseño de la bomba. Era una solución elegante, y Gordo había sugerido una pequeña modificación. Se enfrascaron en eso sin hacer caso de la televisión y la mesa atrás de ellos, donde Patty y Ken Grimsby trataban de que sus once hijos comieran. No dejaron de hablar ni levantaron la vista hasta que la joven detrás de ellos dijo por segunda vez:

—Les decía, ¿alguno de ustedes sabe si por aquí se renta algún terreno? Acabamos de llegar a Desperation —lo dijo como si el hecho de que Gordo y Shotgun nunca la hubieran visto —ni a ella ni a su novio— no les diera ya una pista. Era joven, de no más de veinte años si acaso, y el joven detrás de ella apenas un poco mayor. Gordo no tuvo que mirar por más de un segundo para que le resultara antipático. Reconoció la clase de persona que era: un hippie enojado que fingía estar allí por amor al medio ambiente y ese tipo de cosas, pero que en realidad tenía mucho miedo de enfrentar la vida de verdad. Además, los hippies enojados siempre acababan con chavas hippies idealistas como ésta. Y, por supuesto, ¿cuál era su nombre?

—Flower —dijo—. Y él es Baywolf. Se escribe como se oye.

—¡Ah! —dijo Shotgun—, *conozco la fama gloriosa que antaño lograron los reyes daneses...*

—No —interrumpió el hombre a Shotgun—, no como el poema.

Gordo trató de sonreír, pero sintió que se le había avinagrado la expresión. Había tenido que leer *Beowulf* para una clase en la licenciatura en Columbia, y eso automáticamente lo había ahuyentado de la literatura inglesa, pero de todas formas el tipo era de lo más irritante.

—Entonces como *bay*, bahía, y *wolf*, lobo. ¿Tú lo inventaste?

—Mis padres me pusieron Flower —dijo la muchacha—. Eran hippies.

Sonrió. Tuvo la sensatez de avergonzarse por el nombre, aunque evidentemente toda la vida había tenido que dar la explicación.

—¿Ya no lo son? —preguntó Gordo.

Negó con la cabeza y le respondió:

—Mi mamá es inversionista y mi papá, abogado fiscal. No les dio mucho gusto que digamos que yo dejara la escuela, pero ellos también lo hicieron y después volvieron, así que no tienen por qué quejarse.

Gordo decidió que Flower podría estar bien. Luego, cuando Baywolf habló, reafirmó su opinión sobre el joven.

—Ese viejo es un cabrón. Nunca nos quiere dar dinero.

—¿Y has intentado trabajar? Eso a veces ayuda cuando se necesita dinero.

—Vete a la mierda —dijo Baywolf, y agarró a Flower de la muñeca—. Vámonos.

Ella se lo sacudió de encima y volvió a ver a Gordo.

—Entonces, ¿saben si se renta algún lugar?

Gordo se terminó la cerveza y le lanzó una mirada a LuAnne, que le mostró dos veces ambas manos. Él ya llevaba allí veinte minutos esperando, y la pizza se iba a tardar, por lo visto, otros veinte. El esposo de LuAnne era lentísimo en la cocina, pero la pizza no estaba mal, sobre todo porque era el único restaurante en ochenta kilómetros a la redonda. Hizo un gesto con la cabeza para pedir otra cerveza y volteó a ver a la pareja. Baywolf los fulminaba con la mirada, pero estaba claro que iba a dejarse llevar por Flower. Está bien, pensó Gordo. Era linda, y parecía que lo de la cabeza hueca era más bien puro fingimiento.

—¿Qué los trajo a ti y al señor Wolf a Desperation?

Baywolf les dirigió una mirada amenazadora, pero a Flower no pareció molestarle la pregunta.

—Lo mismo que a todos ustedes, supongo. Sólo queríamos alejarnos de las ciudades y acampar un rato en algún lugar que no pareciera que fuera a llevarse la peor parte.

Shotgun levantó una ceja. Gordo no sabía si estaba tratando de hacerse el chistoso o si de verdad intentaba mostrarse escéptico, pero de todas formas era divertido. Para ser un hombre que prácticamente se había forjado un palacio para el día del juicio final, era sorprendente cómo criticaba a la mayoría de los otros preparacionistas.

—La peor parte de… Déjame adivinar: ¿vampiros? —dijo Shotgun.

—Por supuesto que no —dijo Flower dándole unas palmaditas en el brazo—. Los vampiros no existen. Lo que nos preocupa son los zombis —hizo una breve pausa y sonrió—. Es broma —esperó un minuto a que Shotgun también sonriera, luego puso una cara muy seria y siguió—: sí creo en los vampiros.

Gordo decidió que esta muchacha le caía bien. Tenía un agradable sentido del humor, y si ya estaba dispuesta a bromear así con Shotgun, podría irle bien en Desperation. Su novio era otra historia, pero eso a él qué le importaba.

—Shotgun se inclina más por la escuela de pensamiento del apocalipsis nuclear.

—¿Shotgun? —preguntó el novio de Flower con desdén—. ¿Así te llamas?

Gordo conocía a Shotgun lo suficiente para reconocer que esa curva en sus labios era algo más que una sonrisa.

—Sí, Baywolf, me llamo Shotgun.

Gordo le extendió la mano a Flower.

—Gordon Lightfoot, pero todos me dicen Gordo.

—¿Gordon Lightfoot? ¿Como el cantante? —Flower le estrechó la mano. Tenía un apretón firme.

—Ajá, como el cantante —dijo Gordo—, pero no somos

parientes. Si necesitan dónde quedarse pueden preguntarle a Burly, en el Lead Saloon. La casa de su hermano lleva un buen rato desocupada; tal vez se las rente barata. Es una vieja casa rodante allá con los Grimsby. Desde fuera no hay mucho que ver, pero conociendo a Burly, estará limpia y libre de goteras.

Volteó para tomar su cerveza de la barra y se detuvo. La televisión. Le dio un golpe a Shotgun en el brazo.

—Carajo. ¿Ya viste eso?

En la pantalla, un conductor de noticieros de la cadena había sustituido el programa de concursos. Gordo no lo reconoció, pero se notaba que estaba agobiado. En la parte inferior de la pantalla estaban las palabras *explosión nuclear*.

—¿Burly? —dijo la muchacha detrás de él.

—Espera un momento. Oye, LuAnne, ¿puedes subir el volumen?

LuAnne caminó pesadamente y lo subió. Gordo se percató de que atrás de él todos se habían quedado en silencio y los Grimsby hacían callar a sus once hijos.

—… hace unos minutos. De acuerdo con la Casa Blanca, el primer ministro chino ha confirmado que la explosión fue un accidente ocurrido durante unos ejercicios de entrenamiento. Una vez más nos disculpamos por interrumpir la programación habitual, pero tenemos esta noticia de última hora: hace menos de veinte minutos explotó una bomba nuclear en la provincia de Sinkiang, al norte de China. Aunque todavía no está claro el alcance de la destrucción, la Casa Blanca nos ha informado que se trató de un incidente aislado. El gobierno chino informa que fue un accidente militar. En este momento creemos que un avión militar que llevaba un arma nuclear tuvo un accidente durante una misión de entrenamiento. No tenemos suficiente información, pero pasaremos ahora a la Casa Blanca, donde…

Gordo no quería oír lo que el reportero de la Casa Blanca sabía o no sabía. Shotgun y él se voltearon a ver y luego se abrieron paso hacia la puerta, seguidos de cerca por Patty y Ken Grimsby y su prole. Su última imagen del interior de LuAnne's Pizza & Beer fue LuAnne aventando la toalla blanca en la barra y girando hacia la cocina mientras Flower y Baywolf miraban confundidos a su alrededor.

Todos los pensamientos sobre la chica hippie y su enojado novio desaparecieron en el momento en que pisó el acelerador. Vio la camioneta de Shotgun dar vuelta en la esquina demasiado rápido, con lo que levantó una nube de polvo, pero estaba demasiado atareado en marcarle a Amy como para preocuparse por él. Cuando llegó al camino de acceso a su casa iba tan rápido que casi podía jurar que las cuatro llantas se habían levantado del suelo. Pegó un frenazo y salió corriendo para abrir las puertas del refugio. Sentía el corazón martillándole.

Y después de todo eso quedaron solos los tres dentro del refugio con las puertas bien cerradas: Claymore meneando la cola, Amy diciéndole que había tenido razón desde el primer momento, y Gordo sintiendo un hueco en la boca del estómago por los nervios.

Estaba preparado para el fin del mundo.

Base del Cuerpo de Marines, Centro de Combate Aeroterrestre, Twentynine Palms, California

Una pequeña explosión nuclear y todo mundo se pone como loco. Los conductores de noticias habían estado farfullando toda la noche, bustos parlantes hablando de lo que no sabían, pero nadie parecía tener nada que agregar a los informes iniciales de que había sido el accidente de un avión militar en entrenamiento, salvo que ahora el gobierno chino declaraba que la explosión había sido parte de un asunto interno y que estaban asegurando la zona afectada. No era precisamente tranquilizador, pensó Kim, pero probablemente no ameritaba el nivel de alerta. Estaban encerrados, cargados y listos para calzarse las botas en cualquier momento, aunque ella no estaba realmente segura de qué se esperaba que hiciera en caso de que los misiles nucleares empezaran a caer. ¿Agacharse y cubrirse? Quizá sería mejor estar en un avión camino a algún lugar cuando las nubes de hongo crecieran. Entonces recordó que en alguna parte había leído que un arma nuclear podría causar pulsos electromagnéticos que apagarían los sistemas electrónicos. Estar a bordo de un avión cuando éstos reventaran parecía una manera poco prometedora de pasar la mañana.

Kim bostezó y se movió en su litera. El sargento de artillería McCullogh había pasado el resto de la tarde ladrándole a la compañía hasta que todo estuvo tan listo como era posible, y entonces Gunny hizo lo que los buenos líderes, a saber, dejarlos descansar un poco. Era una de esas máximas militares que resultaban ser verdaderas: duerme cuando puedas. Kim sabía que Mitts probablemente había pasado la noche despierto y pensando demasiado en el día siguiente. De Duran no estaba segura, pero Elroy nunca tenía muchas dificultades para dormir. Aunque Kim tenía pesadillas (las habituales, como soñar que por una decisión suya moría un hombre, además de una nueva, y no inesperada, de que una explosión nuclear la alcanzaba y la carne se le derretía), había conseguido echarse un buen sueñito sin interrupciones. No obstante, habría estado bien quedarse una hora en la cama sin hacer nada después de despertarse. Era una de las cosas que más extrañaba de la vida civil. Le encantaban el orden, la disciplina, el uniforme, las armas, la expectativa de violencia y esa sensación de pertenecer a algo más grande que ella, todo lo relacionado con ser parte de los marines, pero definitivamente extrañaba holgazanear en la cama los domingos en la mañana y tomarse su tiempo para arreglarse.

Se rascó la cabeza, se sentó, se sacó la liga de la muñeca y la usó para hacerse una cola de caballo. Cuando pensó que, como parte de su reclutamiento, iba a tener que raparse la cabeza, se preocupó poco. Sabía que habría conseguido sacarle partido a su imagen. No por vanidad: simplemente era honesto reconocer que tenía una cara bonita. Siempre había tenido un cuerpo atlético, pero cuando fue catcher de softball a veces se inclinaba más al lado sobrio que al elegante. Tres meses con los marines habían borrado todo el relleno sobrante. Sentía como si hubiera pasado por una metamorfosis y se estuviera convirtiendo en la mujer que siempre había querido ser. Aunque había momentos en que le aterraba el hecho de ser soldado de primera clase y ser responsable de su unidad, también se sentía más segura de sí misma que nunca. Desde luego, eso no significaba que tuviera prisa por cortarse el cabello.

Marchó a paso ligero hacia el comedor y se sentó con su unidad; Duran se movió para hacerle lugar en la banca.

—¿Qué dicen los rumores?

Mitts levantó la mirada, pero siguió moviendo los huevos revueltos en el plato. Kim observó sus ojeras. La parte de ella que había querido acostarse con él y habría podido imaginar salir con él en otras circunstancias se sintió mal, pero la parte acostumbrada a estar al mando de su unidad pensó que tenía que asegurarse de que estuviera en su mejor forma. Si él fallaba eso significaría, al menos a ojos del sargento de su pelotón, que también Kim había fracasado.

Elroy sacudió la cabeza y le dio un sorbo a su café.

—Hemos oído un montón de cosas. Una es que no fue un accidente: los chinos soltaron una bomba nuclear a propósito.

Cuando Kim sintió caérsele la mandíbula, cerró la boca.

—¿Es pura especulación? —dijo.

—No —contestó Elroy—. Lo dice Honky Joe, y si él opina que no fue accidente, estoy dispuesto a creer que es algo más que una especulación. Dijo que estaba en línea y que se comenta ahí que los chinos están tratando de encubrir algo. Dijo que mucho de eso suena a la mierda de siempre, como una invasión zombi, pero él piensa que es creíble. Le da la sensación de que hay algo real debajo de todo eso. Piensa que puede ser algo biológico.

Kim jugueteó con los huevos. Casi siempre les daban huevos de verdad, pero éstos parecían de hule y tenían unas manchitas rosadas. Le chocaban los huevos en polvo, y cuando les ponían queso olían todavía peor. Las manchitas rosadas quizás eran algún tipo de carne. ¿Jamón? Pospuso el momento de darles un bocado y asintió con la cabeza a lo que decía Elroy. Honky Joe era un tipo extraño, pero listísimo. Se pasaba de inteligente. Si no lo suspendían, terminaría siendo un jefe. A pesar de su nombre,[*] Honky Joe era un muchacho negro

---

[*] *Honky* es una manera despectiva de referirse a los blancos. (*N. del T.*)

de Washington, D.C. Su papá tenía un puesto importante o algo en el Congreso (Honky Joe no decía qué exactamente), y comentó que después de que lo agarraron hackeando los servidores del Pentágono, su padre se encargó de que se alistara con los marines en lugar de unirse a la gente fina de alguna prisión federal. Muy al principio de su adiestramiento como recluta, Honky Joe había iniciado una organización de apuestas que reunía un fondo común, que jugaba en un hipódromo local, y antes de que se la cerraran, todos los implicados habían convertido su contribución inicial de cien dólares en algo cercano a los dos mil. Honky era esa clase de muchacho, y aunque normalmente terminaba castigado, todos se daban cuenta de que valía la pena escucharlo cuando decidía hablar.

—¿Algo más?

Elroy sacudió la cabeza.

—No se ha dicho nada oficialmente más allá de lo que ya sabes, pero si tuviera que apostar, y se me da bastante, pondría un billete de diez a que, para cuando anochezca, ya nos estarán trasladando.

Kim le ofreció su tocino a Duran y él tomó de su bandeja los trocitos grasosos.

—¿Tenemos idea de adónde?

—Fuera del territorio continental de Estados Unidos. Puedes apostarlo.

Mitts dejó el tenedor y se limpió la boca con la servilleta. Kim pensó que sí se veía fatal. Esperaba que si Elroy tenía razón en que los iban a enviar a otro lado, Mitts pudiera echarse un sueñito antes de salir.

—Creo que todos se están aterrando por nada —Mitts arrugó la servilleta y la dejó en su bandeja—. No es que una explosión nuclear no sea nada, pero tampoco nos han lanzado una a nosotros. A lo mejor Honky Joe tiene razón y es algo más que un accidente en ejercicios de entrenamiento, pero sea lo que sea, no estamos hablando de disparos contra nosotros. Nos manden a donde nos manden, pasaremos la mayor parte del tiempo esperando que los dirigentes y el público general se desenrollen los calzones. La misma mierda de siempre.

Kim vio al sargento de artillería McCullogh cruzar de prisa el comedor y detenerse a hablar con los sargentos del Estado Mayor. Lo que haya dicho provocó que éstos se levantaran de un brinco.

—A lo mejor tienes razón, Mitts —dijo Kim haciendo un gesto con la cabeza para que los tres hombres voltearan hacia donde ella estaba mirando—, pero a juzgar por la velocidad con que Gunny y los sargentos del Estado Mayor se están levantando, será la misma mierda de siempre, pero en otro país. Creo que Elroy tiene razón. Nos vamos fuera del territorio continental de Estados Unidos.

Falcon 7X de Henderson Tech, sobrevolando Minneapolis, Minnesota

Henderson no sabía si estaba dormido o despierto. Desde que se había apartado del sendero en la selva para ir a evacuar, todo tenía el carácter liviano de un sueño. Un mal sueño. Ni los pilotos ni ningún sobrecargo le habían dicho nada que indicara que estuvieran pensando que estaba actuando raro, pero bueno, cuando eres el dueño de un Falcon 7X puedes esperar que tu tripulación tenga cierta discreción. Al principio Henderson se sintió culpable por haber gastado más de cincuenta millones de dólares en su propio avión, y otros veintisiete millones para personalizarlo. Se sentía como un derroche, pero visto en perspectiva no era tanto dinero, y era mucho más fácil pagarlo por su cuenta que hacer lo necesario para comprarlo a través de la compañía. No importaba que él hubiera fundado el negocio, que lo hubiera levantado desde cero hasta lograr una capitalización bursátil de más de doscientos cincuenta mil millones; desde que cotizaba en la bolsa tenía que seguir las reglas. Tampoco le importaba. El año anterior había sido el cuarto en la lista de los estadunidenses más ricos, y sin esposa, sin hijos y sin hermanos, ¿qué demonios iba a hacer con su dinero? Hasta hacía poco no le había importado un carajo esa clase de cosas, pero había iniciado la compañía cuando tenía quince años y llevaba con ella más de treinta sin parar. Ahora quería gastar parte de su tiempo y de su dinero *sin* trabajar. Hasta hacía poco había usado alguno de los aviones de la compañía, pues no hacía más que trabajar, pero le pareció que si ahora iba a hacer cosas para él podía adquirir su propio avión. Francamente, aunque había sido muy exitoso la mayor parte de su vida adulta, todavía pensaba que era genial tener uno. Había disfrutado de lo lindo el proceso de personalizarlo. Aunque había gastado un dineral en los honorarios de cinco diseñadores, el Falcon 7x bien merecía todo el dinero invertido. Los interiores eran estupendos. Por lo menos, cuando no estaban cubiertos de arañas.

Estaba casi seguro de que se trataba de una pesadilla, pero se parecía tanto a lo que había pasado en Perú que no podía estarlo por completo. Había pasado su última mañana en Perú en el escusado, y aun así se había apuntado a la caminata por la selva. Uno no se convertía en el cuarto estadunidense más rico sin la fortaleza necesaria para no arredrarse ante la diarrea, pero era embarazoso. El guía, Miggie, se había mostrado amable, pero para Henderson, tener que pararse a cada rato a cagar entre la vegetación mientras las mujeres y su guardaespaldas lo esperaban era un poco incómodo. Él no se engañaba. No era mal parecido. Un poco pasado de peso tal vez. Muy pasado. De acuerdo, un poco gordo, y evidentemente más cerca de los cincuenta que de los cuarenta, pero si hubiera sido doctor o algo así, habría podido tener una esposa perfectamente presentable. Sin embargo, con miles de millones en el banco, merecía tres modelos supersexys. De cualquier forma, eso no lo hacía sentirse mejor al lidiar con la diarrea. Había tratado de beber agua e ingerir algo de sal, pero era difícil con el calor y la altura. Podría haber cancelado la caminata, podría haber hecho prácticamente lo que quisiera y nadie habría dicho nada. Las reglas eran distintas para la gente como él. El dinero, al menos en las cantidades que él tenía, cambiaba las cosas. Sin embargo, no modificaba el hecho de que no le gustaran las excusas. No le gustaba escucharlas (*Reconoce tus errores y sigue adelante, o agarra tus cosas y vete de aquí*, era uno de los mantras de la empresa) y no le gustaba darlas. Pero, caramba, el estómago lo estaba matando.

Se había desviado del sendero por cuarta o quinta vez, acababa de terminar de limpiarse con alguna clase de follaje que rezó fervientemente por que no fuera tóxico y se estaba subiendo los pantalones cuando oyó los gritos. Dio diez o doce pasos de vuelta al sendero y quedó lo suficientemente cerca para ver cómo una oleada negra se tragaba al guía. Las tres mujeres se abrazaron y se pusieron a gritar. Su guardaespaldas se dio la vuelta para salir corriendo pero se quedó enredado entre las mujeres y cayó al suelo con dos de ellas. Henderson miró hacia donde había estado parado el guía, pero el hombre había desaparecido. Y entonces vio la oleada negra envolver el cuerpo de la mujer que seguía de pie. Tina, se llamaba Tina.

Hubo gritos, pero también algo más que eso. Hubo un ruido como crujiente, un sonido seco, como chasquidos. Sonaba agradable y repulsivo a la vez. El guardaespaldas se puso de pie torpemente, pero tenía manchas negras en la espalda, los brazos y la cabeza. Henderson no entendía qué podían ser esas manchas, pero entonces se dio cuenta de que estaban moviéndose, separándose, apiñándose y volviéndose a formar en el cuerpo del guardaespaldas, sin importar cuánto se manoteara o sacudiera. En eso, Henderson sintió que su estómago se hacía líquido nuevamente. Desde donde él estaba en la selva, incluso con el follaje tapándole un poco la vista, parecía como si el rostro del guardaespaldas estuviera derritiéndose, como si la piel estuviera desprendiéndose para mostrar carne, músculo, hueso. El hombre seguía de pie, gritando y azotando el aire, su cabeza, su cuerpo, pero la negrura sólo se volvía más compacta.

Eso había sido suficiente para Henderson; se dio la media vuelta y empezó a correr. No tenía idea de adónde iba y, con la espesura de las plantas y los árboles, no podía más que ir a tientas. Estaba seguro de estarse moviendo a la velocidad de una caminata lenta, pero por despacio que fuera, sabía que tenía que salir de allí. Al principio, lo único que podía oír era el sonido de su respiración, el de sus manos y piernas empujando y sacudiendo ramas y hojas, pero entonces volvió a oír ese ruido seco, los chasquidos. Si consideraba estar moviéndose arduamente, ahora lo hacía como desesperado. Sintió una punzada y luego se le entumeció el tobillo y luego se hizo en el brazo un rasguño con algo que pudo haber sido una rama o algo peor. Henderson siguió moviéndose, dándose manotazos en el cuerpo, maldiciendo y gritando; a duras penas se mantenía en pie. Se tropezó y rodó por el suelo. Se golpeó el codo y esperó a ser tragado, pero mientras estaba allí tendido se dio cuenta de que, salvo por su respiración irregular, la selva estaba en silencio.

Se rascó el brazo y el tobillo entumecidos, y la mano se le manchó de sangre. Algo le hizo cosquillas en la nuca y al darle un manotazo sintió que algo sólido se reventaba bajo su mano. Agarró la cosa esa y la sostuvo frente a él.

¡Puaj! Se estremeció. Les tenía miedo a las arañas y ésta era negra y peluda. Aunque había sido aplastada por el golpe, era grande. Y luego tuvo que refrenar un grito cuando se dio cuenta de que esta araña era parte de la ola negra que envolvió al guía, a su guardaespaldas y a las tres modelos. Dios Santo, había una multitud.

Consiguió ponerse en pie e hizo un gran esfuerzo para caminar en línea recta, con la esperanza de que tarde o temprano alguien viniera a buscarlo. Los multimillonarios no desaparecen así nada más sin que la gente se dé cuenta. Después de un rato, que según él no debió ser más de una hora, salió de la selva a trompicones y llegó a un camino pavimentado. ¿Dónde rayos estaba? Buscó alguna indicación para saber hacia dónde ir pero no vio ninguna. Dio un par de vueltas y luego simplemente eligió una dirección. Por un milagro, en tres minutos estaba haciendo señas a un jeep que llevaba a dos científicos del centro de investigación de la reserva. Les ofreció treinta mil dólares a cambio de que lo llevaran directamente al aeropuerto con total discreción.

Para cuando estuvo sentado en uno de los asientos de cuero de su Falcon 7x, pensó que ya empezaba a tener fiebre. Había hecho a los científicos detenerse dos veces en el camino al aeropuerto para poder ir al baño, y lo primero que hizo tras abordar el avión fue tomarse un Imodium. Eso funcionó con la diarrea, pero ahora estaba bañado en sudor y tenía un dolor de cabeza terrible. El tobillo le punzaba y pensó que tal vez la cortada se había infectado. Maldita selva, malditos bichos. Le urgía llegar a Estados Unidos para tomarse unos buenos antibióticos norteamericanos. Terminaría de una vez con eso de ser un aventurero internacional. ¿A quién engañaba? ¿Qué necesidad tenía de pasar esas penurias? Nunca más se apartaría de los buenos hoteles. Agua caliente y comida gourmet. Si buscaba la compañía de modelos supersexys, querría sus felaciones acostado en sábanas de seiscientos hilos. Eso sí sería una buena manera de gastar parte de su fortuna. A la mierda con la selva.

Con todo, sabía que cuando aterrizara vendrían las preguntas. Por muchos miles de millones que tuviera, estaba el asuntito de las desapariciones del guía, el guardaespaldas y las tres modelos que habían volado con él a Perú. Bueno, quizás el guía no importaba tanto, y la muerte del guardaespaldas había sido un riesgo laboral, pero ni siquiera él podía conseguir que tres modelos medio famosas desaparecieran sin más. Afortunadamente, él no era propenso a las drogas ni a la violencia y nunca antes había dejado cadáveres a su paso. Cuando llegaran las preguntas, él haría que hablaran sus abogados y simplemente diría la verdad: alguna especie de animales los habían atacado y, enfermo, herido y desorientado, había huido llevado por el pánico. En ese momento, lo que más le preocupaba era si los enjambres de arañas que veía en su avión eran reales o parte de una pesadilla.

Había oído un zumbido constante y vio a las arañas crecer como un musgo negro en las paredes y el techo del avión. Las sintió treparse en él. La piel le picó y se sacudió y dio manotazos. Se sentó sobresaltado y parpadeó repetidamente. Había estado soñando, era una pesadilla. Vio flotar una manchita oscura frente a él y se frotó los ojos para despejarse la vista. Nada. Vio a una de las sobrecargos, una morena de nombre Wilma, Wanda o algo así, mirándolo, y trató de enderezarse en su asiento. Sabía que estaba hecho un desastre. El movimiento le provocó un gesto de dolor. La cabeza, el estómago, el tobillo, la fiebre. Se sentía fatal. Al demonio, pensó Henderson, y se quedó desplomado en su asiento sin tomarse la molestia de siquiera intentar sonreírle.

Ella caminó hacia él por el pasillo para tocarle el brazo.

—Estaremos aterrizando en unos diez minutos, señor Henderson. ¿Quiere que le traiga algo antes?

Creyó ver de reojo algo que se movía, otro punto negro, pero cuando se volteó, estremecido, no encontró nada. Sólo su reflejo en la ventana. Volvió a tallarse los ojos, y eso pareció ahuyentar las manchitas flotantes que lo martirizaban.

—Un agua tónica estaría bien —consiguió decirle—. Y por favor, vea si pueden bajarle a la temperatura. Hace mucho calor.

Ella se dio la vuelta, pero él la llamó de nuevo.

—Y comuníqueme con mi asistente. Me siento fatal. Dígale que vamos directo con mi doctor.

Asintió y se dirigió a la cocina. Henderson cerró los ojos un momento y los volvió a abrir. El agua tónica estaba en la mesa frente a él en un vaso de cristal cortado. Debía haberse quedado dormido unos segundos. Sacudió la cabeza. No quería volver a dormirse. Con lo mal que se sentía, dormir significaba soñar y, en ese momento, soñar significaba ver de nuevo a esas malditas arañas. Les tenía miedo desde antes del viaje a Perú, antes incluso de ver cómo se disolvía el rostro de su guardaespaldas. Al menos allí, en su avión, sabía que las únicas arañas eran las de su cabeza. Y ésta lo estaba matando: la jaqueca era una especie de presión que parecía concentrarse en medio de su frente. Pediría unas aspirinas cuando Wilma, Wanda o como se llamara regresara.

Sintió el descenso del avión, y por la ventanilla ya alcanzaban a verse las afueras de Minneapolis. Normalmente le gustaba volver a su ciudad, asomarse y ver desde lo alto el lugar donde había nacido y crecido y donde había iniciado una de las mayores empresas tecnológicas del mundo. Ese día, sin embargo, cuando trató de asomarse por la ventanilla, la luz lo crispó. Era como si algo le presionara los globos oculares. Sentía cada latido del corazón como si un martillo le golpeara la sien. Peor aún, sentía como si algo le hiciera cosquillas dentro del cráneo, como si estuviera a punto de estornudar, y con esa jaqueca sabía que un estornudo se sentiría como la cosa más horrible del mundo. De pronto, el dolor de cabeza bastó para que unos puntos negros flotaran frente a sus ojos.

Estornudó. Vio un fino rocío de sangre que cubría la pared. Le chorrearon mocos de la nariz. Cuando se limpió se dio cuenta de que algo se resbalaba de su nariz. Sintió una pata dura y peluda y la jaló. Con una mierda, era una araña.

Acababa de sacarse una maldita araña de la nariz.

Tenía una de las patas de la araña atrapada entre los dedos. El insecto se columpió y chasqueó. De verdad estaba produciendo un chasquido con la boca, la mandíbula o lo que fuera, y luego se dio la vuelta hasta quedar contra su mano y le mordió la piel. Fue un dolor agudo, peor que un pellizco, pero curiosamente helado. Blasfemó y lanzó a la criatura lejos de él.

Y luego, a pesar del dolor de cabeza, la mordedura de la araña, y el solo hecho de que una maldita araña le hubiera salido de la nariz, todo eso quedó opacado por el ardor en la pierna. Cerca de la cortada que se había hecho en la jungla era donde más dolía, como si alguien estuviera poniéndole una vela encendida en la piel y el calor se irradiara hacia la pantorrilla. Se quedó viendo la pierna y por un momento pensó que se trataba de otra pesadilla, porque podía ver su piel abultándose y ondular. Se oyó gruñir y luego gritar, y aunque sabía que era por el dolor de la pierna, era parecido a un sueño y al mismo tiempo completamente diferente: estaba fuera de sí, mirándose. Una parte de él se retorcía en el asiento de cuero, luchando con el cinturón de seguridad, tratando de agarrarse la pantorrilla, gritando y llorando, y otra parte parecía estar mirando tranquilamente mientras la sobrecargo corría hacia él por el pasillo, seguida por el copiloto, que había salido de la cabina a toda prisa. No estaba seguro de cuál parte de él vio cómo la piel del tobillo se le abría, como un zíper de sangre y negrura, y cómo las arañas se desparramaban por el suelo, se trepaban a Wilma, o Wanda, y al copiloto, y los dejaban a los tres gritando y retorciéndose por el dolor y las mordidas, y ni siquiera intentó averiguar cuál parte observó cómo una delgada línea de negrura se dirigía hacia la puerta abierta de la cabina. Después ya no pudo ver absolutamente nada, pero sí sintió cuando el avión empezó a caer en picada.

Minneapolis, Minnesota

Mike le mostró su placa al vigilante sentado junto a la puerta del cuarto de Leshaun.

—Agente Rich, ¿le molesta si mi hija se queda aquí unos minutos mientras saludo a mi compañero?

El vigilante, un muchacho asiático que parecía recién salido de la academia y muerto de aburrimiento por tener que estar sentado todo el día afuera de un cuarto de hospital, miró el traje y la placa de Mike.

—¿Por qué no está en la escuela?

—Anoche tuvo fiebre. Está bien, pero el protocolo de la escuela dice que tiene que estar veinticuatro horas sin fiebre. Hoy es mi día libre, así que sólo estamos paseando. Ya sabe cómo es esto —dijo Mike, y el policía alzó las cejas—. Bueno, supongo que no sabe cómo es esto de tener hijos.

El policía asintió con la cabeza y señaló el asiento a su lado. Annie ni siquiera levantó la vista de lo que estaba jugando en el teléfono de Mike; se dejó caer en la silla y siguió haciendo que su pato comiera bolitas o lo que fuera que hacía. El muchacho vio sobre el hombro de la niña y arrugó la frente.

—Oye, ¿cómo le hiciste para pasar del nivel ocho?

Mike entró en el cuarto de Leshaun y cerró la puerta. Podía ver a Annie por el vidrio. Sabía que el hospital no era el mejor lugar para llevar a su hija, pero sabía también que si su compañero estaba ileso, le daría gusto ver a Annie. Con todo, no estaba seguro de que estuviera ileso. Habían sido dos balas: una en el chaleco y otra en el brazo.

Mike se quedó allí unos minutos, viendo a Leshaun dormir, y decidió no despertarlo. Los doctores habían dicho que saldría del hospital al día siguiente y que podría volver al trabajo en una o dos semanas. Era un maldito suertudo. La primera bala le atravesó todo el bíceps. Aunque fue un desastre, no le dio a nada importante. Sin embargo, probablemente le tomaría más tiempo superar la segunda bala. Tenía dos costillas rotas en el lugar donde el chaleco detuvo la bala, y ésas lo iban a fastidiar un buen rato. Mike puso en la mesa de noche junto a Leshaun las revistas que había llevado y sacó una tarjeta de presentación del bolsillo de su saco para escribirle una nota. Al momento en que le sacó el punto a la pluma, escuchó un ruido fuerte afuera del hospital, como un gran golpe seco, y luego el suelo tembló ligeramente. Se asomó por la ventana pero no vio nada, así que rápidamente le garabateó a Leshaun en el reverso de la tarjeta que le llamara y que después volvería a darse una vuelta.

Afuera de la habitación, Annie veía al policía jugando al jueguito del pato en el teléfono, mientras le daba pistas sobre cómo comerse más bolitas.

—¿Oyó ese ruido, oficial?

El policía levantó la vista del teléfono y tímidamente se lo devolvió a Annie.

—No, señor. Llevo un buen rato en el nivel ocho y su hija me estaba enseñando cómo pasarlo.

—Es una niña muy lista —dijo Mike—. Gracias por cuidarla.

Le extendió el brazo a su hija.

—Ven, hermosura. El tío Leshaun sigue dormido. Regresaré más tarde, después de que te haya dejado con tu mamá. ¿Quieres que vayamos por un helado, a ver si con eso se nos baja un poco el calor? —dijo agitando la cabeza—. Está muy loco el tiempo para ser abril, ¿verdad?

Ya en el estacionamiento, estaba arrancando en reversa para sacar el coche cuando sonó su teléfono. Annie sabía qué hacer y se lo entregó sin quejarse. Mike no reconoció el número, pero el prefijo era del Distrito de Columbia, así que contestó.

—¿Agente especial Rich?

—Sí, pero hoy no estoy de servicio.

—Ahora lo está. Habla el director.

—¿El director de qué?

—*El director.*

Mike tuvo que contenerse para no soltar un *No me jodas*, no porque Annie nunca lo hubiera oído maldecir, sino porque si realmente se trataba del director de la agencia, sonar como un imbécil no era lo más conveniente para él.

—Hubo un accidente de avión —dijo el director—, hace unos cinco minutos. Usted es el agente más cercano y lo necesitamos allí.

Mike se acomodó el teléfono entre el hombro y la oreja y puso la palanca en neutral.

—Lo oí, no sabía que era eso.

—Pues ahora lo sabe. ¿Conoce a Bill Henderson?

—¿De Henderson Tech? —dijo Mike. El teléfono por el que estaba hablando era un modelo de HT, lo mismo que la computadora que tenía en la oficina. Incluso si Mike no hubiera sabido qué clase de teléfono o computadora tenía, probablemente no había una sola persona en todo el país que no conociera a Bill Henderson, ya no digamos en Minneapolis, donde la historia del empresario era el mayor ejemplo de éxito. Henderson empleaba a más de cuarenta mil personas en nueve instalaciones en la orilla oeste de la ciudad, y eso sólo en Minneapolis.

—Sí, conozco a Bill Henderson. Es decir, no personalmente, pero sé quién es. ¿Por qué? —pero inmediatamente, antes de recibir una respuesta, exclamó—: ¡oh!

—Ahora mismo no tenemos razones para sospechar que

se trató de algo más que un accidente. Cuando llegue al lugar conocerá más detalles, pero cuando un multimillonario cae del cielo, sobre todo el que más dinero donó a la última campaña de la presidenta, no se puede descartar ninguna posibilidad. Si algo, lo que sea, tiene apariencia de terrorismo o de cualquier cosa que no sea un simple accidente de avión, espero que me llame directamente. Y quiero decir, lo que sea. Si me entero por la televisión de que hubo algo sospechoso y usted no me lo ha informado, su carrera será menos prometedora. Puede dejar que los locales pongan un cerco, pero ya tenemos un equipo listo para entrar en acción en menos de una hora y que habrá llegado al terreno a media tarde. Que no le quepa duda: esto será trabajo de la agencia. Llame a este número, desde donde le estoy marcando. Manténgame informado, agente Rich. ¿Queda claro?

—Eh, sí, señor —dijo Mike.

—Bien. Le paso a mi asistente, él le dará los pormenores.

Mike anotó la dirección que le dio el asistente, colgó y volteó a ver a Annie.

—Lo siento, hermosura, pero esto es algo serio. Vamos a tener que dejar el helado para otro día, ¿okey?

Annie frunció el ceño, pero se notaba que estaba fingiendo, y no hizo ningún alboroto cuando él le dijo que tenía que llamar a Fanny.

Marcó pero el teléfono lo mandó al buzón de voz.

—Fanny —dijo Mike—, soy yo. Pasó algo. Necesito que vengas a recoger a Annie. No haría esto si no fuera un asunto serio, pero créemelo: de verdad, no puedo librarme de ésta.

Le dejó la dirección y le pidió que le llamara en cuanto pudiera. Se aguantó la tentación de decirle que siguiera la columna de humo. El listón gris en el aire era denso, y aunque sabía que la dirección que había dado estaba a más de diez cuadras, el humo se veía más cerca. Mientras manejaba le marcó a Dawson, pero evidentemente el padrastro de Annie también estaba lejos de su teléfono. Mike tuvo que reprimir el pensamiento de que si su exmujer y su nuevo esposo no contestaban el teléfono era porque estaban desnudos y en la cama.

—Okey, hermosura —dijo volteando al asiento trasero—, tu mamá no contesta, así que vas a quedarte un rato conmigo. Tengo que ponerme a trabajar.

Encendió las luces aunque no estaba superando el límite de velocidad, consciente de que su hija iba sentada atrás. No había mucho tráfico, pero ya podía ver las luces estroboscópicas de los vehículos de emergencia más adelante.

—¿Papi?

—Dime, hermosura —dijo, distraído por su voz y por lo que implicaba: tendría que pensar qué hacer con ella cuando llegaran al lugar del accidente. Annie no estaba protegida. Ella sabía que él trabajaba para la agencia, que llevaba una pistola, que de vez en cuando había tipos como Two-Two que podían dispararle, sabía por qué Leshaun estaba en el hospital, pero eso no significaba que a Mike le pareciera buena idea llevarla cerca del cráter humeante que el avión habría dejado en el suelo. O, demonios, pensó que probablemente sería peor que eso. Era casi seguro que el avión hubiera chocado con una casa, un edificio o algo.

—Papi —dijo Annie, y su voz sonaba moderada y un poco titubeante—, creo que ya estoy grandecita como para que me sigas diciendo *hermosura* todo el tiempo.

—¡Oh! —Mike frenó en una luz roja y después de ver a izquierda y derecha, cruzó la intersección. Oía a las sirenas acercarse y se preguntó de qué tamaño sería el desastre. Ambulancia, bomberos, policía. Trabajadores municipales, empresas de servicio público, tal vez también del condado y hasta del estado. Quizá también había gente del FBI y otros federales—. Está bien, hermo... Annie. Annie.

Miró por el retrovisor, pero Annie estaba asomándose por la ventanilla, viendo los edificios. Él sabía que ella ya había pensado en eso, y aunque la expresión ya estaba muy gastada, le partió el alma. Era demasiado pronto, pensó, demasiado pronto para que ella estuviera ya superando el trecho de la infancia hacia la edad adulta. Por Dios santo, tenía apenas nueve años, ni siquiera había llegado a una edad de dos dígitos. Por supuesto, no era eso lo que en realidad le preocupaba. Le decía así porque era hermosa, y porque era su Annie y siempre lo sería, le dijera como le dijera, pero no podía sacudirse de encima la conversación del día anterior, cómo Fanny se empeñaba en que Annie y ella tuvieran el mismo apellido. Cuando se casaron, Mike no le había pedido a Fanny que cambiara su apellido a Rich, pero ella lo hizo, y no se había opuesto cuando lo cambió a Dawson cuando volvió a casarse. Él entendía que cuando alguien se casa con un tipo que se llama Rich, probablemente no quiere apellidarse así, sobre todo si es un apellido de su primer matrimonio. De todas formas, le inquietaba que Fanny creyera que no era nada del otro mundo cambiar el apellido de Annie. Fanny no era de las mujeres que manipulan a sus hijas, y estaba seguro de que ésa no era su intención, de que era cierto lo que decía (que era muy raro tener una hija que se apellidara distinto), pero no entendía por qué justo en ese momento, meses después de que Fanny Rich se hubiera convertido en Fanny Dawson, de repente resultaba tan importante. ¿Por qué ahora? ¿Qué había cambiado tanto en el nuevo matrimonio de su exesposa?

¡Oh! Ahora lo entendía todo.

—Oye, hermo... Annie —iba a costarle un poco acostumbrarse—, ¿cómo va todo en la casa?, ¿cómo se ha sentido tu mamá?

—Bien —dijo Annie.

Un camión de bomberos pasó disparado por la intersección un poco adelante, y Mike redujo la velocidad para ver a los dos lados antes de dar la vuelta. Estaban tan cerca que alcanzaba a ver gente parada en la banqueta señalando. Estarían ya a una o dos cuadras.

—¿No se ha sentido mal o algo así?

—Ha dormido mucho —dijo Annie—. Se ha estado yendo

a la cama más temprano que yo. Rich me ha leído cuentos antes de dormir.

Mike detuvo el coche por completo y cerró los ojos. Pensó que iba a vomitar, cosa chistosa considerando que básicamente había estado preguntándole a Annie si su exesposa estaba teniendo náuseas matinales. No las había tenido cuando estuvo embarazada de Annie, pero sí había manifestado cansancio todo el primer trimestre.

El sonido repentino de una sirena lo hizo abrir los ojos. Arrancó hacia la intersección y dio vuelta en la esquina. Estaba por hacerle otra pregunta a Annie cuando vio el edificio. Era una escuela.

—Con un carajo —dijo.

—¡Papi!, me debes un dólar.

—Perdón, Annie. Te lo pago después, ¿está bien?

La calle estaba atascada de ambulancias, patrullas y camiones de bomberos, y por el retrovisor vio algo que parecía un camión de algún equipo SWAT entrando detrás de él. El edificio era viejo y estaba recubierto de ladrillo. Vio que el letrero del frente decía ESCUELA PRIMARIA BILL HENDERSON y le dieron ganas de reír. Aparentemente el avión de Henderson había caído en el terreno de una escuela nombrada en su honor, pero cuando vio a doscientos o trescientos niños deambulando en el jardín de la entrada dejó de parecerle gracioso.

—Con un carajo.

—¡Papá!

—Sí, perdón. Es sólo que… Okey —trató de llamar a Fanny otra vez, pero de nuevo lo mandó al buzón de voz. Llevó el coche a un lado de la calle, lo paró en diagonal junto a una patrulla y se quedó allí un momento pensando en sus opciones.

—¿Papi?

Suspiró. En realidad no tenía opciones. Nunca había visto siquiera al director de la agencia, más que en televisión, cuando tuvo que pasar por las audiencias del Congreso. Si Mike lo arruinaba, iban a transferirlo fuera de Minnesota, a trabajar en el peor de todos los destinos de Estados Unidos, cualquiera que ése fuera. Volteó hacia Annie y vio que ella lo miraba fijamente en espera de una respuesta.

—Es que, mi jefe... —dijo, aunque no creía podérselo explicar. No importaba. No podía dejar a Annie en el coche, pero si no se bajaba de ahí... no podía desobedecer una orden del director de la agencia, así que de todas formas no podría seguir viviendo cerca de Annie.

—Okey, okey, okey. De acuerdo, pues —dijo—. ¿Qué te parece si hoy me acompañas, mi vida?

Annie se encogió de hombros, pero se bajó del coche al mismo tiempo que él. Lo siguió al pasar por los espectadores y camarógrafos que se iban reuniendo, y siguió con él cuando mostró su placa y pasó por abajo de la cinta amarilla que ya habían colocado. Él dobló la esquina del edificio y se detuvo, súbitamente aliviado.

—¡Menos mal, carajo!

—Ya son tres dólares, papi.

Miró a Annie y luego el campo trasero de la escuela. El edificio estaba intacto, pero en la tierra de la cancha de futbol de la escuela había un profundo boquete que empezaba en una portería y casi llegaba a la otra, donde la espesa columna de humo ascendía desde un montón de metal. Había un equipo de bomberos regando una pequeña sección que seguía en llamas y parecía estar despidiendo la mayor parte del humo que subía al cielo a raudales, pero otros dos camiones parecían estar guardando sus cosas, y los paramédicos, por lo visto, sólo estaban ahí sin hacer nada. Si hubiera habido niños jugando en la cancha cuando cayó el avión, aquello todavía sería un caos de actividad febril.

Una policía uniformada pasó enfrente de ellos. Mike la detuvo.

—¿Ningún niño? —preguntó.

—No —dijo la mujer—. Supongo que acababan de meterse a comer su almuerzo o algo. Según una maestra, tres minutos antes habían estado aquí afuera. Los del avión no tuvieron la misma suerte. No hay mucho que hacer, salvo apagar el fuego y limpiar —miró a Annie, esbozó una sonrisa—. ¿Y esta nena?

—Anoche tuvo fiebre, así que no fue a la escuela. Yo iba a tomarme el día para poder estar juntos —dijo Mike—. Pero ya sabe cómo es, supongo. A veces uno no tiene de otra cuando se trata de trabajo. Traté de hablar con mi exesposa, pero... —se quedó viendo a la policía.

Ella entendió lo que le insinuaba.

—No. Lo siento. Estoy de servicio y no puedo hacer de niñera, menos para un jefe.

—Bueno, no puede culparme por intentarlo —Mike se encogió de hombros.

—De hecho, es una jodida actitud sexista —ella miró otra vez a Annie—. Perdona la palabrota, nena.

—Mi papá dice muchas palabrotas —dijo Annie encogiéndose de hombros.

—No tantas, mi amor.

—Hoy has dicho tres.

—Sí, lo siento —dijo Mike, y volteó a ver a la policía—. Y usted tiene razón. Probablemente no se lo habría pedido a un hombre. No estuvo bien.

—No me gusta, pero lo entiendo —dijo ella—. Buena suerte. Quizá no sea tan buena idea llevarla muy cerca de la escena. Es... no es muy apropiado para su edad.

—¿Es espeluznante?

—La mitad del avión se desintegró, y luego el fuego terminó con lo que quedaba —empezó a alejarse, pero de pronto se detuvo y tocó el brazo de Mike—. Intente con los paramédicos. Busque a una chica de baja estatura, de abundante cabello rubio. Dígale que Melissa sugirió preguntarle si ella podría ayudarlo. Al menos mientras aparece su exesposa.

Mike asintió y se dirigió a las ambulancias con Annie de la mano. Resultó que la rubia era la única mujer entre la gente de primeros auxilios. Mike se echó su rollo de que Annie no había podido ir a la escuela porque la noche anterior había tenido fiebre y él había tenido que ir a trabajar sin previo aviso, pero no tenía que haberse molestado con eso: en cuanto oyó el nombre de la policía, a la paramédica se le iluminó la cara y le hizo a Annie una seña para que se sentara en la ambulancia.

—Tengo una hija como de su edad —dijo—. Puede quedarse aquí conmigo. ¿Está bien si le doy un dulce?

Por Mike, que le diera montones de dulces si a cambio de eso no tenía que llevar a su hija adonde estaban los restos del avión siniestrado. Le mandó a Fanny un mensaje de texto para decirle que Annie estaba con la paramédica y volvió a darle la dirección por si no la anotaba cuando oyera el mensaje anterior. Para cuando había dado diez pasos desde la ambulancia, Annie estaba apoltronada en la camilla como si fuera un sofá, entretenida con un jueguito de video en el teléfono de la mujer y con un chicle en la boca.

Cerca del avión, el pasto estaba húmedo por las mangueras de los bomberos y sintió que sus zapatos se resbalaban en el lodo. Deseó llevar puesto un par de buenas botas. Cuando esquivó un pedazo de metal del tamaño del cofre de un carro —¿sería parte de un ala?—, un hombre alto, de traje y de piel aceitunada levantó la mano.

—No hay paso.

Mike mostró su placa.

—Agente Rich. Sólo tengo que mirar un poco.

—Moreland —se presentó el hombre—. Y lo siento, pero no va a echar ningún ojo. La policía ya está aquí, nosotros nos ocuparemos.

Mike sintió el teléfono en su bolsillo y se resistió al impulso de sacarlo. El director dijo que tendría el apoyo que necesitara, pero él sabía que mostrar un poco de iniciativa lo haría quedar mejor.

—Mire, Moreland, no quiero llegar aquí y portarme como un cabrón. Ya sé lo que pasa cuando los federales toman cartas en el asunto, pero quiero ser amable con usted. Supuestamente hoy era mi día libre. Tuve que traer aquí a mi hija —señaló hacia donde Annie estaba sentada en la defensa de una ambulancia y a todas luces contando alguna historia a un grupo de paramédicos—. Acabo de ir al hospital a visitar a mi compañero, al que ayer le dispararon. ¿Oyó hablar de la balacera en el noreste?

—Ajá. ¿Eran ustedes?

—Sí, éramos nosotros, y después de dispararle a un par de hijos de puta de la Nación Aria, de ver cómo tuvieron que llevar a mi compañero al hospital con una herida de bala y dos costillas fracturadas a pesar de que las balas le dieron al chaleco, y aunque supuestamente iba a tener un día libre para ver a mi hija, la misma cuyo entrenamiento de futbol me perdí anoche por culpa de la balacera… bueno, pues estar aquí no me da mucha emoción que digamos. El problema es que recibí una llamada telefónica y me dieron la orden de venir. Una llamada de alguien de tan arriba que me cago de miedo. Si fuera necesario, podría llamarle de vuelta y hacer que les caiga una lluvia de jefes de aquí al domingo. Si fuera necesario, podría encargarme de que usted y su trasero fueran declarados asunto federal. Pero no quiero hacerlo, ¿sabe por qué?

Moreland no parecía decidirse entre sonreír o poner mala cara tras el sermón de Mike, pero le siguió el juego:

—Porque no quiere llegar aquí y portarse como un cabrón.

—Así es, no quiero portarme como un cabrón. Así que lo único que pido es hacer una revisión, y si puedo tranquilizar a la persona que me llamó y me dijo que hoy tenía que venir a trabajar, sin importar que le hayan disparado a mi compañero, sin importar que ayer yo derribé a dos chiflados de la Nación Aria como un verdadero héroe, sin importar que tuve pedirles a los malditos paramédicos que hicieran de niñera, si puedo tranquilizar a esa persona y decirle que no tiene de qué preocuparse, será fabuloso. Me encantará evitar que caiga una lluvia de jefes, y estoy seguro de que a usted le encantará evitar que el gobierno federal se ponga a investigar su trasero.

Moreland se quedó unos minutos sin decir nada, pero Mike vio que sus ojos se movían en dirección de Annie y las ambulancias. Finalmente, Moreland se relajó y se hizo ligeramente a un lado.

—¿Ha estado ensayando ese discurso?

Mike sonrió.

—Un poco. Nunca antes había tenido que usarlo. Salió bien, ¿verdad?

Moreland se encogió de hombros, sacó de su bolsillo un par de guantes de nitrilo y se los dio a Mike.

—Lo de la lluvia de jefes de aquí al domingo no estuvo mal, pero lo de declarar mi trasero un asunto federal no me convence.

—Esa parte la improvisé, pero lo perfeccionaré —Mike tomó los guantes y se los puso—. Tendremos aquí un equipo completo en un par de horas, pero mientras tanto, ¿hay algo que yo deba saber?

—Esa pequeña sección de allá, donde siguen apagando con la manguera, probablemente eran los motores. Hay partes del avión esparcidas por toda la cancha. Si hubiera habido niños aquí, habría sido una carnicería, pero lo que a usted le interesará ver está casi todo aquí. Un par de cadáveres, bastante quemados, es casi lo único que puede apreciarse, hasta que los técnicos terminen. La torre de control todavía no emite información, pero todo indica que el avión cayó completo y no se rompió hasta que tocó tierra. No hay algo que me haga pensar que no se trate de un accidente. No parece ser una bomba ni nada, aunque ésa no es mi especialidad. Los de la Administración Federal de Aviación llegarán en menos de una hora.

—¿Algo más?

—Sí —dijo Moreland—. Si entra ahí nunca más querrá comer carne asada.

Mike fue cuidadoso al acercarse al fuselaje del avión. No

había quedado completamente plano, pero casi. Por los techos chorreaba agua de la que habían echado los bomberos para apagar los restos y encharcaba las alfombras. El zapato de Mike se resbaló con algo, y cuando alargó la mano para enderezarse sintió que un trozo de metal le rebanaba la piel.

—¡Carajo!

Cerró la mano y luego la abrió para ver la cortada. El impacto había destrozado el avión como si un gato gigante hubiera pasado las garras por el fuselaje; los dientes de las vetas de metal perfectamente podían arrancarle un trozo de carne. El guante de nitrilo estaba hecho jirones; se lo quitó y lo guardó en el bolsillo. Se dio cuenta de que, a pesar de que todo indicaba que sólo había sido un accidente, ya estaba tratándolo como escena de un crimen. Esa llamada del director se le había metido en la cabeza.

Sentía cómo la sangre le chorreaba por la palma de la mano y bajaba hasta el brazo, así que se quitó la corbata y se la amarró alrededor de la herida. No quería dejar sangre por todas partes. Sacó una minilinterna de su bolsillo. Entraba algo de luz natural por donde el metal se había desprendido, pero cuando llegó al primer cuerpo le alegró tener la linterna.

Era una mujer. O había sido una mujer. Quedaba suficiente tela de la falda para que de eso no hubiera duda, pero el resto del cuerpo estaba destrozado. Tenía las piernas dobladas, una de ellas rota en un ángulo que le habría provocado arcadas si fuera un novato, aunque eso no era tan perturbador como las quemaduras. Estaba más carbonizada y dañada de lo que se esperaría. Tenía en la cabeza algunos mechones de cabello, ya chamuscados por el fuego pero todavía con cierto color, mientras que el rostro y el torso estaban hechos trizas. Su piel era una mezcla de pellejos negros y supuraciones rosas, picada en algunas partes y en carne viva en otros, de un modo inquietante. Evidentemente, había salido despedida desde la cabina, y Mike supuso que cuando se hubiera hecho la autopsia descubrirían que trozos de metal le habían desgarrado el cuerpo.

En cualquier caso, no era Henderson, y la falda, más los fragmentos de tela que habían sido su blusa, parecían una especie de uniforme. Era una de las azafatas. No: sobrecargo, pensó. Sobrecargo.

Alumbró con la linterna lo que fue la parte delantera del avión, pero lo único que se veía era un enorme agujero, a partir de la cocina, completamente desprendido. Vaya desastre. No sabía si escabullirse del avión o ir a que le dieran unos puntos en la cortada de la mano. El director dijo que otro equipo de la agencia vendría a hacerse cargo, pero aunque habría querido sentarse simplemente a esperar que llegaran, el director también había sido muy claro en que ese caso podía ser muy delicado. Sentarse a esperar no era una posibilidad.

Trató de flexionar la mano. Carajo. Ardía como el demonio. Hizo una mueca y sostuvo la linterna entre los dientes para poder quitarse con la mano buena la corbata empapada de sangre que le cubría la cortada. Mientras retiraba la corbata de la herida, la tela se pegó a la piel y el pedazo desprendido se levantó un poco y dejó correr la sangre. Mike pensó que había hecho una tontería y volvió a cubrirse la palma de la mano con la corbata. Debió dejarla cubierta y ya. Al menos era la mano izquierda, pensó, porque cuando acabara con esto, suponiendo que Fanny todavía no se hubiera aparecido, quizá tendría que volver al hospital con Annie para que le dieran unos puntos. Demonios. Ahora le iba a deber a la niña, además de un helado, una visita a la juguetería.

Sonó el teléfono de Mike; lo sacó y vio el número de Fanny, como si hubiera sabido que estaba pensando en ella.

—¡Por favor, Mike! —le dijo—. ¿De verdad? ¿Y la dejaste jugando en una ambulancia?

—No tenía de otra, Fanny. Ella está bien. Sólo te pido este favor, ¿okey?, es importante. Ven lo más pronto posible.

Colgó, sabiendo que más tarde iba a tener que pagársela, pero otra conversación incómoda con su exesposa parecía preferible a que todo el peso de la agencia le cayera encima.

Aunque, como todo indicaba, sólo hubiera sido un accidente, necesitaba asegurarse de que se notara que había hecho su máximo esfuerzo. Si lo sabía manejar, tal vez saldría avante de ésta y quedaría muy bien, pero si lo arruinaba, con toda seguridad el director lo hundiría. Acortar su día con Annie no era lo ideal, pero así tenía que ser. Un helado, la juguetería y la librería, decidió Mike.

Donde tenía la cortada, ¿la mano le punzaba o le ardía? No se decidía, pero sí que le dolía. Caminó hacia la abertura con cuidado de no tocar ningún otro borde afilado y se asomó al círculo de ambulancias. Annie seguía sentada en la defensa, y en ese momento levantó la mirada y lo vio. Él la saludó con la mano, y ella le regresó el saludo. A ella le parecería bien, pensó Mike. No se quejaría de que Fanny la recogiera. Era una niña buena, tranquila. Comprendía que su trabajo podía ser demandante. El divorcio había sido difícil, pero ella nunca lo había hecho sentir mal por eso. Pensó que era divertida la rapidez con que un niño se adapta a situaciones nuevas, cómo, pasara lo que pasara en sus vidas, a ellos les parecía lo normal. Deseaba haberse adaptado al divorcio tan rápido como Annie o, en realidad, tan rápido como su exesposa. Él había tenido un par de romances sin trascendencia, pero no había tratado de salir seriamente con nadie, mientras que Fanny ya estaba felizmente casada otra vez. Y por lo visto, embarazada.

La paramédica rubia le hizo una seña desde el otro lado del césped, le gritó que estaban bien y él le contestó que la mamá de Annie llegaría como en diez minutos. La paramédica levantó el pulgar —bueno, esperaba que hubiera sido el pulgar y no el dedo medio—, y Mike regresó a las entrañas del avión.

Esquivó lo que quedaba de la sobrecargo, consciente de los escombros de la cabina. Con todo, no pudo evitar pisar las cenizas, y le inquietaron los crujidos y ruidos secos abajo de sus pies, como si estuviera caminando sobre cáscaras de cacahuate. Trató de tener cuidado, por si al final resultaba que sí era una escena de crimen. Al menos no había sido un avión de pasajeros; eso sí era una fortuna. Tenía amigos que habían trabajado en zonas de desastre o fosas comunes, y todos decían que el ruido de los huesos rompiéndose al pisarlos era algo que no podían superar.

En el interior del avión había mucho más calor que afuera bajo el rayo del sol. Mike no pudo evitar pensar que era el calor remanente tras el fuego que había ardido en la cabina. Ya estaba sudando y la camisa se le pegaba a la espalda; lamentó no haberse quitado el saco. Miró el reloj. Había pasado menos de media hora desde el accidente. Mientras el haz de luz de su linterna se detenía en el cuerpo carbonizado unido por el cinturón de seguridad a un asiento en medio de la cabina, Mike pensó que, aunque de poco le servía ya a Bill Henderson, el director tenía razón: cuando un multimillonario cae del cielo, tiene un tratamiento un poco distinto.

Sintió que algo le hacía cosquillas en la muñeca izquierda y se dio cuenta de que a pesar de que traía la corbata amarrada en la mano, la cortada seguía sangrando. Se secó la sangre en el traje y se acercó al cuerpo.

Era Henderson, sin lugar a dudas.

La mitad inferior de su cuerpo era un montón de quemaduras y huesos expuestos. De una pierna se habían desprendido por completo la carne, el músculo y la grasa, y en la otra más de cincuenta por ciento. Curiosamente, a Mike le perturbaba más el torso de Henderson: de la cintura al cuello, fuera de unas motas de ceniza en la playera de manga larga, parecía tan imperturbable como un maniquí en una tienda departamental. Afortunadamente, la poca luz natural que entraba por las ventanillas y por la rasgadura del costado del avión dejaba la cabeza del hombre oculta en las sombras. Mike alumbró con la linterna la pared y el techo alrededor de Henderson. Aquello debió haber sido un infierno, pensó. El plástico estaba derretido, combado y chamuscado por las llamas. Sólo eran suposiciones, pero pensó que probablemente se habría derramado en la cabina combustible de los motores.

Con suerte, habrían muerto por el choque antes de que las llamas los alcanzaran.

Se acercó más. Las cenizas volvieron a crujir bajo sus pies. Aspiró hondo por la boca (el olor del plástico y la piel quemados era demasiado para él) y dirigió la linterna a la cabeza de Henderson. Verlo le provocó arcadas.

La carne arriba de la oreja derecha, extendiéndose hacia la mitad de la cabeza, estaba rosa por las quemaduras; cenizas negras se mezclaban con la sangre y la grasa expuesta, el cabello chamuscado y ensortijado. Pero no fue eso lo que le provocó las arcadas: fueron el ojo izquierdo, la nariz, la boca y las mejillas de Henderson. Mike se aguantó las náuseas y cerró los ojos unos segundos para prepararse y poder mirar de nuevo. Se dio cuenta de que estaba sudando y se limpió la frente con el dorso de la mano herida. Abrió los ojos cuando volvió a sentir algo deslizándosele por la muñeca: más sangre escurriendo por la corbata. Rogó que no hubiera estado goteando en el piso. Se quitó el saco y también lo envolvió en la mano. Así tendría que parar un poco el sangrado.

Se armó de valor y vio el rostro de Henderson. El ojo izquierdo colgaba de la órbita: el impacto del choque lo había hecho saltar; el resto de ese lado del rostro no era más que una cueva oscura que había llegado al hueso. Mike pensó que le habría caído un chorro de combustible. Lo peor de todo era la boca, abierta y caída, con un hilo de sangre y carbón en la esquina, la lengua de fuera y medio masticada. Por Dios santo. Mike quiso que los de la Administración Federal de Aviación llegaran pronto para encontrar la caja negra, porque si esto no había sido un accidente, no quería saber la causa. No parecía que Henderson hubiera muerto plácidamente. Esto sin duda era la prueba de que ni siquiera los multimillonarios se salvan de la muerte. De los impuestos, con los contadores indicados, quizá, pero de la muerte no.

Extraña, milagrosamente, en el suelo, junto a la silla de Henderson, había un vaso de cristal que no se había roto. Mike lo levantó, casi deseando que todavía tuviera una bebida. Inhaló. ¿Whisky? Lo dejó en la mesita frente a Henderson y volvió a verle la cara. Estuvo a punto de gritar.

Parecía como si algo se moviera. No, pensó Mike, de verdad algo estaba moviéndose. Sabía que no era posible, pero parecía como si algo saliera del rostro de Henderson.

Apuntó la luz directamente a la cabeza destruida, y entonces sí dejó escapar un grito, porque en verdad algo *estaba* saliendo de su cara.

Mike dio un paso atrás y se tropezó. Sin pensarlo, para detenerse extendió la mano envuelta en el saco hacia el bastidor de metal de lo que había sido un asiento.

—¡Carajo!

Le había dolido.

—¿Todo bien allá adentro, agente Rich?

Era Moreland, el policía de traje. Alumbró, y Mike tuvo que entrecerrar los ojos para verlo.

—Sí, sólo que me hice una buena cortada en la mano. Salgo en un momento.

—Es un poco desagradable lo que hay allá dentro.

—¿En serio? —respondió Mike, pero ya había volteado para ver de nuevo el cuerpo de Henderson, esperando que eso que había visto asomar de la cara del cadáver resultara ser un efecto de las sombras.

No lo era.

Mike pudo verlo claramente. Era una araña; tres cuartas partes de su cuerpo peludo del tamaño de una pelota de golf surgiendo de la carne de la parte superior de la mejilla derecha de Henderson. La mano de Mike punzaba y otra vez manaba sangre de la herida. El único ruido del avión provenía de la respiración de Mike y de la araña intentando salir del rostro. Sonaba como... ¡demonios!, sonaba como mordidas. Mike volvió a sentir las arcadas y ya no pudo contenerse. Corrió a la abertura del avión por donde había entrado, se agarró con la mano buena, se asomó hacia fuera y dejó expeler lo que quedaba de su almuerzo. Casi todo cayó en el suelo, cosa que estaba bien, pero también le cayó un poco en los pantalones, que era mejor que vomitar exactamente en medio de una investigación. Cuando se enderezó, la nariz le goteaba y los ojos le lagrimeaban. Tuvo que limpiarse la cara con la manga de la camisa. Argh. Enviaría el recibo de la tintorería a la agencia como un gasto laboral justificado. Al diablo el director y al diablo esto, pensó.

—Asqueroso, ¿verdad? —Moreland parecía satisfecho de sí mismo.

Mike no contestó. Volvió a caminar por el avión y otra vez alumbró el rostro de Henderson; fue entonces cuando deseó no haber vomitado, porque justo en ese momento era cuando de verdad tenía que hacerlo: ya no estaba la araña.

Desesperado, pasó la luz por la pared y el techo, luego por el rostro y el torso de Henderson, y por la carne quemada y los huesos expuestos de la pierna. Qué alivio. La araña estaba en el suelo.

Se movía lentamente. Mike sabía que ésa no era la palabra correcta para una cosa de ocho patas, pero parecía como si la araña estuviera cojeando. Entrecerró los ojos y se agachó. Evidentemente algo le pasaba al bicho: dos patas no podían moverse, y arrastraba el cuerpo por el suelo. ¿Se habría lastimado por el choque?, ¿se habría quemado? Mike sacudió la cabeza, ¿qué importaba lo que le pasara a la araña? La única pregunta importante era cómo carajos se había metido a la cabeza de Henderson.

Sólo que, mientras veía a la araña arrastrando el cuerpo por el piso, la pregunta que más le preocupaba era por qué la araña iba hacia él. Porque definitivamente se dirigía a él. No estaba tratando de huir o esconderse, ni tampoco ignoraba que Mike estaba allí. No hacía nada de lo que a Mike, con su limitada experiencia con bichos rastreros, le habría parecido natural. No, a todas luces se estaba moviendo hacia él. Mike trató de hacerse a un lado y la araña cambió de trayectoria para dirigirse de nuevo hacia él. Mike dio otro paso de costado y se golpeó con la mesa junto al asiento de Henderson; de nuevo, la araña cambió su orientación. Mike empezó a buscar la pistola, pero rápidamente se dio cuenta de que dispararle a una araña sería exagerado. Estaba preparándose para simplemente aplastarla con el pie (podía estar grande y peluda, y era escalofriante eso de que saliera de la cara de Henderson a mordiscos y luego se fuera derechito hacia Mike, pero seguía siendo una cosa a la que podía darle un pisotón) cuando la araña se detuvo en una mancha oscura en el suelo.

Le tomó a Mike un segundo entender qué estaba haciendo la araña. La mancha oscura en el suelo era sangre. Miró el saco que se había amarrado en la mano y vio una gota de sangre cayendo al suelo. Había ensangrentado el suelo.

La mancha oscura en el suelo era su sangre.

Y por lo que podía ver, la araña parecía alimentarse.

Mike quiso dar un alarido. Tuvo que reunir todas sus fuerzas para no salir corriendo y gritando, pero en eso nuevamente sintió la mesa contra la parte trasera del muslo y recordó el vaso de cristal que había levantado del piso. Volvió a sostener la linterna entre los dientes y, tratando de ser cuidadoso pero veloz, le dio la vuelta al vaso y lo puso encima de la araña. Tomó de nuevo la linterna y la apuntó al vaso. Al principio el bicho no pareció darse cuenta, pero al cabo de unos segundos se puso hecho una furia. Se lanzaba a los costados del vaso, golpeándolo tan fuerte que alcanzaba a oírse el sonido de su cuerpo. Le alegró que los multimillonarios tuvieran en sus aviones vasos de verdad, pesados, de cristal cortado, y no esos endebles vasitos de plástico que le daban a él cuando volaba en clase turista.

Le dio una luz en los ojos y se dio cuenta de que era Moreland apuntándole con la linterna. El policía había entrado en el avión.

—¿Eso es una araña? —preguntó.

Mike asintió con la cabeza y miró el vaso. El bicho había

dejado de azotarse y parecía que había vuelto a ocuparse de la sangre.

—¿Tendrá por ahí algún frasco grande? ¿Algo con una tapa de metal en la que podamos hacer unos agujeros?

Moreland se acuclilló junto al vaso y le dio unos golpecitos en la parte superior. Otra vez la araña se arrojó contra el cristal. Sus patas hacían un inquietante ruido como de un suave roce, como hojas volando sobre el pavimento, y cuando su cuerpo golpeaba el cristal, hacía un claro repiqueteo que hasta podría haber sido agradable, como de campanillas de viento, si no proviniera de una criatura carnívora y hematófaga de una cuarta parte del tamaño del puño de Mike.

—¿Podrá dejar de hacer eso? —dijo Mike.

Moreland se levantó y se dio la vuelta para salir del avión.

—Voy a ver qué encuentro. Seguro que los paramédicos o los bomberos tienen algún recipiente que pueda servir.

Mike mantuvo la linterna apuntando al cristal mientras desaparecían las pisadas de Moreland. Había algo que le preocupaba. Algo más que una araña saliendo de la cara de Henderson a mordidas, algo que tenía que ver con el avión. De mala gana, dejó de apuntar a la araña para poder ver alrededor. Alumbró la pared y el techo, pero no había más que metal chamuscado, plástico derretido, manchas por el fuego. En el suelo, pedacitos de ceniza se agitaban cada vez que entraba viento por el agujero del avión, pero los bultos más grandes de materiales carbonizados se quedaban quietos, ya fuera porque el peso los estabilizaba o porque estaban fundidos con el piso. Extendió la pierna, con la punta del zapato le dio un golpecito a uno de los bultos y vio cómo se desmoronaba y formaba una pila de cenizas sueltas. ¿Habría más arañas de ésas por ahí? Tal vez se habían quemado con el fuego. Dio unos pasos hacia la parte delantera del avión e iluminó con la linterna lo que quedaba del cuerpo de la sobrecargo.

—¡Oh! —dijo en voz alta, aunque no había nadie más que él en el avión.

Se inclinó hacia el cuerpo para ver más de cerca la carne que estaba picada y arrancada. Una parte no eran más que quemaduras, pero allí, donde creyó que unos trozos de metal la habían desgarrado, ya no estaba seguro. Había partes abultadas y al parecer en carne viva, y de repente sintió que la piel se le humedecía con el sudor. ¿También a ella se la habrían estado comiendo las arañas? Miró hacia fuera por la desgarradura del avión y vio a Moreland venir por la cancha de regreso con una especie de frasco en la mano.

Mike volteó a ver el vaso de cristal; de pronto le preocupó que la araña ya no estuviera allí, pero enseguida vio con alivio que la repugnante cosa seguía encerrada.

—Carajo —dijo, y sacó su teléfono. No sabía exactamente cómo le explicaría esto al director, pero estaba seguro de que unas arañas que comen carne humana no entraban en la categoría de *cualquier cosa que no sea un simple accidente de avión* que el director hubiera deseado. Antes de marcar, vio a su alrededor. ¿Había algo más?, ¿no estaría escapándosele algo? Se trataba de Bill Henderson, no de algún ama de casa anónima ni un oficinista mediocre atrapado en un asunto de tráfico de drogas que hubiera salido mal. Pasaron cinco minutos entre que el avión cayó y el director lo llamó por ser el agente disponible más cercano. Mike no podía darse el lujo de arruinarlo, y si luego resultaba que, ¡oh!, a propósito, había allí algo de lo más evidente, alguna pista o cosa que debió haber visto y que era lo que en realidad había causado el accidente del avión de Henderson, Mike tendría que comer mierda por el resto de su vida profesional. Entonces echó otro vistazo al avión, a los cuerpos quemados y desfigurados, a la ceniza desperdigada que empezaba a levantarse y volar con la brisa caliente. El tubo de metal era como un horno en ese sol sofocante impropio de la primavera, los bordes afilados de las paredes y los cables expuestos eran una gráfica de desastre. A sus pies volvió a oírse el ruido de la araña golpeando el vidrio con sus patas o su cuerpo o como se llamaran esas cosas. Mike decidió que no, estaba esta araña lisiada y nada más. No se le escapaba nada.

Pero se equivocaba. Cerca de la parte trasera del avión, entre las cenizas en penumbras, algo empezaba a moverse.

Océano Índico

Deslizó los dos rifles por la cubierta del velero y subió por la escalera. Llevaba la Smith & Wesson calibre .40 metida en la pretina.

—Okey —dijo levantando los rifles y llevándoselos a su esposa—. ¿Todavía vienen hacia acá?

—Algo anda mal —dijo ella sacudiendo la cabeza.

Le pasó el rifle calibre .22; ella no podía usar el Winchester. A lo mejor un .22 no tenía la potencia de detención ideal, pero él la había hecho practicar hasta que consiguió clavar tres balas en un círculo de una pulgada a quince metros de distancia. Esperaba que no llegaran a eso, pero no tenía buenos presentimientos. Volvió a mirar por los binoculares. En dos años de estar navegando, sólo una vez habían estado a punto de enfrentarse con piratas, cerca de la costa africana. Habían corrido con suerte.

Hasta ese día.

No había duda de que aquella embarcación era eso. Desde donde estaban, en medio del océano, no se vería una lancha Zodiac a menos que estuviera trabajando para una nave madre. Y ésta era grande, y le habían quitado los asientos para poder transportar a mayor velocidad a un grupo de hombres ocultos. En cuanto su esposa vio el bote con los binoculares y se lo mostró, mandó una señal de auxilio y corrió bajo cubierta por los rifles y la pistola. Sabía cómo era eso; los dos sabían. Era parte del riesgo de navegar en ciertas partes del mundo. La ayuda llegaría. Tarde o temprano. A lo mejor. Por el momento estaban solos, y lo que la gente leía de vez en cuando en los periódicos era tan sólo una parte. En el mejor de los casos, terminarían secuestrados y pedirían por ellos un rescate que no podrían pagar. En el peor, él acabaría muerto y su esposa... Bueno, mejor no pensar en eso hasta que su dedo no estuviera en el gatillo y se viera obligado a decidir si disparaba o no. Pero su esposa tenía razón: algo andaba mal.

Cuando vio la Zodiac, los ocho o nueve hombres a bordo iban agachados, como si sus cuerpos pudieran ayudarlos a alcanzar más rápido al velero. Pero ahora, mientras la lancha cortaba las tranquilas aguas, los hombres se estaban levantando.

Ni siquiera se tomó la molestia de intentar dejar atrás a la Zodiac. En la pequeña comunidad de navegantes que se habían retirado jóvenes y pasaban su tiempo en el mar, su velero no era ni el más ostentoso ni el más gastado. En Madagascar se habían hecho amigos de una pareja que había trabajado en tecnología, cuya embarcación estaba completamente personalizada, y cerca de las costas de Sri Lanka habían cenado en una nave tan gastada que su pie atravesó una tabla podrida de la cubierta y tuvieron que darle diez puntos en la herida. Su velero estaba en buenas condiciones, pero lo habían comprado usado y no habían podido gastar mucho en su mantenimiento. Pero era rápido, eso sí. No era un barco de carreras, desde luego, pero para ser un velero para navegar por placer, se movía bien. Claro que en ese momento no importaba. Con el fuerte zumbido de la Zodiac aproximándose, enseguida supo que su esposa y él no podrían dejar atrás a los piratas.

Pero era muy extraño. Los hombres ya ni siquiera los veían. Estaban alejándose de la proa y uno de ellos se sacudía. Parecía como si tuviera un ataque y los demás estuvieran asustados. Eso sí estaría bueno: salvarse de los piratas porque uno era epiléptico y los demás supersticiosos. Sería una anécdota divertida, pensó; mucho más divertida que ser secuestrados o asesinados, si no es que algo peor.

Bajó los binoculares y se volteó hacia su esposa.

—Recuerda lo que hablamos —dijo—: si tienes que disparar, dispara. No estamos en Charleston.

Lo que no dijo fue que, si llegaban a eso, tenía que cerciorarse de que en la pistola quedara una bala para cada uno de ellos. Por si acaso.

Volvió a mirar hacia el mar, incluso sin los binoculares pudo observar que de verdad en esa lancha había algo raro. Había cambiado de dirección, ya no se dirigía a ellos. En lugar de cortar por el agua, se alejaba con gracia formando un arco, un gran círculo suave. Y los hombres a bordo estaban... ¿peleando? De pronto parecía como si estuvieran sacando una especie de tela oscura del hombre que había tenido el ataque.

Miró a su esposa, que sostenía firmemente su rifle. Sabía que estaba asustada; extendió la mano y se la puso en la nuca, le dio un beso y volvió a ver por los binoculares.

¿Qué demonios? La lancha otra vez iba derecho hacia ellos, pero ya no había hombres en ella, sino que estaba llena de una especie de líquido oscuro. Parecía petróleo. La miró unos segundos más hasta darse cuenta de que no era ningún líquido, sino algo que parecía moverse por sí solo. Soltó los binoculares y levantó el rifle.

Disparó dos veces hacia los tubos de aire y entonces se dio cuenta de que había sido una mala decisión: hasta las Zodiac más chicas tenían tres tubos de aire, uno a cada lado y otro en la parte inferior, y si bien no sabía cuántos tendría una tan grande como ésta, probablemente eran más de dos. Pero aun si sólo fueran tres, el mayor problema era que había traído su Winchester modelo 70. Le encantaba ese fusil. Era certero como ninguno, pero sólo le cabían cinco balas. ¿Para cazar venados? Claro que sí. ¿Para cazar piratas o intentar hundir una Zodiac? No era lo mejor. Lo ideal habría sido un AR-15 con un par de cargadores de treinta balas. Podría haber rociado la lancha, cambiado de cargador y seguir disparando hasta que la maldita lancha se hundiera. Pero no: sólo le quedaban tres disparos.

Pero no hacía falta hundirla. Si ya no había nadie para conducirla, sólo tenía que conseguir que desviara el rumbo, que se alejara de ellos. Si reventaba un tubo de aire lateral, eso la frenaría y la torcería. No tendrían que dejar la Zodiac atrás: tan sólo aventajarla. Se llevó el fusil al hombro, se asomó por la mira y vaciló. La Zodiac estaba cerca, como a cien metros, tal vez. Iba derecho hacia ellos, así que la velocidad de la lancha no le haría errar el tiro (él siempre había tenido buena puntería), pero dudaba sobre si reventar el tubo de aire. Tal vez no se desinflaría y ya; tal vez no se hundiría en el agua y alejaría la lancha de ellos. Quizá dispararía sus últimas tres balas y tendría que quedarse a ver cómo chocaba con ellos.

El motor. Tres disparos para detener el motor, y luego podrían pasar el resto del día dejando atrás la Zodiac. Movió levemente el fusil, con la cubierta del motor en la mira. La lancha iba endemoniadamente rápido; sólo le quedaban unos segundos. El primer disparo no atinó: vio cómo se astillaba el plástico de la cubierta; pero la segunda vez sí dio en el blanco. El zumbido del motor de la Zodiac se calló y él bajó el rifle, todavía con una bala.

Su esposa lo tomó del codo:

—¿Dónde están...? ¿Qué es eso? No entiendo.

La lancha siguió deslizándose hacia ellos, con el motor apagado, pero todavía impulsada lentamente por el agua. El montículo negro subía y bajaba como olas, como si fuera un océano con vida propia, pero con un ritmo distinto. Incluso desde donde la lancha dejó de deslizarse, a casi diez metros de ellos, alcanzaba a oír el ruido de lo que fuera que estaba rasguñando y golpeando suavemente en el hule y la madera de la lancha.

Miró a su esposa y le dijo:

—Tengo que usar el radio.

Se dio la vuelta y fue bajo cubierta. Su esposa corrió tras él, acribillándolo a preguntas.

Ninguno de los dos vio el velo de seda que empezó a erguirse entre la masa de arañas, hebras blancas susurrando y serpenteando con la brisa... arañas dejándose llevar por el viento.

La Casa Blanca

—Dos más a Alemania. Aterrizarán en un par de horas.

El presidente del Estado Mayor Conjunto clavó con fuerza su dedo sobre el mapa en la pantalla táctil.

Manny estaba oyendo, pero también revisaba el comunicado de prensa que uno de sus asistentes había escrito sobre el accidente de avión en el que al parecer había muerto Bill Henderson. El director de la agencia tenía a un hombre en el sitio y un equipo en camino para asegurarse de que en efecto se hubiera tratado de un accidente. Un dolor de cabeza más para Manny. Por supuesto que la explosión nuclear era la gran noticia del día, pero la presidenta debería decir algo sobre Henderson y tendría que ir al entierro. Por Dios santo. Minneapolis. No era lo que Manny necesitaba. Bill Henderson había sido un imbécil ambicioso (y ésa era una de las razones por las que se había vuelto multimillonario), pero también un abierto aliado de su partido en general y de Steph en particular. Aun si no hubiera reunido a sus amigos más adinerados para donar, sus propias aportaciones a los fondos de campaña habrían sido suficientes para llevarlos a la cima. No era tan fácil reemplazar a un multimillonario con muchos recursos, mientras cada uno de los otros políticos tenía un carro de payasos lleno de bufones conduciéndolos a la convención, de la que tarde o temprano emergería algún candidato. Era un milagro que todavía no lo hubieran descubierto. Con la pérdida del dinero de Henderson y los malditos chinos lanzando bombas nucleares, Manny de pronto estaba pensando que podría presentarse una verdadera competencia electoral. Sabía que no era eso de lo que debía preocuparse en ese momento. Ésa era la mentira de la política: que estaban allí para servir al bien común. Pero era una mentira en la que Manny creía —¿o que antes solía creer?— y que Steph creía. No era momento de hacer política: allí había una crisis y una verdadera preocupación. Las bombas nucleares no eran algo que debiera pasarse por alto. No. Tenía que pensar en los chinos.

Suspiró y vio a Ben Broussard terminar su presentación.

El presidente del Estado Mayor Conjunto miró a la presidenta y luego al resto de los presentes.

—Los tendremos en tierra y listos para operar mañana a las mil ochocientas, y desde allí podremos tener una respuesta rápida, aquí y aquí, según se necesite —dijo, dando golpecitos en el mapa—. ¿Tienen alguna pregunta?

No hubo ninguna, así que Ben se sentó. La presidenta se quedó viendo el mapa durante un incómodo segundo; luego volteó y preguntó:

—¿Algún comentario?

Manny vio que Alexandra Harris, la consejera de Seguridad Nacional, había entrado disimuladamente a la sala en algún momento de los últimos minutos, y ante la pregunta de la presidenta no vaciló:

—Es la reacción equivocada.

—¿Crees que estamos exagerando? ¿Ante una bomba nuclear? —Ben dio un manotazo en la mesa. No parecía enfadado: parecía furioso. Por primera vez, Manny se planteó la posibilidad de que el problema con Ben fuera simplemente que era un militar de la vieja guardia que, sin importar lo que dijera, no soportaba la idea de que una mujer fuera la comandante en jefe. O, en este caso, la consejera de Seguridad

Nacional. Billy Cannon, el secretario de Defensa, no reaccionaba así cuando Alex lo contradecía, pero tal vez era porque Billy veía en Alexandra Harris al consejero de Seguridad Nacional, mientras que Ben sólo veía en ella a una mujer. La ocurrencia hizo que a Manny le dieran ganas de reír, porque la verdad era que Alex no parecía sino una abuela. Era ingeniosa como nadie, pero una parte de él siempre esperaba que sacara unos caramelos de su bolsa.

Manny tomó su vaso de Diet Coke y dio un trago. La efervescencia ayudó un poco, pero lo que de verdad necesitaba era esa dulce oleada de cafeína. Posó los ojos un momento en Steph y luego otra vez en el grupo de la mesa de negociaciones. Le bastó una rápida mirada para saber que la presidenta no tenía ninguna prisa por intervenir. Era hábil para eso: dejaba que la gente hablara y discutiera antes de tomar cartas en el asunto y normalmente, aun así, sus primeras incursiones consistían en hacer preguntas, de modo que cuando al final decidía el curso de la acción sabía de lo que hablaba.

Con una amable inclinación de cabeza, Alex tomó una taza de café de una charola del personal y luego, sin elevar la voz, vio a Ben a los ojos y dijo:

—No dije que fuera una exageración movilizar a las tropas y desplegarlas. Dije que era la reacción *equivocada*.

Ben abrió la boca para objetar algo pero se detuvo. Era de hecho un poco chistoso, pensó Manny. Ben no era de los que se contienen o dudan de sí mismos, y verlo con la boca abierta podría haber sido motivo de risa en otro lugar y en otras circunstancias. Pero en ese momento no estaban en otro lugar ni en otras circunstancias: era un día después de que China había lanzado accidentalmente un arma nuclear en una de sus propias aldeas. Sólo que el problema era que todavía no estaban seguros de si China había arrojado accidentalmente el arma o si no lo había hecho así.

—Eso es lo que trato de decir —Alex dejó la taza, sacó su tableta y la puso en la mesa—. Una disculpa por haber llegado tarde; estoy segura de que Billy y Ben les explicaron muy bien las razones detrás del despliegue de tropas, pero todas esas decisiones se basan en la idea de que esta explosión nuclear fue sólo un accidente, como sostienen los chinos, o parte de alguna estrategia deliberada más amplia. Pero resulta que, por la información que tengo, me inclino a creer que no fue un accidente, pero que tampoco estuvo planeado —dijo Alex. Dio dos golpecitos en la tableta y apareció una imagen—. Lo importante es que la información que tenemos me lleva a pensar que, si bien no fue una decisión estratégica, los chinos hicieron estallar la bomba por alguna razón. Estaban tratando de ocultar algo. Las imágenes que tenemos no son muy buenas, pero vean aquí. En esa región de China por lo general no ocurre gran cosa, y aunque tenemos cobertura satelital, es limitada. Francamente esta provincia china no se considera relevante, y obtener buenas imágenes no ha sido una prioridad. Los especialistas en tecnología la agrandaron, pero la resolución es limitada y no podemos aumentar la imagen más —giró la tableta para que quedara frente a la presidenta. Los hombres (fuera de Steph y Alex todos los presentes eran hombres) se inclinaron para poder ver la imagen—. Esto es cinco horas antes de la bomba.

Manny había visto tantas fotos satelitales del ejército que aunque no supiera exactamente qué estaba viendo, podía reconocer la disposición de los coches y camiones de un estacionamiento, el trazado de los edificios. Volteó a ver al asistente detrás de él.

—Sube esto al monitor grande.

El joven asintió con la cabeza, tomó la tableta, le dio unos cuantos golpecitos, y la imagen se desplegó en la pared.

—Aquí —dijo Alex levantándose y señalando en el monitor—: ésta es la entrada a la mina principal. En ésta hay sobre todo metales raros, del tipo que se encuentran en los teléfonos celulares y tabletas. Refinan la mayor parte allí mismo: aquí, en este gran complejo de edificios —dio un toque en otro punto—. Por lo que podemos ver, todo esto no son más que talleres, sitios de mantenimiento, esa clase de cosas. Pero todo se ve tan *normal* que es casi cómico. En la aldea hay un par de fábricas de procesamiento químico o algo así, pero básicamente, si esa mina no existiera, tampoco existiría esa aldea. La mina es el centro de todo.

Ahora Ben Broussard estaba de pie, inclinado por encima del hombro de Manny y mirando la imagen en la tableta de Alex, en lugar del monitor en la pared.

—¿Casi cómico? ¿Estás diciendo que éstas son instalaciones militares ocultas?

—No exactamente —respondió Alex—. Esto es lo que sucede: si fuera una instalación militar normal o un sitio de investigación química o biológica, tendríamos mejores imágenes. Digo, puede ser que se nos haya pasado; todos sabemos cuánto nos ha costado ubicar a agentes en territorio chino, sobre todo en las zonas rurales, pero no creo que eso sea lo que tenemos aquí. Creo que fue algo pequeño. Quizás armas biológicas, quizá químicas. Pero es casi seguro que no son más que unos cuantos científicos, algunas habitaciones, la clase de cosas que podrían mantenerse ocultas porque nadie creería que son importantes, ni siquiera los chinos. Es decir, esto es el culo de China. La analista de esta región es la joven... —volteó a ver a su ayudante, quien le dijo algo entre dientes—, Terry Zouskis, que es muy aguda. Sabe de lo que habla, y bueno, resulta que algo estaba pasando, algo que puso a los chinos a temblar de miedo.

—¿Armas biológicas? —Billy se veía nervioso cuando lo dijo, pero era normal. Al diablo con las convenciones y tratados: todos sabían que los chinos estaban estudiando agentes biológicos, y tarde o temprano habría una ruptura. La pregunta era de qué tamaño sería el problema para los chinos. Y para el mundo. ¿Sería la clase de problema que ameritara arrojar una bomba nuclear?

—Todavía no sabemos qué fue —dijo Alex regresando a su

asiento—. Por lo que podemos ver, parecen una mina y unos edificios de afino y mantenimiento porque... bueno... pues son eso. Pero hay mucho espacio para esconder unas oficinas y un pequeño laboratorio sin levantar sospechas. No cabe duda de que pasó algo allí dentro, lejos del alcance de los satélites. Si ven aquí, cerca de la entrada de la mina —dijo, y pasó los dedos por la pantalla para agrandar la imagen hasta que todos pudieran ver que lo que parecía ser simplemente una parte del edificio era en realidad un grupo de figuras; unas veinticinco tal vez—: hay soldados, o algo equivalente. Pueden ver armas automáticas aquí y aquí, pero lo que nos hizo pensar que posiblemente no sea una instalación militar o un centro de investigación que hubiéramos pasado por alto es lo que los soldados están haciendo.

—Sus armas... —la presidenta se levantó e hizo un gesto hacia la pantalla.

—Sí —dijo Alex.

Manny no veía:

—¿Qué con las armas?

Steph golpeó la pantalla con el dedo:

—Tienen los fusiles dirigidos hacia el interior del edificio, no hacia fuera. Los soldados no están tratando de prohibirle la entrada a la gente: están tratando de prohibirles la salida a los que están dentro.

Se oyó un murmullo en respuesta a la presidenta, pero Alex todavía no quería tomar la palabra. Estaba mirando la sala, muy derecha en su silla; mientras tanto, Manny la observaba y daba la impresión de que estuviera contando a quienes estaban allí. Se mostró vacilante. Manny buscó en la sala el motivo por el que no quería hablar, y después de un momento se dio cuenta de que no era una persona, sino el simple hecho de que hubiera tanta gente allí. Ella lo miró y arqueó las cejas. Nadie más se percató, pero él inclinó la cabeza hacia la puerta y Alex asintió. De acuerdo, pensó Manny. Ella quería desalojar la sala y él tenía que confiar en ella.

Manny se levantó y dio dos palmadas. La sala quedó en silencio. Steph lo veía con una sonrisita, pero no había atestiguado el intercambio entre Alex y él. Pensó que sólo estaba tratando de callar a los presentes.

—Todos fuera de aquí. Billy, Ben, Alex, quédense. Todos los demás, fuera —sólo les dio medio segundo para verse confundidos antes de gritarlo—. ¡Fuera de aquí, carajo! —el personal y los asistentes salieron apresuradamente, y de pronto no había nadie más que la presidenta, la consejera de Seguridad Nacional, el presidente del Estado Mayor Conjunto y el secretario de Defensa, todos mirando fijamente a Manny y esperando a que hablara.

Alex lo miró tranquilamente. Aunque en realidad no supiera por qué exactamente había desalojado la sala, eso era lo que Alex esperaba: él tenía razón en que ella no quería decirlo frente a todos los que estaban ahí. Se giró para dirigirse a Steph. Manny pensó por un instante que Alexandra Harris había llegado demasiado pronto: una generación antes; habría podido ocupar la presidencia si hubiera nacido en el momento adecuado.

—Miren, yo no tengo nada que decir —observó Manny—, pero está claro que Alex sí, y que diga si me equivoco, pero creo que no quería revelarlo frente a todo mundo —todos voltearon a ver a Alex, que no desmintió a Manny, y él prosiguió—: todos me conocen, y saben que no tengo nada que ocultar, y si esto fuera sólo política o lo que sea, está bien, pero los chinos acaban de arrojar una maldita bomba nuclear. Éste es uno de esos momentos en los que *la historia nos verá y nos juzgará*, como suele decirse, y yo, por lo pronto, creo que es mejor hacerlo bien. En otras palabras, no podemos darnos el lujo de hacerlo mal. No tengo idea de qué esté pasando, pero me queda claro que hay algo que Alex tiene que decirnos, pero no precisamente tiene ganas de hacerlo.

Steph carraspeó.

—Sólo díganme que no son los zombis. ¿Vieron a ese

imbécil en las noticias diciendo que había una posibilidad de que la bomba nuclear se hubiera arrojado para ocultar un ataque de zombis?

Manny había visto el noticiario con Steph y, de hecho, le había divertido un poco la gravedad de los comentaristas. Hacía mucho que se había acostumbrado a los conductores que se ganan la vida atizando al gobierno. Eran de los que al parecer nunca dejan que los hechos o el periodismo les obstruyan el paso.

—Les juro por Dios que si oigo la palabra *zombis* salir de la boca de alguno de ustedes le ordenaré al Servicio Secreto que los lleve al rosedal para fusilarlos.

Ben Broussard y Billy Cannon se rieron, pero la expresión de Alex no cambió.

—Bichos —dijo Alex con voz suave.

—¿Perdón? —dijo la presidenta, y ya no estaba sonriendo.

—Dije *bichos*. No es algo convencional, y no creemos que sean armas químicas. Los chinos usaron la palabra *bichos,* o *insectos,* y realmente no sabemos qué sea exactamente, así que hemos estado diciéndole *bichos* a la bomba, como apodo. Porque resulta que tienes razón en lo de los fusiles. Los soldados están allí para impedir que alguien salga del edificio. Zouskis, la analista, bajó del satélite imágenes de los últimos seis meses, y hasta hace seis días no había nada que llamara la atención. Nada: *nothing, niente, nichts*. Los centros comerciales de Lincoln, Nebraska, tienen más seguridad que la que había en este sitio. Ningún hombre armado, ningún soldado, ningún guardia de seguridad. No había ni siquiera una cerca alrededor de la mina. El lugar no significaba ninguna prioridad para el gobierno chino: no había nada que proteger. Y de repente, hace seis días, apareció un par de camiones del ejército. No hubiéramos prestado atención si esta región no acabara de convertirse en un cráter radiactivo. Pero hemos pasado de nada hace seis días a una cerca levantándose alrededor del pueblo y un batallón completo, de seiscientos o setecientos soldados, entrando a raudales a la zona. La mayoría de la fuerza se concentró alrededor de la mina y la zona de afino, pero al principio no estaba claro que estuvieran haciendo algo más que resguardarlas, ya saben, asegurándose de que nadie entrara. Aunque también había suficientes soldados para vigilar la aldea completa, para asegurarse de que nadie entrara ni saliera más que por el acceso principal, y aun así, por lo que Zouskis pudo apreciar, no entran más que soldados. Nadie sale. La primera imagen que nos hizo pensar que les preocupa que algo pueda salir de la mina es ésta —dijo, inclinándose y señalando la foto en la tableta—, cinco horas antes de la bomba nuclear.

Billy Cannon se reclinó en la silla. Miraba a Alex, no a la tableta.

—¿Bichos?

—Para allá voy —dijo Alex—. Entonces otra vez estamos sin cobertura satelital por dos horas, pero lo siguiente que tenemos es video. No se ve con mucho detalle, pero fíjense —cerró la imagen y abrió un archivo de video. La sala estaba en completo silencio, salvo por la respiración de los cinco. Eran los mismos edificios y estacionamiento de la foto satelital, aunque en un ángulo un poco distinto. Alex prosiguió—: vean aquí, otra vez cerca de la entrada de la mina. Hay mucha distorsión en la imagen, pero estos puntitos de luz son fogonazos: los soldados están disparando sus armas.

—Están corriendo —dijo Billy—, están huyendo.

—Con esas sombras no puede verse gran cosa —dijo Steph.

Alex tocó la pantalla y puso pausa.

—Señora presidenta, ésas no son sombras.

Steph palideció. Se levantó y señaló la imagen congelada.

—Aquí. No completamente, pero las sombras cubrieron el lugar donde los soldados corrían.

Manny sintió que se le hacía un hueco en el estómago. No comprendía del todo, pero no tenía buena pinta. Alex, que solía mantener una apariencia neutral, ni muy cálida ni muy fría, revelaba una expresión sumamente adusta. Manny se quedó mirando el video en pausa, pero todo lo que veía eran sombras.

Alex retrocedió el video y Manny se dio cuenta de que las sombras se iban replegando.

—Ésas no son sombras —volvió a decir Alex—. Miren aquí, donde estos dos soldados dejan de disparar y salen corriendo. ¿Ven cómo están en la zona iluminada?

Tocó el botón de reproducir y el grupo vio a los dos hombres alejarse del edificio. Un poco de la sombra se movió con ellos y luego los rebasó. Los soldados ya no salieron de la oscuridad.

—¿Bichos? —preguntó la presidenta mirando a Alex.

—¿Es una maldita broma? —soltó Manny.

Alex suspiró.

—¿Ven por qué no me atrevía a decir nada cuando había más gente en la sala?

—¡Por favor, Alex! —dijo Ben—, ¿cómo puedes concluir que son bichos?

—Es la palabra que ellos estuvieron usando. Les pedimos a tres intérpretes escucharla y todos coincidieron en que era alguna variante de *insectos*. No dicen mucho más —sacó de su bolsa una hoja de papel—. Miren, captamos esto: *Ya no los pudimos contener. Los insectos están…* y luego se corta por la estática. Luego tenemos otro fragmento que dice: *Los insectos no se detienen…* hasta que ya no captamos nada —Alex puso el papel en la mesa pero nadie hizo ademán de levantarlo—. No me estoy volviendo loca. No estoy asegurando que nos enfrentemos a alguna plaga de saltamontes que comen gente o algo así. No sé de qué se trate. ¿Armas biológicas?, ¿nanotecnología tal vez? Sea lo que sea, tiene alguna característica que está haciendo a los chinos compararla con insectos. Y sea lo que sea, se les salió de las manos. A estas alturas, estoy casi segura de que los chinos lanzaron la bomba contra sí mismos para contenerlo.

Steph respiró hondo.

—¿Me está diciendo que China se lanzó una bomba nuclear a propósito, debido a unas sombras y a que decían *insectos* unas cuantas veces? Suena un poco aventurado. ¿Está segura de esto?

—No —dijo Alex—. Debió ver a Zouskis mientras me decía sus conclusiones. Podrá ser lista, pero es tan inexperta que la enviaron al culo de China. El tipo de lugar en el que puede hacer sus pininos sin preocuparse por lidiar con nada muy importante.

—… como que China hiciera estallar una bomba nuclear —dijo Manny.

—Tal cual —asintió Alex—, pero lo que de verdad la asustó y la hizo obsesionarse, a pesar de que su supervisor pensaba que estaba arruinando su carrera, fue internet.

Stephanie suspiró.

—Ya sé que dije que a cualquiera que dijera *zombis* lo mandaría al rosedal para que lo fusilaran, pero si esto es alguna loca teoría conspiracionista de internet, si me dices que los foros de discusión están llenos de rumores sobre bichos, también haré que te fusilen por eso.

Alex sonrió, pero todos en la sala sabían que ella no era de los que se andan con rodeos.

—Ése es el asunto, señora presidenta: no hay nada en internet.

Billy reclinó la cabeza.

—¡Oh, con un demonio, Alex, ya dilo de una vez!

—El gobierno chino canceló internet en la provincia tres días antes del ataque. Tres días. Cualquier acceso a internet. Antenas de telefonía móvil y también todos los teléfonos fijos. Todo. No sólo en la aldea: en toda la provincia. Cualquier cosa que pudiera usarse para difundir información la apagaron. Y lo hicieron muy bien: tan bien que ni siquiera nos dimos cuenta de que habían apagado todo hasta que Zouskis regresó para ver si podía encontrar algún rumor o algo previo a la explosión. Quiero decir, ¿una provincia completa?

¿Clausurada toda comunicación durante tres días? Es como si nosotros apagáramos los teléfonos, las antenas de celulares e internet de Idaho, Montana y Wyoming. ¿Se imaginan lo que sería? Basándonos sólo en eso, aunque los chinos no hubieran hecho estallar una bomba nuclear, esperaría que me escucharan y me tomaran en serio aunque la conclusión fueran insectos, bichos o —volteó a ver a Manny y tuvo las agallas para guiñarle un ojo—: zombis.

La presidenta no cayó en la trampa. Se inclinó hacia delante y presionó el botón de reproducir en la tableta de Alex.

—Así que bichos… —dijo la presidenta. Vieron los puntitos de luz y a los soldados huyendo de las sombras y desapareciendo en la oscuridad—. ¿Qué significa eso?, ¿bichos?, ¿insectos? Digo, como viruela u otros virus que no se ven, pero ¿qué significa que usaran la bomba si sólo se trata de insectos?

—No sabemos —contestó Alex—, y no estoy tratando de defender ninguna teoría de película de terror. Creo que podemos descartar que sean cucarachas ávidas de sangre, pero lo que pasaba ahí, sea lo que sea, les pegó a los chinos un susto tan grande como para explotar un arma nuclear de treinta megatones.

La presidenta se frotó los ojos y bajó la cabeza.

—¿Bichos?

—Bichos —dijo Alex.

—La verdad es que esto parece una locura —dijo Ben levantándose—. Deberíamos centrarnos en el gobierno chino y tratar de averiguar si realmente fue un accidente, o más bien alguna hostilidad. El otro escenario posible, en el que Billy y yo creemos, y que además explicaría por qué nos siguen bloqueando la información, es que esto sea un paso hacia algo más grande.

Alex se reclinó en su silla y Manny notó que se veía cansada. ¿Habría estado toda la noche despierta con sus analistas? Él tampoco había dormido mucho. Así era su trabajo, pero mucho más si cabía la posibilidad de un apocalipsis nuclear. Eso lo entendía. Una guerra nuclear era una de esas probabilidades remotas que uno debe considerar cuando es el jefe de gabinete de la Casa Blanca, asesor de la presidenta y su mejor amigo, pero le estaba costando trabajo aceptar la idea de unos insectos del ejército chino. Por lo visto también a Alex, porque sacudió la cabeza.

—Ya lo sé, Ben —dijo Alex, y miró a la presidenta—. Sé que parece una locura, pero Zouskis tiene muy buenos argumentos. Nuestro primer impulso fue el mismo que el de ustedes, pero eso no cuadra. No ha habido concentraciones de tropas, discursos exacerbados, nada que indique una jugada política o una expansión territorial, ni siquiera cuando lo vemos en retrospectiva. Todo ha marchado bien con China, así que exploramos otras posibilidades, todo lo que viene enseguida a la cabeza, como alguna protesta civil que se hubiera descontrolado, pero los chinos no le lanzarían una bomba nuclear, y un descontento de la magnitud que requiriera una pacificación nuclear tampoco es algo que pudieran ocultar. Nos habrían llegado rumores —suspiró—. Supongo que es posible que hubiera alguna instalación militar secreta de gran envergadura en el lugar y simplemente no la vimos, y que tuvieron que pacificar con una bomba nuclear a una facción hostil del ejército, pero si hubiera sido así, entonces tenemos que darle muchísimo más crédito a la capacidad de los chinos para esconderse. Pero no. Aunque suene un poco descabellado, creo que la explicación más probable es que hubiera allí un pequeño laboratorio o algo parecido. Muy pequeño, con no más que uno o dos científicos haciendo su trabajo. Pero fuera de la reserva. No me refiero a un laboratorio completamente extraoficial, sino sólo uno que no se considerara lo suficientemente importante para ubicarlo en una instalación militar de poca monta. Como una pequeña boutique con un científico loco. Tan chiquita que no estaban preparados para el gran éxito que tuvieron al inventar una nueva arma. El tipo de laboratorio a cuyos científicos les sueltan unos cuantos cientos de miles de dólares para luego mandarlos a fracasar en paz. Aquí hacemos lo mismo. ¿Saben cuántos proyectos locos y especulativos financiamos, tanto oficial como extraoficialmente? Nanoparásitos, láser sónico, rayos de la muerte y tonterías por el estilo. Miren, me encantaría venir aquí y decir que nuestra información apunta a que fue un accidente o que los chinos lanzaron una bomba nuclear por motivos políticos, pero no es eso lo que estamos viendo —hizo un silencio y miró a cada uno; después siguió—: yo creo que es algo terrible. Creo que es todavía peor de lo que estamos pensando ahora mismo.

Se levantó y tocó la pantalla táctil para abrir un mapa que mostraba toda la provincia.

—No estamos viendo soldados combatiendo a otros soldados sobre el terreno, y no vemos a las tropas moverse de tal forma que indique una expansión externa. A lo mejor es el uso de la palabra *bichos* lo que les desconcierta, pero cuando lo diga imaginen que es como un apodo, una manera de referirnos a algo. Por lo que nos inclinamos en este momento, con la poca información de inteligencia que tenemos, es que se trata de alguna especie de arma biológica que se salió de control. Ahora mismo, sea lo que sea, es algo que no entendemos, y eso los puso a temblar. Los asustó tanto que cuando trataron de contenerlo no lo lograron y estuvieron dispuestos a lanzar una bomba nuclear de treinta megatones para limpiar su desastre. De lo que se trate, no creo que estemos enfrentándonos a una guerra terrestre convencional. Señora presidenta, ¿a usted qué le daría tanto miedo como para estar dispuesta a arrojar una bomba nuclear sobre alguna de nuestras ciudades?

—Bueno... —la presidenta se levantó y caminó al monitor que mostraba el mapa—. Bichos. Un arma biológica. Lo que sea. El hecho es que nuestra analista...

—Zouskis.

—Zouskis nos ha dado información que muestra que algo estaba pasando. ¿Entonces estamos de acuerdo en descartar la explicación china de que sólo fue un accidente?

—Quizá sea lo mejor —dijo Manny—. Hasta cierto punto, pensar que los chinos convirtieron parte de su país en un páramo fosforescente sin querer es todavía más inquietante que pensar que lo hicieron a propósito.

La presidenta asintió con la cabeza.

—Bueno, entonces ya estamos en el proceso de desplegar nuestras tropas a las afueras de ese país con la idea de contener a los chinos por si pretendieran usar la explosión como estrategia para expandir su territorio —dijo—. ¿Pero qué pasa si Alex tiene razón? Porque, para ser honesta, por loco que suene, y por mucho que no podamos decir una palabra de esto a la prensa (¿se imaginan el malestar social si se supiera que una especie de experimento chino con armas biológicas salió mal y fue necesaria una bomba nuclear para contenerlo?), creo que es convincente el argumento de que es consecuencia del pánico de los chinos. Entonces lo que debemos preguntarnos es: ¿qué hacemos?

—Señora presidenta —dijo Ben alisando los pliegues de su uniforme con la palma de la mano—, con todo respeto a Alex y a su joven analista, esto es ridículo. Dos oraciones con la palabra *insectos*, un par de fotos granuladas y unos segundos de video entrecortado, y basados en eso ¿vamos a suponer que hay una especie de nueva y poderosa arma virulenta por ahí?

Manny notó que Steph se le quedaba viendo a Ben. Era una de las cosas que le gustaban de ella: no le daba miedo hacer que todos aguardaran si necesitaba pensar en algo. Apartó la vista de Ben para fijarla en el mapa que mostraba los despliegues de tropas, y volvió a posarla en Ben.

—Regrésenlas —dijo.

—¿Señora? —Ben parecía confundido.

—Regresen a todas las tropas que se desplazan fuera del país —dijo Steph—. Que los soldados regresen.

Billy, que estuvo callado la mayor parte de los últimos diez minutos, se levantó.

—¿Quiere que traigamos de vuelta a todas las tropas que ahora están fuera del territorio continental de Estados Unidos?

—No a todas —dijo la presidenta—: sólo las que mandamos en respuesta a la bomba nuclear. Y quiero que lo hagan ya. De inmediato.

Manny vio a Ben poner los ojos en blanco y hacer un esfuerzo por no gritar; parecía un adolescente a punto de hacer un berrinche porque no le compraron un nuevo celular. El presidente del Estado Mayor Conjunto creía firmemente que la única respuesta apropiada era tener a los chinos a raya con un despliegue de efectivos militares, y había pasado la mayor parte de las últimas veinticuatro horas asegurándose de que eso ocurriera. Curiosamente, Billy no se mostraba muy ofendido. Más bien parecía que el secretario de Defensa tenía curiosidad.

—¿Señora presidenta? —dijo Billy—. Digamos que nos equivocamos al creer que los chinos quieren expandir su territorio y que Alex tiene razón en que lanzaron la bomba para contener algún arma biológica. ¿De acuerdo? Alex tiene razón. Entonces, ¿por qué la prisa? Quizás Alex tiene razón, quizá no, pero de cualquier manera, no nos hará daño dejar que concluya el despliegue y después, con un poco de paciencia, hacemos que todos regresen. Si Alex no tiene razón, la jugada inteligente es dejar que nuestras tropas se desplieguen, y si Alex tiene razón, entonces podemos ordenar que todo mundo vuelva, e ir lidiando con las realidades cambiantes sobre el terreno.

Manny se enderezó en su asiento. No pudo evitar soltarlo:

—La influenza.

Billy se le quedó viendo.

—¿Qué?

—La influenza —repitió Manny—. Si es un arma biológica, posiblemente la explosión no la contenga. Actuemos como si fuera una pandemia de influenza. La más grande.

—Tin-tin —dijo Steph, sonriendo a pesar de todo—, tres puntos para Manny. ¿Qué tan rápido podemos actuar?, ¿cuánto nos tardaremos en poner zonas en cuarentena y emplazar a los soldados? Todavía no quiero que se desplieguen, pero sí que todo esté listo para movilizarse.

Hubo unos momentos de silencio en la sala. A pesar de todo, la primera preocupación de Manny eran las implicaciones políticas.

—Esto será un desastre. Podrá levantarse un poco el espíritu patriótico, pero si tenemos que desplegar tropas en casa, en la elección te van a acabar.

Steph le sonrió.

—Ahora mismo ésa no es mi mayor preocupación, Manny. Creo que es momento de preguntarnos si nos importa hacer lo correcto o si sólo se trata de obtener ganancias políticas.

—Lo segundo: siempre se trata de obtener ganancias políticas —dijo Manny, sólo porque sabía que era lo que Steph esperaba oír. A pesar de su risa, se veía como si estuviera soportando todo el peso de la presidencia. Él no podía evitar preocuparse por las implicaciones políticas, pero si era algún virus que se hubiera salido de control al punto de que los chinos estuvieron dispuestos a usar armas nucleares, las repercusiones políticas de tener que imponer una cuarentena y de alojar a las tropas en las ciudades iban a ser menos graves en las siguientes elecciones que la muerte de miles, o quizá cientos de miles, de estadunidenses. Malditos chinos y malditas armas biológicas. Una parte de él extrañaba las guerras a la antigua, en las que los hombres cavaban trincheras y morían de manera convencional.

La presidenta y los demás se rieron de la respuesta predecible de Manny. Él empezó a hablar de nuevo, pero llamaron a la puerta y a continuación entró la secretaria particular de la presidenta.

—Disculpe, señora presidenta. Lamento interrumpir, pero está muy insistente.

—¿Quién?

—El director de la agencia. Dice que tiene que hablar con usted sobre Bill Henderson.

Manny no podía verlo, pero sabía que Steph estaba poniendo los ojos en blanco. Sin duda agradecía el trabajo de recaudación de fondos que había hecho Henderson en su nombre, pero, la verdad sea dicha, las noticias de su muerte quedaban sepultadas por la aparente disposición de los chinos de estallar bombas nucleares. Harían alguna declaración a la prensa, y seguramente la presidenta respondería preguntas sobre el accidente e iría a Minneapolis a su entierro, pero con este asunto de los chinos, el entierro de Henderson no era precisamente lo más importante. Estaba por decirle a la secretaria que Steph le devolvería la llamada, pero ella habló primero.

—¿Qué con Henderson?

Cuando la secretaria titubeó, Manny tuvo un mal presentimiento.

La secretaria no era alguien que acostumbrara titubear.

—El director insiste en que tiene que hablar con usted —dijo, e hizo una pausa, como si estuviera eligiendo sus palabras con mucho cuidado—. Dice que es posible que al señor Henderson se lo hayan comido unas arañas.

Al oír eso, la presidenta levantó la cabeza y miró a la secretaria. Manny se dio cuenta de que todos se quedaron viéndola fijamente.

—¿Arañas? —Manny oyó su propia voz, pero no estaba seguro de haber sido él quien había hecho la pregunta—. ¿Arañas, o sea, bichos...?

—Arañas —confirmó la secretaria—. El director suena muy... nervioso.

La presidenta se levantó y señaló a Ben y luego a Billy.

—No sólo a los que enviamos en respuesta: todos los hombres y mujeres de las fuerzas armadas a los que podamos sacar de donde estén. A todos. Quiero a los efectivos de regreso al país. Ben, ¿qué tan rápido podemos estar listos para responder a esto?

—Tenemos los planes listos y todas las reservas, así que probablemente veinticuatro horas, si nos apuramos.

—Enciendan el cerillo —dijo Steph—, pero todavía no lo acerquen a la mecha. No quiero a un solo soldado fuera del terreno de su base, pero sí que los camiones estén listos para arrancar.

—Steph... —dijo Manny—, señora presidenta, creo... —y se calló. No estaba seguro de lo que diría.

Steph caminó al extremo de la mesa que tenía un teléfono.

—Crees que estoy actuando de manera desproporcionada, y quizá tengas razón, pero sabemos que los chinos dejaron caer una bomba nuclear en su propio territorio para contener algo a lo que llaman bichos, y ahora tenemos a un multimillonario que hizo un aterrizaje forzoso en Minneapolis y fue comido por arañas. No suelo inclinarme por las teorías conspiracionistas, pero ante estos datos más nos vale actuar en consecuencia. En el peor de los panoramas, ¿qué haríamos?, ¿decimos que fue un ejercicio de entrenamiento?

—Un ejercicio de entrenamiento —dijo Alex—. Diremos que teníamos planes desde hacía un año, pero no pusimos a nadie sobre aviso porque de verdad queríamos probarlos. Manejaremos esa historia si resulta que estamos exagerando.

—Muy bien —dijo Manny—. No me gusta, pero puedo hacerlo.

Billy levantó la mano. Manny estuvo a punto de reírse. El hombre de verdad había levantado la mano.

—¿Qué? —preguntó Stephanie con brusquedad.

—¿Y si no estamos exagerando? —dijo—. Por lo que podemos saber, esto empezó, ¿qué?, ¿hace seis días? Seis días desde que empezó el cerco hasta que China soltó una bomba nuclear. ¿Y si ya nos estamos moviendo demasiado lento?

Stephanie miró a la secretaria.

—Páseme al director —dijo, y luego volvió a dirigirse a

Billy—: si resulta que esto no es una reacción desproporcionada, entonces que Dios nos ayude —levantó el teléfono, pero se detuvo un momento y se lo puso contra el pecho—. Y, Manny —dijo volteando a verlo—, llama a tu exesposa. Tengo algunas preguntas sobre las arañas.

Universidad Americana, Washington, D.C.

—¿Profesora Guyer?

Melanie levantó de golpe la cabeza, que hacía un instante reposaba sobre el escritorio.

—Estoy despierta, estoy despierta —dijo. Se limpió la saliva que le humedecía la mejilla y la comisura de los labios. Santo Dios, ¿cuánto tiempo había estado durmiendo? Cuando volteó a ver a Bark sintió un dolor agudo en la espalda baja. Tenía un sofá en su oficina por esa misma razón, para poder dormir en el laboratorio cuando así lo quisiera, y de todas formas se seguía quedando dormida en el escritorio. Miró el reloj, ya eran casi las cuatro de la tarde.

—¿Profesora Guyer? —dijo Bark otra vez, nuevamente en tono de pregunta.

Ella lo miró, se fijó si atrás de él no venían Julie o Patrick, y entonces dijo:

—¿Cuántas veces, Bark?

—¿Cómo? ¿Cuántas veces qué, profesora Guyer?

—¿Cuántas veces he tenido tu pene en mi boca, y tú sigues diciéndome profesora Guyer?

Bark se ruborizó, lo que resultaba hasta tierno, por mucho que a Melanie le costara reconocerlo. Él era de verdad buenísimo en la cama, pero no parecía darse cuenta y siempre le preguntaba si lo estaba haciendo bien o si era lo que quería, lo cual era parte de su encanto. Por supuesto, ese mismo despiste era lo que hacía que a ella le dieran ganas de romperle la cabeza con la lámpara de su escritorio.

—Ya sabes que me incomoda que me hables así —le dijo, y volteó hacia atrás para asegurarse de que ninguno de sus compañeros hubiera oído el comentario.

Cerró la puerta, pasó al otro lado del escritorio, se sentó en él y le puso la mano en el hombro a Melanie. Había pasado toda la noche en el laboratorio, igual que ella, pero seguía oliendo bien, una mezcla de jabón y algo un poco más fuerte. Su mano era grande y pesada, y Melanie, muy a su pesar, podía sentir cómo empezaba a caer bajo su influjo. Volteó la cabeza y muy suavemente clavó los dientes en el borde de su mano.

Luego se la soltó.

—Pero decir que tuve tu pene en mi boca no te incomoda tanto como para evitar que lo siga haciendo —le dijo—. Ahórrame las delicadezas cursis y anticuadas, ¿okey?

Bostezó y se estiró. Sentía una tensión muy fuerte en la espalda y todo lo que quería era volver a recostar la cabeza en el escritorio y cerrar los ojos. Sentía que podía dormir días enteros. Había estado soñando con arañas (siempre soñaba con arañas) y tenía en la cabeza un nido de arañas.

—Ya es hora, profesora Guyer —dijo Bark—, está a punto.

Eso despejó las telarañas. En la ciencia no hay tantos momentos eureka. La mayor parte es trabajo arduo, recolección de datos, el lento y constante camino del progreso. Y a ella le encantaba. Sinceramente le gustaba pasar tiempo en el laboratorio, haciendo observaciones y anotaciones. En la preparatoria, a nadie más que a ella le parecían interesantes los ejercicios de análisis volumétrico, y en la licenciatura y la maestría, aunque le aburriera afanarse en el estudio, podía mantener la concentración. Era brillante, indiscutiblemente, pero en su programa de posgrado había un par de estudiantes tan brillantes como ella. La diferencia era que no tenían la misma disciplina. Se había hecho famosa en su área porque había podido dar los saltos que hacen avanzar la ciencia, pero sabía que en el fondo era buena porque estudiaba duro. No sólo se le ocurrían ideas: podía demostrar sus teorías a través de la investigación meticulosa.

Pero por mucho que estuviera dispuesta a aplicarse, por disciplinada que fuera, no había nada, absolutamente nada comparado con la emoción de un descubrimiento. Y había que reconocer que hacía mucho que no hacía nada emocionante en el laboratorio.

Sí, descubrir el uso médico del veneno de la *Heteropoda venatoria*, dos años antes, había sido una gran continuación del trabajo que de entrada la había hecho relativamente famosa en el mundo de la entomología, pero por más cariño que le tuviera todavía a la araña cangrejo, sentía que ya había terminado con esa línea de investigación. Era hora de algo nuevo.

A pesar de haberse enfadado con sus estudiantes de posgrado el día anterior, cuando le tendieron una emboscada afuera del salón y le recordaron su alcoholizada divagación sobre Perú y las Líneas de Nazca, evidentemente habían dado con algo. Decir que lo que estaba pasando con la ooteca era interesante se quedaba corto. Esto podría ser uno de esos momentos científicos capaces de definir una carrera. Había en Oklahoma un especialista en ecología evolutiva que en los años noventa trató de reavivar huevos latentes, y en poco tiempo consiguió hacerlo con huevos de décadas atrás. Al principio del nuevo siglo, sin embargo, ya estaba logrando incubar huevos de cien años de edad, y para 2010 hizo eclosionar huevos de más de setecientos años. Había que reconocer que, por lo que recordaba del artículo, había trabajado con pulgas de agua, bastante más simples que las arañas, pero la idea no era del todo insensata. Entonces, si ya era bastante interesante haber encontrado un saco de huevos de diez mil años calcificado en Nazca, hacerlo eclosionar estaba completamente en otro nivel.

Esto podía ser enorme, como para la portada de *Science* o *Nature*.

Se enjuagó la cara en el lavabo del laboratorio. Podría haberse dado una rápida ducha en el baño privado de su oficina (el baño habría sido razón suficiente para ir a la Universidad Americana, sin olvidar que de todas formas tenía que ir al Distrito de Columbia por Manny y que la Universidad Americana le hizo la mejor oferta), pero ya era hora y no quería perderse de nada.

Los tres estudiantes de posgrado estaban apiñados en la pared del fondo del laboratorio. El insectario estaba junto a una jaula donde había una rata a la que Patrick había apodado Jorobita, por los bultos cancerosos en su lomo. Del otro lado del insectario, la laptop de un estudiante reproducía una transmisión en vivo de las noticias, que no eran más que un suave murmullo que los envolvía. Julie estaba encorvada escribiendo algo en su computadora.

—Muy bien, ¿qué hay de nuevo? —dijo Melanie. Extendió el brazo y bajó de golpe la tapa de la otra computadora. No necesitaba silencio en el laboratorio, pero tampoco le encantaba el ruido de fondo.

Los tres estudiantes se levantaron y vieron la computadora haciendo ruiditos consternados.

—Lo teníamos encendido para oír las noticias por lo de la explosión nuclear —dijo Patrick.

Por un segundo, Melanie pensó que no había entendido bien, pero entonces se dio cuenta de que Patrick sí había dicho *explosión nuclear*. Con todo, su reacción estaba en sintonía con la reacción de Melanie de apagar la computadora durante el espectáculo de medio tiempo del Super Bowl; era algo que querían como ruido de fondo, pero no era su principal preocupación. Ninguno de los tres se veía especialmente afectado, al menos no más de lo que manifestaría un estudiante de posgrado después de haber pasado la noche en el laboratorio. No había nada que indicara apocalipsis nuclear. Patrick tenía una manchita en la comisura de los labios, quizá de chocolate, y al cabello de Julie no le habría hecho daño un poco de acondicionador, pero ninguno parecía listo para huir a las montañas y, por lo que podía ver, ninguno había llorado. Con todo, Patrick de verdad había dicho que tenían la computadora encendida por una explosión nuclear. Dejó que sus dedos regresaran a la tapa de la computadora y los movió por la muesca donde se abría.

—¿Alguno de ustedes podrá ponerme al corriente? ¿Qué demonios está pasando? ¿Exactamente cuánto tiempo estuve dormida?

—Hemos mantenido estable la temperatura y estamos tomando video de la ooteca en alta definición, y en realidad no hubo mucho que...

—No —interrumpió Melanie a Bark—. ¿Pero qué les pasa? No hablo de la araña. ¿Hubo una explosión nuclear?

—Ah, en realidad no es para tanto —dijo Patrick—. Fue anoche, pero apenas hace un rato nos enteramos. Supongo que sí fue algo serio, porque es una bomba nuclear, pero se trató de un accidente. Fue una gran bomba, pero no en una zona muy poblada. Al menos eso dicen las noticias. No es el fin del mundo ni nada así.

—Fue en China —añadió Julie para ayudar.

—¿Como una fusión accidental? —Melanie no abrió la computadora. La respuesta indiferente de los estudiantes al asunto nuclear ya la había hecho apartarse del tema y volver a pensar en el saco de huevos. La posición de los estudiantes le tapaba un poco el insectario, pero sí alcanzaba a ver un fragmento de la ooteca y podía notar que se movía. No, en realidad vibraba.

Caminó al otro lado de los estudiantes y deslizó un poco la jaula de Jorobita, la rata, sobre el mostrador para tener una vista más clara.

—Oh, no —dijo Patrick—, no fue una fusión. Fue una bomba nuclear propiamente dicha. O un misil, no estoy seguro de cuál de las dos cosas. De cualquier forma, fue un accidente. Tal vez una misión de entrenamiento, un choque o algo así —y volteó a ver a Bark—: ¿tú estabas escuchando?

Bark se encogió de hombros, y dijo:

—Dejé de prestar atención después de los comentarios de la presidenta —tocó suavemente el vidrio del insectario con la punta del dedo medio—. Esto ha sido realmente interesante. Está zumbando —añadió.

Con eso le bastó a Melanie, que entonces quitó la mano de la computadora y se volteó completamente para ver la ooteca. Era enorme. Eso fue lo primero que le impresionó el día anterior: cuán grande era. No había duda de que era un saco de huevos, pero nunca antes había visto uno de ese tamaño: más grande que una pelota de softball, más o menos del tamaño de un melón pequeño. Y estaba duro: calcificado... o algo más. No estaba segura de lo que le hubiera pasado, y eso era parte de lo que averiguarían cuando las arañas abrieran la cáscara y pudieran analizar algunos de los huevos. No era muy elástico, y al tacto era casi terroso. Cayó en la cuenta de lo que le recordaba: aquellas bolas protuberantes de caramelo duro y ácido que sacaba de las máquinas expendedoras en el centro comercial cuando era niña. El saco también se veía terroso, y soltaba un polvo blanco que frotó entre sus dedos. Parecía bicarbonato de sodio, pero con textura granulosa, como arena.

Era, como de manera muy poco poética dijo Bark, realmente interesante.

Melanie comprobó que Bark tenía razón en lo del zumbido. No era precisamente un zumbido, pero era algo similar. ¿Un murmullo quizá? Bueno, en todo caso no era constante. Parecía cíclico: empezaba grave y fuerte y luego pasaba a un tono más agudo, menos intenso, y la vibración del saco coincidía con esa transición. Metió la mano en el insectario, la posó en el saco, y en cuanto lo sintió estuvo a punto de retirarla.

—Está caliente —dijo mirando a Julie.

—Sí, la temperatura ha estado aumentando sistemáticamente. Al principio no fue notorio, pero la monitoreamos —dijo Julie señalando con la cabeza hacia la pantalla de su computadora, en la mesa de trabajo atrás de ella—. Empezó de modo tan paulatino que en realidad no me percaté de que iba aumentando un grado cada vez. Si ves los datos, se nota claramente que hay un patrón regular.

Melanie rodeó con los dedos la parte superior, palmeándola como en la universidad habría querido hacerlo con un balón de basquetbol cuando aún pensaba que tendría oportunidad de clavar uno en el aro. A lo mejor si éstos hubieran estado a 2.75 metros y no a 3.05. Y si hubiera podido saltar en un trampolín. Con 1.82 era alta para ser mujer, pero nunca había dado grandes saltos.

Se dio cuenta de que ésa era la sensación que le daba el saco. Aun con las pequeñas protuberancias y los bultitos, se sentía como pelota de basquetbol. Claro que era más chica, tanto que podía acomodársela en la mano. No habría usado las palabras *pegajoso* o *adherente*, pero tenía algo que lo hacía poco resbaladizo. Podía imaginar que antes de calcificarse había estado adherido a una pared o dentro de alguna grieta, sujeto con la telaraña para servirle de cuna al paquete de arácnidos en espera de nacer. Y estaba caliente. Bueno, no tanto como para retirar la mano, pero tibio, como un pan recién salido del horno.

Era asombroso pensar que el saco tuviera diez mil años, que hubiera estado enterrado tanto tiempo, y que fuera parte de una Línea de Nazca. La araña gigante era como un mensaje dirigido justo a ella, una señal para que Melanie pusiera atención. Sí, escribiría artículos sobre eso (la resurrección de esta ooteca y lo que pudiera haber dentro era un tema que adoptaría con entusiasmo), pero sobre todo le recordaba lo que tenía de divertido su trabajo de científica y cuán verdaderamente asombroso podía ser el mundo.

El saco dio una sacudida en su mano. Los huevos querían

salir. ¿Cuánto tiempo habían estado allí dentro?, ¿cuánto tiempo habían esperado para eclosionar?, ¿qué era ese ruido?, algo que se elevaba por encima del zumbido del saco, un tono agudo, mecánico. Sonaba como...

¡Oh! Melanie sacó la mano del insectario y se irguió. Era su teléfono celular.

Lo sacó del bolsillo de la bata de laboratorio. Era Manny. Pensó en contestar, en hablar con su exesposo, pero decidió presionar con la uña del pulgar el botón *silenciar* y volvió a guardarlo en el bolsillo, aunque seguía vibrando.

Ahora Bark estaba agachado hacia delante, doblado de una manera casi cómica, con la barbilla pegada a la mesa para tener el saco a la altura de los ojos. Tenía un poco abierta la boca.

—Sí —dijo—, vean esto.

—¿Dónde?

—Acá —dijo Bark, y llamó a Melanie con un ademán. Cuando ella se inclinó, Julie y Patrick se les unieron—. Allí, en el fondo. ¿Ven la grieta?

Al principio Melanie no la vio, pero entonces el saco de huevos tuvo otra sacudida y vio que algo que había interpretado como una diferencia de color era una rajadura, el principio de una apertura. Se puso en acción.

Verificaron dos veces que el video estuviera grabando, que la computadora recibiera las transmisiones de temperatura. Mandó a Patrick a que fuera corriendo por la cámara fotográfica y hasta tomó algunas fotos para asegurarse de que tuvieran suficiente luz. En esos minutos, la grieta del saco empezó a ensancharse. Melanie estaba lista. Patrick estaba de pie, pero Bark, Julie y ella estaban encaramados en bancos, y Melanie tenía la mano levantada, posada en el borde superior del insectario. Deslizó la tapa y, por la fuerza de la costumbre, cerró el pasador.

El saco permaneció inmóvil. Melanie contenía la respiración. Todos estaban tan callados que ella podía escuchar el tictac del segundero de su reloj. Se apretó la muñeca con la otra mano; el reloj se lo había regalado Manny de cumpleaños, en su segundo o tercer año de matrimonio, cuando las cosas todavía iban bien. Esperaron y esperaron. Se soltó la muñeca y vio el reloj. Treinta segundos. Cuarenta y cinco. El huevo seguía quieto. El zumbido se había apagado. Un minuto. Minuto y medio.

Melanie volvió a sentir el teléfono vibrando en su bolsillo. No le hizo caso.

Un minuto cuarenta y cinco segundos.

Nada.

Dos minutos.

Julie se aclaró la garganta.

Dos quince.

—A lo mejor... —comenzó a decir Patrick en voz baja, pero ya no continuó.

Dos minutos treinta segundos.

Tres minutos.

Melanie cambió de posición, y estaba por volver a ver el reloj cuando hubo movimiento.

El saco de huevos palpitó. La pequeña grieta se plegó. Había algo detrás de ella. Y ahí, arriba, a la derecha de Melanie, había un pequeño agujero en la cáscara. El agujero se convirtió en una rajadura que se fue abriendo hacia un lado hasta juntarse con la grieta ya abierta. El saco volvió a palpitar y de repente volvió el zumbido, como un motor de coche en marcha dentro de un garaje cerrado. El saco se sacudió y se inclinó a la izquierda; luego otra vez.

—Dios santo —dijo Bark—, no les está resultando fácil salir.

—Si el saco estaba calcificado, ¿no podrá ser que les cueste más trabajo de lo normal? —dijo Julie. Estaba mirando por el visor de la cámara, y el ruido del obturador abriéndose y cerrándose le llegó a Melanie por encima del zumbido del saco. Tuvo que contenerse para no decirle a Julie que no tomara fotos hasta que hubiera algo que valiera la pena. Siempre podrían borrar las que no necesitaran, pero más valía tener de más que de menos.

—Digo, ya sé que es científicamente posible, pero no puedo creer que vaya a eclosionar —añadió Julie.

El saco volvió a quedarse quieto unos segundos, pero el zumbido,se hizo más fuerte. Y de repente también se detuvo.

El teléfono de Melanie volvió a vibrar. No le hizo caso. Condenado Manny.

Todos se quedaron callados unos segundos más, hasta que Melanie dijo, más para sus adentros que para los demás:

—¿Qué carajos esperan?

Y como si hubieran sido las palabras mágicas, el saco de huevos pareció explotar. Más tarde, con el video en cámara lenta, Melanie vio cómo las arañas abrieron el saco en sus puntos débiles, haciendo palanca con las grietas abiertas, pero en el momento, la única palabra que describía su nacimiento era *explosión*. En un momento el huevo estaba casi intacto, quieto y silencioso frente a ella, y al siguiente, las arañas ya se aventaban contra las paredes de vidrio del insectario, se escabullían por el suelo o por la parte inferior de la tapa, golpeaban con las patas el vidrio y el plástico; sonaban como granos de arroz derramándose en el piso.

Patrick lanzó unos grititos agudos, como niño. Julie se echó para atrás. Hasta Bark brincó.

Pero Melanie se sintió más atraída. No sabía cuántas había, pero estaban frenéticas. Eran al menos algunas docenas. Habían estado guardadas en el saco, y salieron en enjambre desdoblando los cuerpos, extrañas y hermosas. Grandes y rápidas, como chabacanos negros aventándose contra el vidrio con estruendo y resbalando. Puso la palma de la mano en el vidrio del insectario y las arañas volaron hacia ella. Era como la lámpara de plasma que tenía de niña, una de esas esferas con un electrodo en el centro. Se acordó de que cuando ponía la mano en el vidrio los filamentos eran atraídos hacia su piel. Nunca sentía la corriente, pero sabía que estaba allí. De la misma manera, las arañas acudían en tropel adonde su mano presionara el insectario. Aunque no había manera de que las sintiera a través del vidrio, de todas formas las vibraciones le llegaban a la piel.

Alejó la mano.

—¡Puta madre! —Bark se inclinó y señaló el rincón—: se están comiendo a ésa.

Julie dirigió el lente hacia el pequeño grupo de arañas (tres o cuatro, aunque era difícil distinguirlo por la manera como se encimaban unas en otras) que estaban arremetiendo contra una de sus hermanas.

—¡Caray!, ¿ya vieron? —Patrick señaló el insectario. Un gran grupo de arañas (quizá la mitad de las que estaban en el recipiente) se había ido al otro lado. Algunas sólo parecían estar empujando el cristal, pero varias lanzaban enérgicamente sus exoesqueletos contra el vidrio. Querían salir.

—¿Qué demonios? —Melanie se irguió completamente—. ¿Están tratando de...?

Los cuatro voltearon a ver la jaula de ese lado del insectario. Dentro, Jorobita, la rata de laboratorio preferida de Patrick, no era consciente del enjambre de arácnidos que se lanzaba contra el vidrio del insectario, tratando desesperadamente de alcanzar su pequeño cuerpo.

Metro Bhawan, Delhi, India

La doctora Basu no estaba contenta. No le gustaba Nueva Delhi y Faiz la estaba agotando. Normalmente se divertía mucho con él, pero ahora se había pasado todo el camino en coche de Kanpur a Delhi (que tendría que haber durado seis horas pero fueron trece) en total desesperación. Ya sospechaba que él le estaría mandando mensajes de texto o correos electrónicos a Ines todo el tiempo, y cuando no hablara con ella, suponía que se pondría a hablar de ella. No habían pasado ni cinco minutos de que emprendieron el camino cuando su novia italiana le mandó un mensaje para informarle que ahora era su exnovia italiana. Su relación había avanzado demasiado rápido, le escribió Ines, y ahora quería cortar con él. La doctora Basu tuvo un fugaz momento de alivio (que la hizo sentir horriblemente culpable) cuando pensó que Faiz y ella ahora podrían hablar de sismología y no de Ines, pero por supuesto que él estaba completamente consternado. ¿Cuál era el menor de los dos males?, se preguntó, ¿tener que aguantar el sufrimiento de Faiz o su embeleso? Sin embargo, mientras más se alargaba el camino, más se enojaba con Ines. Nunca la había visto, pero una parte de ella quería volar a Italia sólo para decirle cuatro verdades. ¿Cómo se atrevía a romper con él por mensaje de texto? Y por si fuera poco, después de una hora de que Ines y Faiz estuvieran mensajeándose, dejó caer la bomba: la verdadera razón por la que rompía con él era que finalmente había tenido oportunidad de leer algo de su trabajo, y no podía estar con un hombre si no sentía respeto por su investigación. ¡Decir que no respetaba la investigación de Faiz era tanto como decir que tampoco respetaba la investigación de la doctora Basu!

Llevaba ya trece horas en ese coche, y se había pasado casi todo el tiempo asegurándole a Faiz que era inteligente, cosa que era cierta, y un trabajador sobresaliente, que era casi verdad, aunque de vez en cuando (bueno, a menudo... okey, siempre) hiciera comentarios inapropiados, y que merecía un mejor trato. Para cuando llegaron, Basu tenía un dolor de cabeza punzante. No era ninguna sorpresa que estuviera tan enfadada por no entender qué demonios causaba esas extrañas mediciones sísmicas.

Faiz le hizo señas para que se acercara. Seguía viéndose triste, pero estaba haciendo su mejor esfuerzo. Tenía la tableta y el teléfono en la mano mientras hablaba con un hombre de traje y corbata. Cuando ella se acercó, observó que el hombre tenía una credencial del transporte subterráneo de Delhi prendida en la solapa. Levantó la mano.

—Lo siento, pero no estoy autorizado para dejarlo pasar.

La doctora Basu señaló el gafete del hombre.

—¿No es usted el supervisor?

—Sí, pero...

—Aquí no hay pero que valga. Uno de nuestros sensores está aquí abajo y necesitamos verlo.

El hombre sacudió la cabeza.

—Sí, su asistente ya me lo dijo —la doctora Basu no se molestó en aclararle al hombre cuál era el rango de Faiz—, y uno de sus hombres ya bajó ayer. Eso nos puede causar problemas.

La doctora Basu se le quedó viendo y por unos segundos no dijo nada. Había descubierto que esta táctica les resultaba incómoda sobre todo a los hombres. En efecto, empezó a ponerse inquieto, y entonces Basu decidió hablar.

—¿Acaso contar con un sistema de alerta de terremotos no tiene como propósito que se les pueda alertar si hay un terremoto?, ¿y estoy en lo correcto al suponer que a usted le gustaría que ese sistema funcionara adecuadamente?

—Sí, está en lo correcto, pero…

Lo volvió a interrumpir. Disfrutaba mucho haciéndoles eso a los hombres que, como éste, no querían tomarla en serio.

—Entonces tenemos que bajar al sensor para ver si descubrimos por qué da estas mediciones —y al decir esto pasó casi haciéndolo a un lado. El hombre empezó a hablar pero entonces decidió caminar con ella. Basu sonrió para sus adentros.

Estaba sudando, se sentía incómoda, y era posible que no obtuvieran una respuesta, pero al menos esta zona parecía ser donde se registraba la mayor actividad. Sacó un pañuelo de su bolsa y se secó la frente. Se detuvo frente a una gran puerta de hierro.

—Ábrala —le dijo.

El hombre vaciló.

—Puedo abrir ésta, pero no tengo las claves de las siguientes dos.

—Pero ayer trajo a nuestro asociado aquí.

—Sí… Bueno, no, no exactamente. No yo en persona. Después de todo, yo soy el supervisor. Mandé a uno de los hombres de mantenimiento con su hombre.

Faiz se recargó en la pared.

—¿Por qué hay tantas puertas? —preguntó.

El hombre pulsó una serie de números en el teclado electrónico.

—Protección contra inundaciones. Las puertas son herméticas y están dispuestas en serie, como en un barco o en un submarino. Si una se rompe, la siguiente está diseñada para contenerlo todo. Y si sabemos que viene el agua, podemos desconectar todo, cerrar las puertas y esperar. Cuando ha pasado lo peor, bombeamos para sacar el agua y en pocos días estamos de nuevo en funcionamiento. Sólo se abre una puerta cada vez: se entra por ella, se cierra, y luego se abre la siguiente. Como una compuerta de aire.

Abrió la puerta y los hizo pasar. Tuvo que empujar con fuerza para abrirla. Basu pensó que le daban buen mantenimiento, pero necesitaban tener tolerancia mínima para poder contener agua. El hombre cerró la puerta. Los pernos volvieron a su lugar con un fuerte ruido metálico. La luz fluorescente del pasillo temblaba. La doctora Basu sacó una botella de agua de su bolsa. Desenroscó la tapa y estaba por darle un trago cuando el piso se sacudió y perdió un poco el equilibrio. Se derramó agua en la blusa.

—¿Sentiste...? —dijo Faiz con voz apagada.

—Sí —dijo Basu—. Estuvo fuerte.

Frente a ellos había otra puerta que se veía exactamente igual a la que acababan de pasar.

Basu miró al hombre del subterráneo de Delhi.

—Pida las claves. Vamos a tener que abrir todas las puertas.

Stornoway, Isla de Lewis, Hébridas Exteriores, Escocia

El avión estaba retrasado. Ya era bastante malo que Aonghas Càidh sólo viera a su novia cada dos semanas, pero normalmente era él quien volaba adonde estaba ella. Por alguna razón resultaba más difícil esperar el avión en el que ella venía desde Edimburgo que cuando su propio vuelo se retrasaba.

Suponía que podía haber sido peor. Ni siquiera entendía bien cómo salía con alguien como Thuy, para empezar. Él no era un mal partido. Era suficientemente listo para vivir decorosamente (había relevado a su abuelo en la escritura de sus novelitas de detectives, una serie muy exitosa que llevaba más de cincuenta años en circulación, y parecía que así seguiría mientras él no lo arruinara). Además, por lo general era una buena compañía: un tipo divertido, con muchas anécdotas que contar, la mayoría relacionadas con haber sido criado por su abuelo, en el viejo castillo de la familia en la isla de Càidh, una roca por lo demás inhabitada en el lago Ròg, en la parte occidental de la Isla de Lewis, en las remotas Hébridas Exteriores. Sus historias de cuando tenía seis años y salía de la isla de Càidh en una lancha de motor entre aguas azotadas por la tormenta para poder llegar a la escuela Carloway (era uno de los menos de cuarenta estudiantes inscritos), o de cuando su abuelo estaba en la cava y un golpe lo dejó inconsciente, y Aonghas tuvo que esperar dos horas a que volviera en sí, hacían que a sus amigos les pareciera una criatura exótica.

Aonghas tenía treinta y pocos años, y hasta que conoció a Thuy había sido el único de sus amigos sin una relación estable y comprometida, a pesar de que ellos hacían repetidos intentos de enredarlo con alguien. Era cierto que era rollizo, pero iba bien con su complexión grande. Si hubiera sido un poco menos perezoso, habría sido bueno para salir a pescar en lancha. Era de palabra fácil, y a las mujeres parecía gustarles. Con todo, en realidad no podía creer que Thuy fuera su novia. Era atlética, guapísima e inteligente como nadie: recientemente estuvo a punto de calificar para los Juegos Olímpicos en los doscientos metros de natación estilo libre, y había trabajado un par de años como modelo antes de decidirse a estudiar medicina. También era increíblemente agradable y atenta, de las mujeres que pasan su tiempo libre haciendo trabajo voluntario en refugios de animales, y nunca pasaba junto a un mendigo sin dejarle unas monedas. Y encima, le gustaba cocinar. Estaba segurísimo de que era un milagro que fuera su novia. Él sabía la verdad: que no ser un mal partido no era suficiente para justificar que una mujer como Thuy se enamorara de él. De todos modos, ¿quién era él para cuestionar los caprichos del corazón? O, como decía su abuelo: *No seas idiota. Si la muchacha te ama, pues te ama. Acepta los regalos que te da la vida.*

Conoció a Thuy cuando ella fue a Stornoway de vacaciones. Entró a la cafetería de Kenneth Street donde le gustaba escribir. Tres mañanas seguidas entró ella por la puerta con una mochila y equipo de excursionismo, y tres mañanas seguidas él estuvo sentado en una mesa del fondo trabajando en la nueva novela de misterio de Harry Thorton, enriqueciendo ligeramente su cuenta bancaria con cada palabra que escribía. Por fin, a la cuarta mañana, Aonghas se armó de valor para ir a hablar con ella. No era temporada turística, y ella habría sobresalido aunque no fuera vietnamita y terriblemente atractiva. Esto Aonghas no se lo confesó hasta que llevaban saliendo casi seis meses, pero se sorprendió cuando la oyó hablar sin acento extranjero. Era tan escocesa como él. Estuvieron un rato platicando sobre lo que ella hacía allí (estudiaba medicina y quiso aprovechar las vacaciones para hacer un poco de excursionismo). Él le propuso un sitio para una linda caminata y un par de lugares buenos para comer, y luego le dio su teléfono. Al día siguiente fueron juntos a una excursión y de inmediato se cayeron bien.

Todavía les quedaban cinco días para estar juntos antes de que ella se regresara, pero él ya tenía planeado un viaje para Edimburgo tres semanas después y terminó quedándose en su casa. De alguna manera funcionó. Incluso teniendo que escribir los libros de Harry Thorton e ir en lancha a la isla de Càidh cada dos días para estar pendiente de su abuelo, Aonghas tenía suficiente tiempo libre para que fuera fácil tomar el vuelo de una hora a Edimburgo cada dos fines de semana. Y ella cada vez que podía se daba una escapada a la isla de Lewis por unos cuantos días: decía que prefería ir a verlo, y él le creía. Parecía que a ella le gustaba la isla tanto como a él, y arregló hacer su residencia en Stornoway cuando se hubiera graduado. En dos meses, pensó Aonghas, en dos meses podría verla todos los días, amanecer con ella cada mañana.

Y con un poco de suerte, pensó cuando vio el avión de Thuy apareciendo de repente entre las nubes que flotaban sobre el océano, dentro de dos meses sería el inicio de la eternidad.

Tocó la caja que llevaba en el bolsillo. Había llevado el anillo con él dos semanas antes, la última vez que fue a Edimburgo, pero por alguna razón sentía que no estaba bien, y al final cayó en cuenta de por qué vacilaba: ella no conocía a su abuelo. Aunque llevaban un año juntos, Aonghas nunca había llevado a Thuy a la isla de Càidh. Al principio dudó porque no estaba seguro de que fuera algo serio, y después dudó justo porque era serio. Padruig podía ser intimidante, y aunque

Aonghas no quería que fuera verdad, sabía que si Padruig la desaprobaba eso presagiaría el fin de la relación. Este fin de semana había mucho en juego y tenía que reconocer que se moría de miedo de lo que pudiera pasar cuando Padruig y Thuy se reunieran.

Aonghas nunca había visto a Thuy tan emocionada.

—¿Crees que le caeré bien?

—A él nadie le cae bien, Thuy. Santo Dios, te he contado cientos de historias sobre lo estrafalario que es. A veces puede ser un hijo de puta.

Thuy le dio un manotazo en la cabeza. No fue fuerte, pero de todos modos…

—No hables así de él. Él te crio.

Aonghas brincó el barandal del yate y metió las mochilas en el camarote. Ya había puesto allí las cajas de su abuelo: tres hieleras llenas de frutas y verduras, leche y otros productos lácteos (más de lo habitual, pues los dos se iban a quedar ahí), además de sobres del correo y dos cajas de libros y revistas. Le dio la mano a Thuy para ayudarla a abordar y luego atrajo su muslo a él. Sintió la presión de ella contra la caja del anillo en su bolsillo delantero.

—Me crio porque no tuvo más remedio, Thuy. No iba a dejar que su nieto se fuera al orfanato, y después de que mis padres murieron… —se encogió de hombros—. Pero tienes razón, es un buen hombre. Es un cabrón muy estricto, y tiene sus cosas, pero lo quiero, y a ti también te va a querer, Thuy, te lo prometo. A ti te amo, y a él lo quiero, y el amor es como un puente que todos podremos cruzar juntos.

—A veces dices cosas bonitas —dijo Thuy. Lo besó y se pasó hacia adelante cuando él echó a andar el yate.

Eso también le gustaba de ella. Él podía decir que el amor era como un puente y cosas así. Podía leer poesía y buenos libros, y ella nunca jamás le dijo que debería escribir un libro de verdad o que estuviera perdiendo el tiempo con las novelas de Harry Thorton. Antes había tenido novias que lo presionaban, y al final tenía que reconocer que prefería esas malditas novelas de misterio a cualquiera de aquellas novias. Él había crecido con los libros, ayudó a su abuelo a idear nuevas tramas (dos libros anuales, año con año, desde que Aonghas podía recordar) y relevarlo en su escritura era lo que siempre había querido hacer.

Miró cómo se sentaba Thuy cerca de la proa y de nuevo se maravilló de su suerte. Ella tenía que haber sido una pintura, por la manera como se veía contra el agua. El estado del tiempo nunca parecía molestarle, y aunque no hacía tanto frío, el agua sí los salpicaba un poco. Le gustaba ver cómo se inclinaba con el viento, cómo se cerraba la chamarra pero no se ponía la capucha y dejaba que el agua le rociara la cara. Dos meses más. Dos meses más. Lo repetía mentalmente una y otra vez como mantra. Dos meses más y empezaría su residencia en Stornoway. La idea de vivir con Thuy, de que estuviera todo el tiempo en la isla de Lewis, no sólo un fin de semana largo cada dos meses, era suficiente para que Aonghas se volviera loco de felicidad. Volvió a darle un toquecito a la caja.

Iba a decir que sí. Tenía que decir que sí. No podía imaginar que dijera otra cosa. Sintió náuseas, y sabía que no eran las olas o el agua: nunca le habían molestado. Era el reto de enfrentar a su abuelo.

Rodearon la costa este de la isla de Càidh y vio el conocido puerto y el castillo sobre los acantilados. Thuy dio un grito ahogado y él sonrió. Había tratado de decirle, pero nunca nadie le creía antes de verlo. Para ser un castillo, no era tan grande, pero era un castillo. Su abuelo nunca había podido averiguar por cuántos siglos había sido propiedad de la familia, y no había un registro de por qué estaba allí, pero era hermoso y era su hogar. Y para ser un castillo, en realidad era bastante cómodo. El abuelo de Aonghas había gastado un dineral para hacerlo más habitable. Había energía solar conectada a una hilera de baterías, y un generador por las muchas veces que no había suficiente sol para mantener cargadas las baterías, y un tanque de treinta y cinco mil litros de diésel para mantener el generador funcionando; tres grandes tanques de propano para que el castillo se conservara caliente, pues la isla de Càidh estaba casi desprovista de árboles; dos congeladores con reservas de carne, helado y fruta, y una despensa llena de harina, granos y otros comestibles no perecederos; los muebles y la mantelería, si bien un poco anticuados, se habían adquirido con un exclusivo decorador de Londres cuando Aonghas era niño. También tenía una cava. Oh, la cava. Aun si de niño se había sentido solo en ocasiones, la isla de Càidh, esta roca árida en las aguas de las Hébridas Exteriores, había sido un buen lugar para crecer, y era un lugar todavía mejor para visitarlo siendo ya un hombre.

Volteó a ver el muelle, pero no había nadie. A Aonghas no le importó. A su abuelo, un hombre del que siempre había creído que tenía una fuerza casi sobrenatural, por fin se le estaba empezando a notar la edad. Padruig tenía cuarenta y dos años cuando su hija y el padre de Aonghas murieron en el accidente, y a los setenta y cuatro ya no era tan rápido como había sido. Seguía siendo un hombre fuerte, sin lugar a dudas. Excepto por cuatro años en el ejército, Padruig había pasado toda su vida en la isla. Afirmaba nunca haber acudido a un médico o a un dentista, y por lo que Aonghas podía decir, era cierto. Pasaba la mayor parte del tiempo leyendo o escribiendo (aunque le había cedido a su nieto las novelas de Harry Thorton, Padruig seguía machacando con la máquina de escribir, supuestamente trabajando en una autobiografía), y cuando no, estaba pescando en el lago o arreglando cosas en el castillo. De todas formas, el viejo no tenía que bajar al muelle si no había necesidad. Además, siendo honestos, para Aonghas estaba bien tener su espacio vital. Estaba muy nervioso porque Thuy y su abuelo se iban a conocer. Muy, muy nervioso.

Aonghas ató el yate al muelle. Ayudó a Thuy a salir y empezaron a amontonar sus mochilas y las provisiones en los tablones de madera. Oyó un suave timbre y al voltear vio a Thuy sacando su teléfono.

—¡Guau! No puedo creer que tenga recepción aquí —dijo. Él envolvió el teléfono y su mano con las suyas.

—Mejor apágalo. No era broma cuando te dije que se va a poner como loco si ve eso. No es muy entusiasta de la tecnología.

—Pensé que habías dicho que puso cables eléctricos en el castillo y que le gusta escuchar BBC Radio nan Gàidheal.

—Así es, pero sigue siendo la misma radio que tenía desde antes de que naciera mi mamá. Y la electricidad es nada más para que funcionen el congelador, el refrigerador y las bombas del sistema séptico. Nada, fuera del radio, más que libros, caminar o quedarse viendo el agua. Una vez traté de convencerlo de comprar una televisión y un reproductor de DVD, yo tendría diez u once años, y ni siquiera entonces quiso aceptar. Más que nada, odia la idea de tener que depender de algo que no pueda arreglar él mismo. Créeme, mi amor. Apaga el teléfono.

—Bueno, al menos podré oír las noticias en el radio. Sigo impactada por lo de China.

—¿China? —el sonido de la voz de Padruig los sobresaltó. El viejo estaba parado en el sendero de roca arriba de ellos, con las manos metidas en los bolsillos de su saco de cazador. Con su barba larga y suelta, la sombra de las nubes y el árbol detrás de él, parecía un personaje bíblico—. China es sólo el principio —dijo—. Esas cosas no se dan solas, ¿o sí?

Bajó por los escalones hasta estar frente a ellos en el muelle. Extendió la mano y saludó con la cabeza.

—Aonghas.

Aonghas le dio la mano a su abuelo, que seguía estrechándosela con fuerza, pero ya no le trituraba los dedos como en aquellos apretones de manos de años atrás. No era que su abuelo tratara de castigarlo, Aonghas lo sabía, sino que conocía una sola manera de agarrar las cosas: con fuerza.

—Me da gusto verte, muchacho —su abuelo le guiñó el ojo al decir esto, y fue entonces cuando Aonghas se dio cuenta de que su abuelo llevaba puesta la boina.

Padruig era un poco ermitaño (no salía de la isla de Càidh con mucha frecuencia, y rara vez estaba fuera más de unos cuantos días), pero no era un asceta. Sus libros habían sido *best sellers* en las décadas de 1960 y 1970, y habían disfrutado un resurgimiento desde que Aonghas había empezado a escribirlos. Su abuelo tenía mucho dinero, y si algo le interesaba no le molestaba gastar en eso. La cava del castillo era suficiente prueba. Y la biblioteca del hombre tenía alrededor de diez mil libros. También había gastado una fortuna para asegurarse de que la isla de Càidh fuera prácticamente autosuficiente: una fortaleza con la cisterna, las reservas de diésel y el abastecimiento de comida en el sótano. Aunque Aonghas siempre llevaba productos frescos, el castillo tenía suficiente agua, combustible y alimentos no perecederos para aguantar un año o hasta dos. Pero en realidad, más que nada, Padruig era un dandi. Desde que Aonghas tenía memoria, todos sus sacos, camisas y pantalones eran hechos en Londres a la medida, y su zapatero era el nieto del hombre que le hacía las botas al padre de Padruig. Aonghas nunca había sido tan maniático con la ropa, y una vez estuvo a punto de desmayarse cuando vio la factura del sastre de su abuelo. El hombre siempre estaba, por usar una expresión de una vieja amiga, muy presentable. El problema era que resultaba difícil saber si Padruig se vestía para una ocasión especial, pues siempre estaba impecable. Pero tenía un distintivo: la boina pata de gallo.

Había sido un regalo de bodas para Padruig de su esposa. Aoghas no la conoció, pero cuando ella murió se le rompió el corazón a su abuelo. Aunque Aonghas tenía apenas siete años cuando sus padres murieron en el accidente, todavía recordaba cómo su madre había descrito la muerte de su abuela:

—Para papi fue como si el mundo hubiera perdido el color.

Aonghas había visto a su abuelo usar la boina en pocas ocasiones: en el entierro de sus padres; el día que Aonghas se graduó de la universidad; cada una de las tres veces en las que ganó la Daga de Oro de la Asociación de Escritores de Novela

Policiaca, que, tras la muerte de Lionel Davidson en 2009, era el único autor vivo con esa tripleta, y el día que los invitaron a los dos, cuando Aonghas tenía quince años, al castillo de Balmoral para ir a cazar con la reina, una gran admiradora de la serie de Harry Thorton.

Entonces fue el sombrero lo que hizo que Aonghas se relajara. El anillo había sido de su madre y tuvo que pedírselo a su abuelo, así que los dos sabían lo que iba a pasar ese fin de semana, pero ver la boina pata de gallo en la cabeza de su abuelo le permitió a Aonghas darse cuenta de que si a él lo ponía nervioso presentarle a Thuy, y pedirle que se casara con él (y vaya que estaba nervioso), su abuelo también lo estaba.

En todo caso, salió casi demasiado bien: Aonghas tuvo que cargar las mochilas y las cajas mientras su abuelo llevaba a Thuy en el paseo de cinco minutos que la isla de Càidh ameritaba (y necesitaba), para después darle un recorrido por el castillo. Luego Aonghas se quedó solo en la sala, oyendo la BBC Radio nan Gàidheal y observando el agua, mientras Thuy le enseñaba a su abuelo a preparar curry.

En las noticias seguía predominando el tema de China y la explosión nuclear, pero Aonghas ya estaba aburrido de eso. No había nada nuevo que informar, y parecía como si nadie supiera nada en realidad. Cuando la cena estuvo servida, le alivió que su abuelo apagara el radio.

—Esos asuntos son una vergüenza —dijo el viejo—. Me gustaría pensar que aquí estamos en los confines del mundo, pero hay algunas cosas demasiado grandes como para esconderse de ellas.

Thuy sirvió un poco más de vino y se apoyó en Aonghas. Olía a ajo y té limón, y él le dio un beso en la cabeza. Sus padres la habían educado estrictamente como escocesa, excepto en lo que se refiere a la cocina, y él lo agradecía. Nunca se había percatado de cuánto le gustaba la comida vietnamita hasta que empezaron a salir juntos. Por supuesto, eso se debía a que no había probado la comida vietnamita antes de eso.

—No lo sé, Padruig... —dijo Thuy—, parece que aquí sí podrías esconderte de lo que fuera. Podrías pasar un año aquí sin mucho problema.

El viejo sonrió y extendió el brazo para darle una palmadita a Thuy en la mano.

—Un año no es mucho tiempo, y uno no puede esconderse de todo, linda. ¿Sabes lo que dijo Oppenheimer tras la primera explosión nuclear exitosa? —ella negó con la cabeza—. Dijo: *Me he convertido en la Muerte, destructora de mundos.*

Aonghas rio.

—Ya sabes que eso no es cierto. Lo dijo más adelante, pero no en ese momento. Pasaron años y años antes de que lo dijera.

El abuelo levantó ambas manos y luego las aporreó contra la mesa con tanta fuerza que los cubiertos traquetearon y el vino se agitó en las copas. Thuy se echó atrás, pero Aonghas no se movió: veía la sonrisa en el rostro de su abuelo. Estaba acostumbrado al histrionismo del viejo.

—Pero permíteme contar un mejor relato —rugió su abuelo—. El relato, ¡el relato! —levantó su cuchillo y lo apuntó hacia Aonghas—. Nunca olvides el relato —dijo, bajando el cuchillo; luego miró a Thuy—. Y, ¿sabes qué?, no lo olvida. Él no olvida el relato. Aunque me duela decirlo, creo que este muchacho está trabajando con los libros mejor de lo que yo jamás lo hice. Sin embargo —dijo, bajando la voz hasta que sonó como un aparte teatral—, aún no gana una Daga de Oro.

Afuera, la luz se veía más suave. Las nubes tapizaban el cielo y el agua se estaba agitando un poco. No había de qué preocuparse, pero sí era indicio de que se avecinaba una tormenta.

Como su abuelo y su novia habían cocinado, Aonghas se exilió en la cocina para lavar los platos de la cena, mientras ellos se relajaban en la sala, con la radio de fondo. Aonghas tarareaba algo, contento de lo bien que estaba saliendo todo; de cuando en cuando, se detenía para sacar con disimulo el anillo y mirarlo. En eso se dio cuenta de que Thuy lo llamaba.

Su voz sonaba apremiante y se asustó. Ella volvió a decir su nombre, y en lugar de agarrar la toalla, se secó las manos en los jeans. Se precipitó a la sala y se detuvo en seco. Estaban allí sentados nomás. No pasaba nada. Estaba seguro de que entraría para encontrarse al viejo boca abajo en el piso, muerto antes de que su nieto se comprometiera y se casara, antes de tener oportunidad de ver a una bisnieta o a un bisnieto que continuaran su descendencia. Pero tanto su abuelo como Thuy estaban despiertos y alerta. De hecho estaban sonriendo.

Thuy se levantó y caminó hacia él.

—¿Es cierto? —preguntó.

—¿Qué? —Thuy miró a Padruig, así que también Aonghas volteó a ver a su abuelo—: ¿que si es cierto qué?

Padruig hizo un gesto entre mueca y sonrisa.

—Lo siento, muchacho. Se me escapó.

—Sí —le dijo Thuy a Aonghas—. Anda, pregúntame, porque la respuesta es sí.

Desperation, California

—Bueno, pues esperar a que explote el mundo es un poco aburrido —dijo Gordo.

Le había cambiado de canal a la televisión, pero en todas partes la noticia era la misma, a saber, que no había nada nuevo. China había hecho explotar una bomba nuclear... y eso era todo.

—Llamó Fred —Amy se sentó en su regazo y le pasó el brazo por el hombro—. Dijo que si el mundo no termina hoy deberíamos ir a su casa a cenar y tomar unas copas con Shotgun y él. Podemos jugar Corazones.

—Claro —suspiró Gordo.

—¿Por qué estás de malhumor? —Amy le dio unos golpecitos en los labios con el dedo—. Estás haciendo pucheros.

Gordo le besó el dedo.

—Oh, ya sabes. Explota una bomba y pienso, okey, llegó la hora. Estamos listos. Estoy listo. Vamos. No digo que realmente quiera que pase, pero... pues... pensé que había llegado la hora —estrechó en los brazos a su esposa—. Sí, al demonio. Vayamos y juguemos a las cartas. Está mejor eso que quedarse aquí sentados esperando que empiecen a caer las bombas.

Universidad Americana, Washington, D.C.

¡Oh, ese baño privado! De todas las cosas que Melanie se alegraba de haber negociado (espacio de laboratorio, financiamiento, apoyo administrativo, pocas clases), tener baño privado con regadera en la oficina era lo que la hacía sentir más agradecida. Estaba la ventaja evidente de no tener que usar los inodoros públicos, pero lo mejor era la regadera. Podía correr un poco y bañarse sin tener que acudir al Centro Deportivo Jacobs o, en días como ése, que no había salido del laboratorio en casi setenta y dos horas, significaba que podía darse una ducha y ponerse alguno de los cambios de ropa que guardaba en la oficina, y así sentirse humana de nuevo.

Jaló las botas de motociclista y las tapó con los jeans. Las había comprado al mismo tiempo que su primera motocicleta, a los dieciocho años, y aunque no había tenido una moto en una década, seguía cambiándoles las suelas a las botas. Estaban desgastadas por el uso. Se sentía muy ruda siempre que se las ponía. Se abotonó la blusa azul oscuro, se pasó el cepillo, se volvió a poner sus aretes de diamante, abrió la puerta del baño y se estrelló con un hombrezote negro vestido de traje.

El hombre estaba ahí clavado, como árbol. Melanie se echó para atrás. Él alargó la mano para tomarla del brazo.

—Disculpe, señora —dijo.

No tuvo que decir nada más para que Melanie supiera que era del Servicio Secreto. Suspiró.

—¿Dónde está?

—¿Perdón?

Se alisó la blusa y pasó al lado de él hacia su oficina. No había nadie más allí dentro, aunque alcanzaba a oír voces en el laboratorio.

—Manny, mi exesposo. ¿Dónde está?

—En el laboratorio, señora, con los demás.

Era una rutina muy familiar de cuando estuvo casada: Manny quería pasar tiempo con ella, ella le decía que estaba ocupada, él se aparecía de todas formas diciendo que sólo le robaría unos minutos y reñían sobre las razones por las que su matrimonio estaba fallando, ya fuera porque pasaban muy poco tiempo juntos o porque el poco tiempo que sí pasaban juntos se la pasaban peleando. Cuando estaban casados era agotador, y no quería perder ni un momento del día realizando una autopsia en un cuerpo que estaba frío hacía tiempo. Ya había asumido su responsabilidad, ya había dicho que fue su culpa, aunque una pequeña parte de ella pensaba que Manny podría haber hecho algo más. Cuando se trataba de conseguir apoyo para algún proyecto de ley o dinero para las campañas de Steph, no importaba que le colgaran el teléfono o le azotaran la puerta en las narices, pero nunca había luchado por ella tanto como lo había hecho en nombre de Steph.

—Ya estuvo bueno, Manny —dijo empujando la puerta que daba al laboratorio—, la paciencia se me está...

Pero no era Manny.

O más bien, sí era Manny, pero también Steph. La presidenta de Estados Unidos de América. Estaba inclinada sobre el insectario con Julie, mirando fijamente las arañas.

Al oír la voz de Melanie, todos en la sala voltearon. Y había mucha gente en el laboratorio aparte de Manny, Steph, Julie y ella: Bark y Patrick jugueteaban con la computadora y el equipo de grabación frente a una docena de agentes del Servicio Secreto, y Billy Cannon, secretario de Defensa.

—Señora presidenta —dijo Melanie. Empezó a extender la mano y luego asintió con la cabeza antes de convertir el gesto en una especie de media reverencia. Era embarazoso. Se irguió y echó un vistazo al cuarto—. ¿Tuvieron un viaje pesado?

La presidenta les hizo un gesto con la mano a los hombres de traje.

—Venimos por trabajo. No es una casualidad aparecerse donde sea.

Dio un paso y le dio un abrazo a Melanie.

Melanie la abrazó de vuelta a regañadientes. Nunca sabía bien a bien cómo sentirse con ella. Sabía cómo se sentía con Steph, pero con la presidenta era otro asunto. Llevaba el mismo tiempo de conocerla a ella que a Manny: cerca de dieciocho años, cuando todavía era Steph Pilgrim a secas, antes de ser la gobernadora o la senadora, ya ni se diga la presidenta. Melanie había sido dama de honor en la boda de Steph y George Hitchens, y fue una de las pocas personas que de verdad conocieron la campaña de Steph a la presidencia tras bambalinas. También sabía que, desde que Manny y ella se habían divorciado, su exesposo y la presidenta de Estados Unidos se acostaban un par de veces por semana.

No era precisamente que le molestara. Era un poco difícil molestarse con Manny por tener una relación casual con Steph cuando ella misma se acostaba con Bark. Por lo menos Steph era la presidenta y no un tonto estudiante de posgrado. Lo cierto es que estaban divorciados, y si Manny iba a acostarse con alguien, probablemente Steph era la mejor alternativa según la opinión de Melanie. No era que siguiera enamorada de Manny, sino que una parte suya pensaba que podían volver. Algún día. Cuando fueran mayores. Está bien, a lo mejor sí seguía un poco enamorada de Manny. Se habían divorciado no porque no les gustara pasar tiempo juntos, sino porque Melanie quería a su trabajo más que a Manny. Si estaba teniendo un *affaire* con Steph, al menos eso significaba que podría estar todavía disponible para Melanie, si ella quería. Pero ella no estaba segura de qué quería. Ver a Manny parado junto a Bark tendría que haberlo facilitado: Bark, alto, macizo, musculoso, todavía más guapo con la barba de tres días y la playera arrugada por haber acampado en el laboratorio con Julie, Patrick y ella; Manny, luciendo cinco kilos más que la última vez que lo viera, con un traje que no se podía distinguir de todos los otros trajes que usaba. En lo físico no había comparación. Sin embargo, tan sólo ver a Bark la irritaba, mientras que ver a Manny, aunque no le encantaba que viniera a meterse a su laboratorio junto con media Casa Blanca, la hacía sonreír.

Melanie dio un paso para deshacerse del abrazo de la presidenta.

—Qué gusto verte. Hacía mucho tiempo.

Steph ladeó la cabeza hacia Manny, que sonrió avergonzado.

—Ya sabes cómo es esto —dijo Steph—. Una no quiere tomar partido, pero siempre termina haciéndolo.

—Lo siento —dijo Manny. Dio un paso y le tomó la mano. Vaciló un poco y luego se inclinó para darle un beso en la mejilla. Tuvo que pararse un poco de puntas. Le susurró quedo al oído, tan quedo que ella apenas alcanzó a escuchar—: Hueles bien.

Melanie se tocó el cabello mojado. Se dio cuenta de que se sonrojaba un poquito y le echó una mirada rápida a Bark. El bruto estaba empezando a enfadarse. Argh. Esa noche. Se prometió a sí misma que esa noche, sin importar qué otra cosa pasara, terminaría con él. Había tenido la intención de mandarlo al diablo el día anterior, pero habían estado todo el día trabajando con las arañas y no hubo un buen momento para llevarlo a su oficina y decirle que quería romper con él.

—Disculpa que hayamos venido sin avisar —dijo Manny—. Tenemos que hablar.

—¿Acerca de qué?

Manny miró alrededor.

—¿Podemos pedirles a los estudiantes que se salgan? Es importante.

Melanie quería decir que no. Era el mismo impulso que había acabado con su matrimonio: había demasiado que hacer en el laboratorio, demasiadas cosas que estudiar. Era difícil decírselo en su cara, siempre lo había sido, y era imposible echarlo con la presidenta de Estados Unidos, el secretario de Defensa y un grupo de agentes del Servicio Secreto dando vueltas en el laboratorio. No se necesitaba un doctorado para darse cuenta de que esto era algo serio. Entonces sacó unos billetes de su cartera, se los dio a Julie y le pidió que se fuera con Bark y Patrick a comer al Tara Thai de la avenida Massachusetts.

Cuando los estudiantes salieron, Manny echó también a los del Servicio Secreto. Cerró la puerta e intentó sonreír. Fue una sonrisa débil.

—Perdóname —dijo—; traté de llamarte pero no contestabas el teléfono.

No pudo evitarlo. Las palabras salieron con dureza:

—Estaba ocupada.

Era parecida a todas las discusiones que habían tenido sobre su matrimonio. Cuando él quería hablar con ella, no estaba disponible. Sólo que esta vez Manny hizo algo diferente: se disculpó.

—Lo siento, lo sé, pero esto no es personal sino oficial —hizo una señal hacia Steph—. Necesitábamos hablar contigo. Iba a mandar a alguien por ti para que te llevara a la Casa Blanca, pero Steph pensó que no vendrías a menos que te arrestaran, y eso sonaba contraproducente si queríamos tu cooperación.

Melanie se recargó en una de las mesas del laboratorio. Vio a Manny, luego a Steph. No dijo nada. Le gustaba ver cómo Manny se movía inquieto.

—Mira, la verdad es que yo, que nosotros, Steph, Billy y yo... No recuerdo si ya conoces a Billy. Billy Cannon, secretario de Defensa.

El apretón de manos de Billy fue firme, pero antes de soltarle la mano a Melanie hizo un gesto con la cabeza hacia el insectario detrás de ella.

—Señora, si me permite la pregunta, ¿qué diablos es esa araña atrás de usted?

—¿Ésa? —Melanie volteó y tocó con suavidad la pared de vidrio. Estaba tan acostumbrada a las arañas del laboratorio que se le olvidaba cuánto asustaban a la gente. Sobre todo las grandes y peludas, como la que estaba viendo Billy—. *Theraphosa blondi*, llamada comúnmente tarántula Goliat o tarántula pajarera, aunque en realidad no come pájaros. Por lo general, no.

—Santo Dios —Billy se inclinó hacia delante y le dio un golpecito al vidrio.

Melanie lo tomó de la muñeca.

—No haga eso.

Billy se irguió de nuevo.

—¿Por qué? ¿La cosa esa me va a matar?

—No les gusta, por eso. A usted no le gustaría si alguien se sentara afuera de su casa y se pusiera a golpear la ventana. Son sensibles a las vibraciones. Y no, no lo va a matar, aunque si lo muerde duele un carajo. Como si le picara una avispa. Y tiene pelo urticante: se mete en la piel, arde y pica, o si lo inhala le dará tos y no será agradable. Es horrible. Pero son como la mayoría de las arañas: si uno las deja en paz, lo dejan en paz a uno.

—¿La mayoría de las arañas?

—Ellas cazan bichos, cosas así —dijo, y se volteó con Manny—. Muy bien, ¿de qué se trata?

Manny se peinó con los dedos. Era un gesto familiar, algo que hacía cuando no había dormido bien y cuando se sentía abrumado, y verlo hizo a Melanie sonreír un poquito. Sólo un poquito.

—Parece una pregunta tonta —dijo Manny—, pero... ¿hay arañas que coman gente? Es decir, ¿enjambres gigantes de arañas? El solo hecho de que plantee la pregunta hace que parezca loco de remate. Si existieran hubieras tocado el tema en alguna cena.

Esta vez Melanie sonrió de verdad. Había ido a demasiadas cenas políticas aburridas, y su único consuelo había sido hacer que quien estuviera sentado junto a ella se muriera de miedo con sus historias sobre todos los peligrosos bichos rastreros que andan por ahí.

—¿Las hay? ¿Existen arañas así?

A la derecha de Melanie, Billy se había acercado a una vitrina en la pared que tenía montada una araña. Por un segundo pareció como si también a ese vidrio fuera a darle unos toquecitos, pero en eso notó que Melanie lo observaba. Lo fulminó con la mirada y él bajó la mano. Melanie volteó otra vez hacia Manny.

—¿Sabes cuántas llamadas y correos recibimos al mes de gente que cree que la picó una araña y que se va a morir? —dijo. Caminó hacia el frigobar que estaba junto a los grandes refrigeradores de laboratorio. Abrió la puerta y sacó una lata de refresco. Le ofreció una a Steph y otra a Billy; los dos dijeron que no con la cabeza. Sin preguntarle, le pasó una a Manny. No hacía falta preguntar. Él nunca rechazaba una Diet Coke. Abrió su lata y le dio un trago. El dulzor glacial en el vientre se sintió como una hora más de sueño.

Vaciló. No estaba segura de querer hablar de sus nuevas arañas todavía con nadie más. Nunca había visto nada como ellas, y sabía que el descubrimiento sería el siguiente gran paso de su carrera. La ooteca de diez mil años de antigüedad, su eclosión, las arañas mismas y luego su manera de interactuar… ¿Cuántos artículos académicos escribiría sobre ello? Y luego miró a Steph y recordó que no era sólo una mujer: era la presidenta de Estados Unidos.

—¿Puedo saber de qué se trata esto?

Manny miró a Steph. Ella hizo un ligero movimiento de cabeza. Manny suspiró y abrió su lata de refresco.

—Puedes estar segura de que no estaríamos aquí si no fuera importante —respondió.

—Manny, por favor. Ya sabes lo que siempre le digo a la gente sobre las arañas: no hay razón para temerles —Melanie caminó a la mesa de trabajo del fondo—. Eso hasta hace unos días, porque con éstas sí me muero de miedo.

Puso su Diet Coke junto a una pila de jaulas con ratas de laboratorio. Casi todas estaban calladas, acurrucadas en los costados, lo más lejos posible del insectario, que estaba a casi tres metros de ellas. Levantó una de las jaulas. Mientras Melanie acercaba la jaula, las arañas empezaron a lanzarse hacia el vidrio. El golpe de sus cuerpos hacía un ruido rítmico, desesperante.

—Apenas ayer salieron del saco de huevos, y fue todo un espectáculo. Como una explosión. Todavía no extraigo una para diseccionarla, pero nunca había visto una araña así. Es algo nuevo.

Sostuvo la jaula de la rata por encima del insectario.

—¿Y estas arañas…?

Melanie interrumpió a su exesposo.

—Nada más mira.

Julie le había hecho unos arreglos al insectario para que tuviera una entrada de doble cámara; podían tener a las arañas encerradas, poner una rata en un compartimento, y luego cerrarlo todo antes de echar a la rata con las arañas. Por un segundo, mientras Melanie dejaba caer a la rata, se sintió mal por ella: la pobrecita chillaba y trataba de aferrarse al vidrio para trepar y salir. Abajo, las arañas, aunque no podían ver a la rata que estaba en la cámara de arriba, estaban frenéticas: podían olerla.

Melanie presionó la palanca; el suelo debajo de la rata se abrió y ésta cayó en el tanque con la docena de arañas que la esperaban.

Era la cuarta rata que sacrificaba.

El ruido de los mordiscos era igual de intolerable.

Evidentemente, el ruido también molestó a alguien detrás de ella, porque oyó unas arcadas.

Manny estaba a su lado y exclamó:

—¡Puta madre!

Era divertido y listo como nadie, a lo mejor hasta más inteligente que ella, pero el hecho de que nunca les hubiera tenido miedo a las arañas era otra de las cosas que le encantaban de él.

—Sí, ¡qué mierda! Se supone que las arañas no mastican. Normalmente licuan su alimento y lo sorben. De verdad, nunca había visto algo así.

—¿De dónde salieron éstas? —preguntó Manny.

—FedEx —dijo Melanie.

La presidenta también se les acercó; se asomó por el vidrio y miró fijamente. Las arañas se habían comido media rata, y una de ellas se alejó de la carne del animal muerto y empezó a intentar atravesar el vidrio hacia donde estaba Steph.

—¿Qué son estas cosas?

—Es en serio —dijo Manny—, ¿de dónde sacaste estas arañas?

—Yo también estoy hablando en serio —dijo Melanie—. De FedEx. Vinieron de Perú. ¿Recuerdas las Líneas de Nazca? Un amigo de una de mis estudiantes de posgrado estaba allá en una excavación. Encontró el saco de huevos y nos lo mandó por mensajería al laboratorio. Probablemente diez mil años de antigüedad.

—¿Qué? —preguntó Steph—. ¿El saco de huevos tenía diez mil años?

—Más o menos. Y uno pensaría que no había modo de que hubiera nada vivo allí dentro, ¿verdad? Que estaría fosilizado. Pero no.

—¿Cómo demonios pudo eclosionar si es tan antiguo?

Ella le explicó la versión simplificada y le habló de cómo algunos huevos básicamente pueden entrar en un estado de suspensión, en espera de que se den las condiciones adecuadas. Les habló del especialista en ecología evolutiva de Oklahoma que había conseguido que eclosionaran unos huevos de pulga de agua de setecientos años.

—A lo mejor es más fácil pensar en las cigarras. Algunas plagas de cigarras son anuales, pero otras tienen ciclos de trece o diecisiete años. Nadie entiende bien cómo funciona, por qué se quedan latentes todo ese tiempo, pero el hecho de que no lo entendamos no evita que las cigarras salgan —se encogió de hombros y continuó—: esto va a requerir años de investigación. No voy a tener respuesta a todas las preguntas. Lo único que puedo decirles en este momento es que cuando nos dimos cuenta de que estaba eclosionando, pareció tardar una eternidad. Veinticuatro horas de mirar fijamente a la porquería esa, y de repente, ¡zas! Y antes de que me lo preguntes, no, nunca había visto unas así ni oído hablar de nada parecido. Por lo que sé, es una nueva especie. O quizá sea más preciso decir que es una especie muy antigua. Completamente extinta, salvo por este saco de huevos. Es como un milagro. Que lo encontraran, que lo mandaran aquí, que haya estado diez mil años allí quieto, esperando el momento indicado para eclosionar. Si quieres que te diga la verdad, hay un montón de cosas que no estoy entendiendo. Nunca había visto nada así.

Frunció el ceño y se inclinó hacia el vidrio. Todas las arañas, excepto una, estaban con la rata. Pero una se movía lánguidamente cerca del rincón. No se veía dañada, pero algo le pasaba. Como si no tuviera energía para alimentarse de la rata. Estuvo a punto de dar un golpecito en el vidrio pero se detuvo y buscó con la mirada a Billy Cannon. El secretario de Defensa había tomado una toalla de papel de la repisa junto al lavabo y se estaba secando la boca. Entonces volteó a ver a Manny, pero él estaba mirando a Steph, quien a su vez miraba a Melanie y parecía a punto de decir algo, pero en eso llamaron a la puerta.

El agente del Servicio Secreto con el que Melanie había chocado asomó la cabeza.

—Aquí está.

Manny asintió con la cabeza y la puerta se abrió completamente. Entró un hombre blanco de traje. Melanie pensó que era guapo. Empezaba a salirle esa barriguita que llega con la madurez, pero tenía apenas dos o tres años más que ella. Incluso en presencia de la presidenta y todos los agentes del Servicio Secreto, se veía seguro de sí mismo. Melanie pensó que era justo lo que ella quería: un hombre. Sin duda era alguien más apropiado que un estudiante de posgrado. Hasta con el traje parecía policía, aunque Melanie había estado suficiente tiempo en el Distrito de Columbia para poderlo catalogar como alguien del FBI, la CIA o alguna otra agencia, más que del mismo Departamento de Policía de siempre. Llevaba algo que parecía... Sí, era un frasco de pepinillos. Sólo que eso no era un pepinillo.

Le quitó el frasco de las manos y observó que la mano izquierda del tipo estaba vendada. Le habían hecho unos agujeritos a la tapa, y lo único que había adentro era una araña.

—¿De dónde sacó esto? —le preguntó.

—Señora presidenta, es un honor conocerla. Soy el agente Mike Rich, de Minneapolis —se presentó el hombre.

Steph le dio la mano y, sin soltarlo, se le quedó viendo a los ojos.

—¿Ésta es la misma?, ¿es la araña que salió de Henderson? Melanie levantó la vista del frasco.

—Esperen, ¿qué?, ¿salió de...? —puso el frasco al lado del insectario—, ¿de dónde la sacó?

—Salió arrastrándose de la cara de un hombre —dijo Mike.

Melanie se le quedó viendo.

—No —dijo la palabra lentamente y luego la repitió—. No. Me refiero a ¿de qué parte del mundo?

Manny suspiró y dijo:

—Hace unos minutos me preguntaste de qué se trataba esto... —Melanie asintió con la cabeza—. Las arañas que están aquí —continuó Manny, señalando el insectario— no son las únicas. Consideras que están totalmente extintas, salvo por las que hay aquí, pero estoy seguro de que te equivocas. Creemos que hay más.

Melanie miró la araña en el frasco y luego las del insectario.

—No puedo garantizar que sean iguales. Al menos a primera vista parecen coincidir, pero tendría que examinarlas más de cerca...

—Melanie —dijo Manny bruscamente—, cuando te digo que creemos que hay más arañas como éstas, me refiero a que creemos que hay más, muchas más.

Metro Bhawan, Delhi, India

No le hacía gracia tener que trabajar horas extra. Su supervisor prácticamente había desaparecido desde que fueron esos dos científicos de Kanpur. Ahora que iba a tener un bebé, el dinero no le venía mal, pero también, ahora que iba a tener un bebé, su esposa esperaba que estuviera más tiempo en casa. Al pensarlo se arremangó los pantalones y sacó su teléfono celular del bolsillo. A ella le gustaba que él se acordara de mandarle mensajitos constantes, para ver cómo estaba. El nacimiento estaba previsto para dos días antes, y ahora andaba de mal genio. Él siempre procuraba detener un pleito antes de que ocurriera, y diligentemente tecleó un rápido mensaje para decir que estaba pensando en ella y preguntarle cómo se sentía. Luego otro para volver a disculparse por tener que trabajar, pero al mismo tiempo recordarle que, gracias a eso, iba a ganar un dinerito extra. El médico había dicho que si pasaba otra semana sin que el bebé naciera inducirían el parto.

Volvió a guardarse el teléfono en el bolsillo y caminó por el corredor. Los trabajadores ya estaban junto a la puerta. Los científicos habían armado un gran lío por los temblores, habían insistido en que los dejaran bajar y era de suponer que habían descubierto cuál era el problema, pues ya no había oído más quejas. Ni tampoco había oído nada de su supervisor. Probablemente el hombre se había vuelto a emborrachar y andaría por ahí. Le caía bien, pero a decir verdad no era muy competente que digamos; aunque no fuera un borracho, no era el más capacitado para su puesto. Pero tampoco era particularmente demandante, así que estaba bien.

Les hizo un gesto con la cabeza a los hombres junto a la puerta. Los instrumentos de medición del túnel se estaban volviendo locos, pero los trabajadores no podían abrir la puerta para revisar. Habían intentado de todo, hasta un restablecimiento de la clave, pero estaba atorada. No sabía qué demonios le habían hecho los científicos (o, más probablemente, su supervisor), pero realmente no había otra opción: tenían que entrar. Suspiró. De verdad habría preferido que fuera su supervisor quien diera las órdenes, pero alguien debía hacerlo.

—Está bien —dijo—. Rompan los pernos.

Los hombres se pusieron a trabajar en las bisagras, y estuvo mirando unos segundos, cuando sintió que su teléfono vibraba. El mensaje decía: *Contracciones. Creo que ya es hora. Ven a casa.*

Vaciló, pero entonces tecleó la respuesta: *Ya salgo*. Sólo tardarían un minuto o dos en sacar los pernos, y entonces se iría directo a su casa.

Salió el primer perno, y los hombres detuvieron la puerta mientras uno de ellos terminaba con el segundo. Se notaba que la puerta estaba pesada. Costó mucho trabajo cargarla y colocarla a un lado, y luego, cuando lo lograron, todos se pusieron a hablar.

Al principio pensó que era polvo, mugre o hasta carbón, pero pronto los trabajadores y él se dieron cuenta de qué era lo que había colmado el túnel y les llegaba casi a la cintura: arañas muertas.

La capa de cuerpos negros era tan espesa que parecía una masa uniforme. Se habían apretado contra la puerta, pero un poco más al fondo disminuía la cantidad, y hasta donde alcanzaba a ver por el túnel, antes de la curva, allá nada más llegaban a la altura de la rodilla. En las paredes y colgando del techo, vio bultos blancos calcáreos. Seda de araña. La mayoría era del tamaño de pelotas de futbol, pero algunas eran más grandes. Había una cerca de la puerta; los trabajadores se quedaron atrás y él se arrastró unos pasos, deslizándose entre el reguero de arañas como si fueran hojas secas. Extendió el brazo para tocar un haz. Estaba pegajoso. Y aunque habría esperado que estuviera frío, en realidad estaba tibio.

Volvió a sonar su teléfono: *Te veo en el hospital.*

Lo guardó en el bolsillo y se dio la vuelta. El ruido de las arañas crujiendo y reventando bajo sus pies le dio náuseas. Daban miedo, pero no más del que da ver a un espécimen clavado con un alfiler en una vitrina. Tocó una con la punta del zapato. Era ligera, como si estuviera hueca. Muerta, seca, consumida. Fueran lo que fueran estas decenas de miles de arañas, y como fuera que hubieran llegado al túnel, estaban muertas.

Sabía lo que tenía que hacer: averiguar dónde demonios estaba su supervisor y llevarlo para allá. Y si no lo localizaba, llamaría al supervisor de su supervisor. Eso no sólo era una escena de pesadilla, sino evidentemente algo que iba más allá de lo que se esperaba que él atendiera por sí solo.

Otra vez su teléfono: *Apúrate.*

Pero si hacía lo que se suponía que tenía que hacer, pasarían varias horas. La perspectiva de hacer horas extra era mucho menos atractiva con su esposa ya en trabajo de parto. Si no se ponía en camino en ese mismo momento, su esposa nunca se lo perdonaría.

—Muy bien —dijo—. Por el momento dejémoslo así. Ustedes dos quédense aquí y no dejen pasar a nadie al túnel —los hombres a los que señaló refunfuñaron y no lo voltearon a ver, pero sabía que harían su trabajo—. Nos ocuparemos de esto mañana.

Echó un último vistazo al cúmulo de arañas y se dio la media vuelta para ir corriendo con su esposa.

Quizá si hubiera mirado más de cerca habría visto los

huesos que habían quedado enterrados bajo la pila de arañas, tres cadáveres completamente descarnados. Entonces se habría dado cuenta de que había una razón por la que no había visto a su supervisor desde la visita de esos dos científicos. Y si hubiera estado solo, si hubiera habido más silencio, quizás habría alcanzado a oír el ruido a sus espaldas, en el túnel. Roces, desgarraduras.

Si lo hubiera escuchado, se habría dado cuenta de que no todas las arañas estaban muertas. Quizá les hubiera gritado a los hombres para que volvieran a poner la puerta en su lugar, que la cerraran bien.

Quizá.

Pero no lo hizo.

Delhi. La segunda ciudad más poblada del mundo. Contando los pueblos y aldeas de los alrededores, un sitio con veinticinco millones de habitantes.

Portacontenedores *Mathias Mærsk* clase triple E, Océano Pacífico, a 400 millas de Los Ángeles

Con una tripulación de tan sólo veintidós hombres, el *Mathias Mærsk* triple E podía cargar mil ochocientos contenedores y, a poco vapor, consumía un tercio menos que otros buques más viejos y pequeños. De lo mejor en rendimiento moderno, pero ya anticuado: el *Mathias* sería superado muy pronto debido a su capacidad. Cuando un buque estaba lleno, generaba más dinero. Y el *Mathias Mærsk* triple E estaba repleto. Lo habían cargado en China, contenedor tras contenedor. En el manifiesto de carga había de todo, desde textiles hasta patitos de hule, todos herméticamente empacados en sus cajas de metal, listos para llegar a las calles de Estados Unidos.

Cruzaron mares tranquilos durante catorce días de bitácora. Si hubiera sido un hombre religioso, habría rezado plegarias de agradecimiento. Gran parte de su cargamento venía del noroeste de China, donde había explotado la bomba nuclear. Se compadecía de los capitanes que en ese mismo momento aguardaban en el puerto. Sus calendarios se iban a desorganizar. Los cuadernos de bitácoras no estaban en la mente de esos capitanes: no iban a cruzar el océano en el futuro próximo. Pero él sí. Con el piloto automático fijado en el puerto de

Los Ángeles, a una velocidad constante de diecisiete nudos, le faltaban como veinte horas para llegar. O le habrían faltado como veinte horas. Desgraciadamente, todo indicaba que iba a haber un problema.

Incluso con sólo veintidós hombres a bordo, se hablaban veinte idiomas. La lengua materna del capitán era italiano, pero hablaba inglés con soltura. No podía decirse lo mismo de la mayoría de la tripulación. Un horrible inglés rudimentario estaba a la orden del día. Ya bastante difícil era que todos se entendieran, pero con el ruido del motor y la estática normal del radio, el capitán no había comprendido una sola palabra del ingeniero en turno. El hecho de que el hombre hubiera estado gritando tampoco había sido de mucha ayuda.

Verificó dos veces el piloto automático, echó un vistazo al mapa expandido que mostraba Los Ángeles justo delante, y llamó al primer oficial. Fuera lo que fuera, lo arreglarían al día siguiente cuando tocaran puerto. Con suerte, atracarían a tiempo para que pudiera comer algo en Los Ángeles mientras descargaban el buque. Sí, estaba listo para un día de juerga.

Agencia de noticias CNN, Atlanta, Georgia

—No sé si tenga sentido preocuparse todavía —le dijo Teddie a su jefe.

Teddie Popkins (Theodora Hughton Van Clief Popkins, pero le decían Teddie desde que tenía una semana de vida, y usar su nombre completo en vez de ceñirse a Teddie Popkins habría sido una buena manera de garantizar que los únicos hombres que trataran de conquistarla fueran cazafortunas) volvió a reproducir el video. La imagen temblaba, pero la calidad era de primera. Ella había sido la primera en reconocer que los celulares le habían hecho mucho más fácil la vida como productora. Un teléfono de medio pelo podía grabar video de alta definición. Por supuesto, cuando tenía reporteros en el terreno no había nada mejor que un camarógrafo con una Panavision de veinte mil dólares. Sólo que tampoco contaba con un equipo de grabación en la India esperando que…

¿Exactamente qué demonios era?

Parte de su trabajo como productora, sobre todo en un turno aburrido de mañana entre semana como éste, era llenar el tiempo cuando nada ocurría. Estaba bien ser productora asociada, sobre todo para alguien que había salido de la universidad hacía apenas tres años. Pero el punto era que en los días flojos en noticias parte de su trabajo era ayudar a buscar noticias, y ese día no podía haber sido más aburrido durante la semana en que China había lanzado una bomba nuclear.

Ése era el problema: la bomba había acaparado todas las noticias. Las primeras veinticuatro horas, todo el edificio era un hervidero. Había llamado a un exnovio en Fox, y le dijo que allá era lo mismo: todos los reporteros y productores entraron en acción, los mismos diez expertos en política china, uno tras otro y vuelta a empezar, muchas especulaciones y lo poco que tenían de video repitiéndose constantemente. Y después, nada. La historia de la bomba nuclear simplemente se esfumó. No había pasado nada más, y no parecía que hubiera gran cosa detrás de la historia: China había hecho explotar accidentalmente una bomba nuclear en una zona de su país con baja densidad de población. Básicamente: ¡caray!

Ésa era la otra razón por la que la historia se había apagado tan rápido: había sido en China. Teddie no estaba hastiada. Se había graduado en el Oberlin College, el tipo de bastión de las artes liberales donde uno aprende a interesarse por todo. Llevaba suficiente tiempo fuera de la universidad para haber vuelto a comer carne y aprender a caminar por el centro sin tener que detenerse a platicar con cada mendigo, pero de algo habían servido cuatro años en Oberlin, a pesar de venir de una familia adinerada y tener unos padres dolorosamente conservadores (después de todo, su padre era William Hughton Van Clief Popkins III, cuyo linaje significaba que probablemente habría encajado más en Fox, si no fuera por lo que él denominaba *ingenuidad juvenil sobre cómo funciona el mundo*). Le chocaba que la historia de la sobredosis de bótox de alguna actriz de Hollywood pudiera robarle los titulares a una explosión nuclear en China. Le chocaba, pero también era realista. A los estadunidenses simplemente no les interesan mucho las noticias del exterior.

Y eso la llevaba de vuelta al problema de qué hacer con esas escenas rodadas en la India. Esa nación era difícil de vender. De vez en cuando había alguna historia espontánea a la que le sacaban jugo, pero no iban a tomar partido en algo proveniente de la India. Mucho menos en una semana como ésa, en la que ya habían cubierto su cuota de noticias foráneas con el asunto de China. Pero de todas maneras... el video...

—Puede ser que tengas razón, pero pónmelo nada más a mí —dijo su jefe, y se inclinó por encima de ella para ver mejor el monitor.

Ella lo había estado viendo en cámara lenta y sin sonido. A un cuarto de su velocidad duraba apenas un minuto, y definitivamente se perdía el factor escalofriante. Mucho cielo, edificios y gente corriendo. En algunos lugares alcanzaba a ver algo que parecían unos listones negros saliendo de la estación de ferrocarril, pero no era claro. Casi al final se apreciaba a un hombre que salía por una puerta a trompicones, luego se caía y los listones se extendían encima de él, pero incluso con una cámara decente de celular era difícil ver lo que estaba pasando. ¿Y a velocidad real y con sonido? Aunque la imagen entrecortada ya comunicaba pánico, lo que la hacía verdaderamente escalofriante eran los gritos, los claxonazos, un estrépito...

Lo puso a velocidad normal y se atrevió a mirar de reojo a su jefe: estaba literalmente con la boca abierta.

—¡Caray!, ¿qué mierda es...?

—Ajá —dijo Teddie—, por eso he estado retrocediéndolo y adelantándolo. No hay mucho que ver, pero sí es bastante aterrador, ¿verdad?

—Okey, pero ¿qué es?

—Parece que podrían ser bichos, ¿no?

Don cruzó los brazos. Teddie pensaba que era un buen jefe, aunque tampoco tenía muchos elementos de comparación. En cuanto salió de la universidad empezó a trabajar en CNN como su asistente, y fue el primero que la puso a prueba como productora asociada. Una o dos veces había intentado imaginar qué haría si él la cortejaba; su papá podía tener razón en que era ingenua sobre cómo funciona el mundo, pero tampoco era una tonta redomada. Sabía cómo funcionaban ciertas cosas. No estaba casado, no era gay y tenía sólo cuarenta y pocos años, lo suficientemente joven para considerar una relación. Así que no entendía por qué nunca la había cortejado y ni siquiera le había lanzado indirectas; tal vez sólo era una de esas personas escrupulosas que no mezclaban los negocios con el placer. O a lo mejor no le interesaba el placer. Por lo que Teddie podía ver, lo único que hacía Don era trabajar. Entonces era un buen jefe, que no parecía pensar en ella como si fuera una joven de la que pudiera aprovecharse, pero también era difícil que no comprendiera que ella a veces sí quería hacer algo que no fuera trabajar. No era muy dado a la diversión y en ese momento, evidentemente, no estaba divertido.

—Por favor, Teddie, no me hagas perder el tiempo. ¿Bichos?
—Don, yo...

No tuvo oportunidad de defenderse, cosa que estuvo bien, porque estaba segura de que habría dado una mala excusa. En cambio, a los dos los interrumpió Rennie LaClair gritándoles desde el otro lado de la oficina.

Se fue detrás de Don al tablero de monitores junto al escritorio de Rennie.

—¿Eso es Delhi?

Rennie no los miró ni a Don ni a ella.

—Ajá. La NBC acaba de subirlo. Tenían un equipo rodando material secundario, pero ahora tienen un enlace satelital. Lo están transmitiendo en vivo. Es un verdadero pandemonio, y no tienen un reportero trabajando allá, sólo un camarógrafo, pero ya es algo. Vean esto.

No importaba que Teddie no pudiera reconocer la estación de ferrocarril de Nueva Delhi: lo que importaba era que el camarógrafo estaba grabando desde algún lugar elevado; tal vez un edificio cercano. Y lo que importaba era que la toma era lo suficientemente abierta para captar el pánico. La gente estaba corriendo por todas partes. No, no corriendo: huyendo. Estaban huyendo. Por obvias razones, ninguno de los televisores tenía sonido, pero quedaba claro que eso no habría ayudado a aclarar nada. El titular decía *Pánico en Delhi: ¿posible acto terrorista?* Evidentemente el responsable del noticiario estaba pensando en los atentados de Bombay en 2008.

Se equivocaban, Teddie se dio cuenta de inmediato. Lo supo incluso antes de que la cámara hiciera un acercamiento a una de las entradas del edificio.

Un hilo negro.

El hilo se convertía en listón.

En río.

En torrente.

La Casa Blanca

Manny por lo general no corría. Caminaba con determinación, y con frecuencia hablaba al mismo tiempo, pero correr dentro de la Casa Blanca no era parte de la ecuación. Por lo general. Sólo que hoy era distinto.

Si hubiera sido cualquier otra persona corriendo a toda velocidad hacia la Oficina Oval la habrían, por lo menos, tacleado e inmovilizado, pero los agentes de turno conocían a Manny, y les sorprendió su alarma. Iba sudando y sin aliento, con un teléfono celular en cada mano, tratando de hablar en los dos al mismo tiempo. Detuvo sus conversaciones para decirles a los agentes y a la asistente personal de la presidenta que despejaran la sala, pero Steph a duras penas volteó a verlo.

El despacho estaba abarrotado. Había dos miembros del Congreso con siete u ocho grandes donantes, un joven que a Manny se le hacía conocido (quizás un actor o cantante) y varios padres con expresión abrumada acompañando a un cuarteto de niñas exploradoras uniformadas. Steph, contenida como siempre, terminó la sesión de saludos de manos y sonrisas inclinándose hacia las exploradoras, poniéndoles los brazos encima y sonriendo en el momento justo en que se encendía el flash de la cámara. Y luego dio las gracias, con una amplia sonrisa, y retrocedió para que los encargados pudieran sacar a todo mundo, treinta segundos después de que él entró al salón. Ella era toda una profesional. Manny todavía no recobraba el aliento y el despacho ya estaba vacío.

En cuanto se cerraron las puertas, la sonrisa de Steph se desvaneció.

—¿Los chinos?

—No, la India. Alex y Ben llegarán en cualquier momento. Billy está en camino.

Sus dos celulares empezaron a sonar al mismo tiempo, pero él no los contestó.

—¿La India? Carajo. ¿Pakistán ya tomó represalias?

Manny la miró confundido unos momentos, y sacudió la cabeza. Para Stephanie ésa era una conclusión evidente. India y Pakistán habían estado en guerra o al borde de la guerra desde la campanada de las doce de la noche del 15 de agosto de 1947. Debido a la separación de la India, una de esas brillantes ideas británicas. Hacía tiempo que no había un conflicto declarado, pero ambos países tenían armas nucleares, y algunos años los gobiernos eran más estables que otros. En ese momento, ninguna de las dos naciones estaba gobernada por un grupo de gente precisamente sensata. Pero tenían un manual de estrategia para las hostilidades entre India y Pakistán, con panoramas esbozados por los analistas. Planes de refuerzo y de contingencias, líneas coordinadas de comunicación. Fusiles, bombas, aviones y escaladas; todo eso lo habían planificado. Pero no esto.

—No, no Pakistán. Piensa en China.

—¿China?

—Las malditas arañas.

—De acuerdo —dijo—, ¿qué tan grave es?

Sin duda, sin incredulidad: sólo información.

Era de las cosas que le gustaban a Manny de Steph, una de las razones por las que la había animado a postularse. Porque, a pesar de toda su manipulación política, a pesar de considerar que la política es un juego, a pesar de su capacidad de interpretar una encuesta y de crear un mensaje para sesgar a la opinión pública, a pesar de que sabía poner el teléfono a trabajar, dar su brazo a torcer y estar dispuesto a arruinarle a alguien la vida si no concedía su voto, tenía su lado romántico. Era un realista, pero romántico. Y creía en la idea del presidente de Estados Unidos de América. Creía que el presidente debía ser el que diera un paso al frente, que la mayor parte del tiempo daba lo mismo quién estuviera en la línea de fuego, pero esas pocas veces, esos momentos que sólo ocurren una vez en cada generación, esas veces no daba lo mismo y con Steph en la silla presidencial, con el dedo de Steph en el botón, sabía que tomaría la decisión correcta. Ella tenía esa habilidad especial para separar el ruido de fondo, de pasar por alto las distracciones, ir al meollo del asunto, y en cuanto lo oyó decir *arañas* ya había sacado sus conclusiones. China. Bombas nucleares. El cadáver de Henderson en Minnesota. Y ahora, India. No iba a perder el tiempo pensando que no era posible, y no iba a titubear.

Manny pensó que algo malo estaba por suceder. Pero no había tiempo para la duda.

—Manny, ¿qué tan grave es? —volvió a preguntar.

—Grave —le respondió—. Está en la televisión, en la NBC, pero creo que en un rato todo mundo lo sabrá.

Salió de la Oficina Oval y entró en el estudio de la presidenta, donde ella hacía la mayor parte del trabajo de verdad. Una funcionaria levantó la mirada. Manny le pidió algunas Diet Cokes y que se asegurara de que a Alex, Ben y Billy los hicieran pasar de inmediato.

Levantó el control remoto de la mesa de centro y encendió la televisión. O trató de hacerlo. Después de unos intentos vanos, Steph se lo quitó de la mano.

—¿De verdad, Manny?, ¿no puedes usar un control remoto?

Consiguió encenderla y sintonizó la NBC. Estaban pasando el video una vez tras otra: la gente corriendo y gritando, y luego la avalancha negra saliendo por las puertas.

Después de unos treinta segundos, Steph le dio la espalda a la televisión.

—¿Ya? —preguntó Manny—. ¿No quieres seguir viendo?

—¿Hay algo más que ver?

—No mucho.

—Entonces movámonos. Ah, Manny...

—¿Sí?

—Llama a tu esposa.

—Ex... —Manny no pudo contenerse.

Steph le hizo un gesto de frustración con la mano.

—Como sea. No seas estúpido.

—Muy presidencial.

—Manny, ¿qué te parece si te vas al...?

Steph se interrumpió al abrirse la puerta. Alex Harris no se molestó en pasar al salón. Miró a Steph y luego a Manny.

—Creo que ya pasamos el momento de sentarnos a platicar en el estudio de la presidenta —dijo Alex—. Ben ya está en la Sala de Crisis, yo me adelanté y llamé a todos.

—Por favor, Alex, detenlo —dijo Manny. Uno de los teléfonos de su bolsillo empezó a sonar y luego el otro. Y ésos eran los teléfonos de los que él mismo se ocupaba. Seguro que a su asistente no la dejaban en paz ni un instante—. La prensa va a olerse todo esto y tendrán un festín si tenemos una reacción desproporcionada.

—No seas infantil, Manny —dijo Alex—. Eso ya lo superamos. La prensa va a tener un festín si no tenemos una reacción desproporcionada. Si quieres pensar en política, acuérdate del 11-S.

—¿Qué cosa? —dijo Manny—. ¿Estás diciendo que esto es terrorismo?

—No. Lo que estoy diciendo es que si no hacemos algo de inmediato, Steph se va a ver muchísimo peor que Bush leyendo un cuento sobre una maldita cabra mientras unos aviones impactan contra unos rascacielos. Si quieres preocuparte por cómo se verá esto frente a la prensa, bueno, pues ése es el panorama que debe preocuparte, Manny, no unos periodistas dándose cuenta de que estamos en crisis —dio un paso dentro del salón y extendió la mano para tocar el brazo de Stephanie—. Porque más le vale creer que estamos en crisis, señora presidenta. Cuando estábamos viendo a China resolvimos tratarlo como una pandemia de influenza o cualquier otra, ¿verdad? Decretar cuarentenas y usar a la Guardia Nacional para ayudar en zonas especialmente afectadas. Y como una pandemia de influenza o cualquier otra, supusimos lo que vendría —Alex respiró hondo y regresó hacia la puerta—. Entonces, Manny, puedes preocuparte por la prensa todo lo que quieras, pero a mí me preocupa la gente que está muriendo. Vengan. Vamos, Manny. A la Sala de Crisis.

Manny la siguió, no porque lo estuviera convocando, sino porque se dio cuenta de que Alex no sólo le estaba hablando a él sino también a la presidenta. Y Alex no era de esa clase de personas que tenían que preocuparse por dónde terminaría su carrera (había insinuado que quizás en la embajada de Italia cuando dejara el puesto de consejera de Seguridad Nacional, porque después de esto ya no querría saber más de política), pero le importaba el cargo de presidente de Estados Unidos de América y, básicamente, si estaba llamando a la presidenta era porque estaba preocupada. Alex siguió hablando mientras caminaban.

—Supusimos que vendría una catástrofe. Pues bien, no está viniendo: ya está aquí. Debemos aprender de India y China. Ambas ya están abrumadas. El mejor de los panoramas es que todavía no llegue aquí y que podamos cancelar vuelos y hacer todo lo que podamos para cerrar con llave el país. Si eso es desproporcionado, pues la prensa nos criticará —Manny iba a decir algo, pero Alex siguió hablando—. No es mi problema, Manny, y ya más adelante lo resolverás, pero Steph, señora presidenta, si yo soy su consejera de Seguridad Nacional, en este momento le aconsejo que vea que si esto es tan malo como para que los chinos usen armas nucleares, y si ahora también está en la India, nuestra reacción no es desproporcionada.

Alex dejó de caminar y volteó para ver a Steph y a Manny de frente.

—No creo que sigamos en una situación hipotética. El problema ya no es si ocurrirá, sino cuándo, y sólo podremos ganar tiempo hasta que llegue a nuestras costas.

Minneapolis, Minnesota

Al agente Mike Rich no le habrían molestado algunos días más en Washington si eso le hubiera permitido tal vez invitar a esa científica a cenar. El hotel que la agencia le había conseguido era sucio y descuidado, no había dormido en toda la noche y aunque las arañas no lo volvían loco, la profesora Guyer era una mujer guapa. Era suficientemente alta para mirarlo de frente y tenía esa apariencia delgada y atlética que a él le gustaba. Como que había algo raro en su relación con el jefe de gabinete de la presidenta, un patán desaliñado que, sin embargo, parecía muy seguro de sí mismo, pero, caray, en todo había algo raro, no sólo en eso. Al principio de la semana estaba preocupado por militantes locales de la Nación Aria, por las drogas y la metanfetamina, y ahora de repente eran las arañas caníbales, la presidenta Stephanie Pilgrim y órdenes estrictas de callarse la boca. Esperen, ¿caníbales?, ¿sí?, ¿eso no significa que sólo se comen entre sí?, ¿eran caníbales si comían seres humanos y no a otras arañas? Con un carajo, eso no importa, pensó Mike. Lo que importaba era que iba a pasar un buen rato antes de que pudiera dormir sin tener pesadillas.

Intentó conciliar el sueño en el avión, en clase turista. Lo habían mandado al Distrito de Columbia en un avión del gobierno y de regreso a Minneapolis en aerolínea comercial. Había esperado que le mejoraran la categoría a primera clase, pero no. Ahí tienen un ejemplo de lo que hace el gobierno federal. De todas formas, trató de cerrar los ojos, recargado en la ventanilla, dejando que el zumbido y la vibración del motor lo arrullaran, pero cada vez que estaba a punto de quedarse dormido tenía la sensación de algo que le caminaba en la pierna, el brazo, la nuca... Después de la tercera descarga de adrenalina, la tercera vez que empezó a darse de manotazos, decidió dejar de intentarlo y ver algo en la televisión. No fue un viaje cómodo.

Esperó hasta que casi todos hubieran bajado del avión para caminar por el pasillo desde su asiento en la parte trasera. No llevaba equipaje. El director había dejado claro que lo esperaban en Washington de inmediato, y *de inmediato* era lenguaje cifrado para *Si te entretienes haciendo una maleta te reasignaremos a algún lugar desagradable*. Mike sí se tomó el tiempo para que le cosieran y vendaran la mano y para ponerse un traje que no estuviera manchado de sangre o vómitos, pero no viajó más que con su cartera, su celular (inservible, pues no llevaba su cargador), su identificación y su Glock. La pistola era una de las ventajas de trabajar para la agencia. Igual no lo dejaban pasar una botella de agua por el control de seguridad, pero la Glock no era problema. Deseó haberse tomado un minuto para llevar la funda de hombro y no la de cinturón. Una funda al hombro era mucho más eficaz para esconder la pistola, aunque no sirviera de mucho para el trabajo sobre el terreno. Las fundas no se pueden quitar rápido, y es difícil que no quede alguien, sin querer, en la trayectoria del cañón a la hora de moverlas. Pero de que se ven bien, no cabe duda. Le habría gustado llevar una puesta cuando fue al laboratorio de esa profesora. Su atuendo no era la gran cosa: un radiante traje de negocios, pero sin el saco y con una funda de hombro se habría visto bien. Por algo hacía lagartijas y flexiones de brazos. Pero no. En vez de eso, estaba de regreso en Minneapolis, bajándose de un avión después de haber trabajado tres días sin parar, con la funda en la cadera contra una mancha de sudor. Se había bañado en el hotel, pero un cambio de ropa estaba apenas en el futuro próximo.

Alcanzó a oír los murmullos antes de llegar al final del túnel, pero hasta que salió a la terminal se dio cuenta de que algo andaba mal. Lo normalmente desagradable de los aeropuertos estaba magnificado. Mucho. En vez de grupos de familias estancadas y aburridas, consultores de mediana edad que se creían lo bastante importantes para ocupar tres asientos, aunque no hubiera suficientes para todos; padres atribulados, asientos de bebé y envases de jugo, en vez de todo eso, había una sensación de amotinamiento. Las multitudes se apiñaban en los mostradores de las aerolíneas en las salas de abordaje, una mezcla de parloteos, gritos y señalamientos por aquí, pequeños grupos de gente llorando por allá. La gente fuera de sí era sólo una pequeña minoría, y eso resultaba todavía más inquietante. El resto estaba dedicado a lo que parecía un éxodo masivo. Un éxodo desanimado, pero masivo a fin de cuentas.

Así debe haber sido el 11-S, pensó.

Mike vio a un agente de la Administración de Seguridad en el Transporte haciendo las veces de policía de tránsito; se le acercó y le mostró su identificación.

—Acabo de bajar de un avión y mi teléfono está más muerto que nada. ¿Por qué hay tanto alboroto?

—Nada de alboroto. Son los vuelos cancelados.

—¿Todo esto sólo por unos cuantos vuelos cancelados?

El agente se le quedó viendo a Mike con algo sospechosamente parecido a una sonrisita de superioridad. Por un instante, Mike se permitió la fantasía de hacerle estallar una botella en la nariz. Era una bonita fantasía, pero un poco imprudente.

—No son sólo unos cuantos vuelos cancelados: son todos.

—¿Todos?

—Ajá. Todos los vuelos.

—¿Se cancelaron todos los vuelos desde Minneapolis?

Esa vez ya no había sospecha alguna: definitivamente era una sonrisita de superioridad.

—Todos los vuelos del país. Todos varados.

Mike no tuvo ocasión de admitir que estaba desconectado y no se había enterado de nada, porque el hombre ya se había alejado. Pero eso no le molestó. Estaba preocupado por lo que sucedía en la terminal. En 2001, la última vez que habían cancelado los vuelos, él no viajaba, pero de seguro había sido así. El 11-S, la gente se habría apiñado alrededor de las televisiones del aeropuerto a ver la constante retransmisión de las torres derrumbándose. Ahora Mike no sabía bien a bien qué era lo que estaban viendo; las pantallas tenían el subtítulo de *Delhi, India*, y lo que veía no parecía tener mucho sentido. Y sin embargo, lo tenía. Quizá las familias y los viajeros de negocios no entendían lo que pasaba, no lograban interpretar el breve fragmento de video de la India, pero Mike sólo necesitó dos segundos para atar los cabos después de oír que todos los vuelos estaban cancelados. Arañas. Tenía que ser. De ninguna otra manera tenía sentido. Claro que tampoco era que las arañas tuvieran mucho sentido, pero entre lo que le había pasado a Henderson, su viaje a Washington, haberse reunido con la presidenta, debía ser eso. Y significaba que la presidenta, la guapa científica, la gente a la que le pagaban por decirles qué hacer a los agentes como él, estaban asustadísimos. ¿Varar a todo el país? Eso sí era importante y no tonterías.

Pasó por un quiosco de revistas que estaban cerrando. Era mediodía, y la encargada bajaba la cortina de metal. Adelante de eso estaban vaciando una zona de espera. Hombres de traje irritados guardaban sus computadoras portátiles, familias con niños llorando cargaban las carriolas. Cuando Mike llegó a los anuncios que decían que pasado ese punto no se podía volver a entrar, sacó su teléfono y presionó un botón con el pulgar, olvidando que estaba descargado. No importaba: allí estaban esperándolo: Annie ocupada con un smoothie o algo así, y Fanny tecleando algo en su teléfono. No estaban mirando al frente, y eso le permitió a Mike observarlas mientras se acercaba a ellas. Fanny se veía bien. Ella siempre se veía bien. Nunca había sido presumida, pero corría y se sabía vestir bien. Incluso cuando Mike y ella habían estado juntos, antes de que ella se volviera a casar y súbitamente tuviera acceso a otra clase de tiendas, era buena para escoger ropa que le favorecía. Y se había hecho algo diferente en el cabello, algo que subrayaba más su rostro. Sin embargo, aunque reconocía que seguía siendo bella, y la mayoría de los hombres habría dicho que incluso sexy, Mike se dio cuenta de que, por primera vez desde el día en que la conoció, no se sentía atraído por ella. Fuera lo que fuera, esa chispa, esa pequeña sacudida que sentía cuando la besaba, había desaparecido. Lo más interesante era que no le molestaba. De hecho, era un alivio. No sabía si era porque estaba seguro de que estaba embarazada y eso significaba que ahora sí se había ido irremediablemente, o si porque ya había pasado el tiempo suficiente, o si porque conocer a esa científica, Melanie, le había recordado que había otras mujeres en las que podría interesarse. Pero no le importaba. Lo que significaba era que podía ver a Fanny como alguien con quien tenía una hija en común y no como alguien a quien estuviera tratando de recuperar.

En cuanto a Annie, sólo habían pasado, ¿qué?, ¿dos, tres días?, ¿de verdad ahora le parecía mayor? Más grande y más pequeña al mismo tiempo. Llevaba una sudadera amarilla con la capucha puesta, el cabello recogido en una cola de caballo, y de perfil Mike pudo observar cómo su hija iba a verse en un par de años. Luego, cuando ella se enderezó, sacó el popote de su vaso y se tomó el último sorbo del smoothie, se vio como la niña que era.

—Hola, hermosura —dijo agachándose para abrazarla.

—¡Papi! —ella le echó los brazos en el cuello y lo apretó lo más que pudo.

Él siempre quería decirle que tenía que ser un poco más suave, que ya estaba lo bastante grande para lastimarlo cuando lo abrazaba tan fuerte, pero no tenía corazón para hacerlo. Era como si ella pensara que apretarlo más fuerte significaba que lo quería más.

—¡Uy! —dijo—. Perdón. Te dejé smoothie en el traje.

—No pasa nada, amor —dijo, agradecido de que ella no hubiera mencionado que le había vuelto a decir *hermosura*.

Se enderezó y le dio a Fanny un abrazo flojo con un solo brazo. Mejor así. Había mucha historia detrás, y con esta súbita conciencia de que ya no le interesaba tratar de recuperarla, no estaba seguro de qué más había entre ellos. ¿Algo más que un interés mutuo por Annie?, ¿tal vez una amistad?, ¿así de simple sería?, ¿una amistad?

—Gracias por venir a recogerme. Podría haber tomado un taxi, pero esto está muy bien.

Fanny hizo ese gesto que no era precisamente una sonrisa, y Mike entendió por qué se había ofrecido a recogerlo. Quería hablar. Y en efecto, dijo:

—De todas formas quería que platicáramos.

Annie brincó y se agarró de la mano de Mike.

—¡Mi mamá va a tener un bebé!

Mike se rio, de hecho. Quizá porque ya se lo esperaba, o quizá porque se dio cuenta de que podía alegrarse por Fanny, alegrarse por dejar atrás su matrimonio e intentarlo de nuevo, alegrarse de que aunque a Annie le hubiera tocado un mal reparto de cartas con el divorcio, de alguna manera había conseguido sumar veintiún puntos. Por un momento, eso fue suficiente para hacerle olvidar el murmullo de la gente saliendo de la terminal y esa extraña sensación de que todo el aeropuerto estuviera cerrándose a mediodía.

—Felicidades, Fanny —dijo y la abrazó. Esta vez de verdad, con los dos brazos, estrechándola durante un segundo de más—. Me alegro mucho por ti. Por ti y por Rich.

Lo decía en serio.

Base del Cuerpo de Marines, Camp Pendleton, San Diego, California

La soldado de primera clase Kim Bock no sabía qué estaba pasando, pero sí que las cosas estaban del carajo. Al día siguiente de que China lanzó la bomba nuclear les dijeron que se calzaran las botas y estuvieran listos, y luego les ordenaron desacuartelarse. El día anterior hubo una sesión de entrenamiento organizada a toda prisa para repasar los procedimientos para ponerse los trajes protectores contra armas biológicas y máscaras antigás, y parecía que tendrían que calzarse las botas otra vez. Pero entonces les ordenaron regresar a los cuarteles, y después de estar una hora reempacando el equipo, dejaron que se las arreglaran solos. No había ninguna noticia, y ni siquiera Honky Joe, que había hablado con su padre por teléfono varias veces, obtenía más información.

Hasta que de repente la radio, la televisión e internet estallaron con las noticias. Todo era sobre la India, las arañas y todos los malditos aviones del país varados, y luego los que tenían alguna condecoración o medalla les gritaban que limpiaran sus armas, se prepararan y abordaran un camión. ¡Vamos, vamos, vamos!

Así que ahí iban. En un autobús. Un autobús escolar amarillo, como Dios manda. Cuando Mitts volteó a ver a Kim, ella se encogió de hombros. Tampoco entendía nada. Eran buenos marines, así que se habían subido a los camiones escolares, con las mochilas en el regazo y los M16 a su lado. Elroy traía puestos los audífonos y oía su música filtrarse (la misma porquería country que siempre escuchaba), mientras Mitts, Duran y Honky Joe jugaban cartas con Goons. Kim se contorsionó en el asiento para poder hablar con Sue.

Decir que la soldado raso Sue Chirp venía de un ambiente muy distinto al de Kim era quedarse corto. Los padres de Kim se habían conocido en la Universidad Howard. Su mamá era oncóloga pediátrica y su papá, profesor de historia en tercero de secundaria y primero de preparatoria en la escuela episcopal National Cathedral School. Le gustaba bromear con que él (y su hija cuando estudió allí, que era uno de los beneficios por formar parte del cuerpo docente) era una explosión de color para la escuela. Por lo que Kim sabía, ella era la única persona de su clase que después de graduarse no había ido directamente a la universidad, y aunque sus padres habían terminado por aceptar su deseo de servir en el ejército, todavía esperaban que en algún momento ingresara a la universidad. Si bien la familia de Kim no era rica comparada con la mayoría de sus amigos en la National Cathedral School, eran solventes, y eso los hacía parecer multimillonarios comparados con Sue.

Sue Chirp había llegado al Cuerpo de Marines derechito de los bosques remotos de Virginia Occidental. Kim no habría pensado que todavía hubiera bosques remotos, pero cuando conoció a Sue se convenció de lo contrario. Era lista e iba a ser una buena marine, pero sólo porque no tenía otra opción. No conocía a su papá, y su mamá había alternado con distintos novios y había entrado y salido de la cárcel, generalmente por drogas. Cuando llegaron a conocerse un poco más, Sue le contó a Kim que la cicatriz que tenía en el brazo era una quemadura de cuando tenía seis años porque su mamá se equivocó cocinando la metanfetamina. Pero el Cuerpo de Marines era un gran nivelador, y las dos se habían hecho muy buenas amigas a pesar de su educación tan diferente: Sue blanca, pobre y prácticamente abandonada, con las fuerzas armadas como su única salida, y Kim negra, relativamente adinerada y el centro de la vida de sus padres, que había elegido a los marines en lugar del plan más sencillo que se había trazado para ella. Tal vez era porque las dos eran mujeres tratando de abrirse camino en lo que siempre había sido un mundo de hombres, o tal vez porque Sue era linda, lista y divertida.

—¿Cuánto tiempo crees que vamos a estar en estos camiones? —preguntó Sue—. ¿Suficiente para que los jefes descubran que no todos los marines podemos orinar en una botella?

Duran, que sentía algo por Sue, se reclinó en su asiento con las cartas contra el pecho.

—Yo te detengo la botella si quieres intentarlo.

—¿Te gusta la lluvia dorada, Duran? —preguntó Sue.

Eso hizo reír a Sue y sonreír a Kim. Ella había intentado convencer a Sue de darle una oportunidad a Duran. Era un buen tipo, y por lo que Sue le había contado sobre la gente con la que había andado, una buena persona era algo a lo que no estaba acostumbrada. Además, con los chinos arrojando bombas nucleares y las arañas comiéndose a la India y este jodido despliegue, ¿por qué no?

Kim tiró su mochila al suelo, se giró por completo, se arrodilló en el asiento y dobló los brazos en el respaldo para estar más cómoda.

—No podrá ser tan largo, ¿o sí? No hay modo de que estemos en autobuses escolares si vamos a viajar más de una o dos horas. Eso no tendría mucho sentido.

Sue desenganchó la máscara antigás que rebotaba afuera de su mochila y se la puso en la cara.

—¿Ves esta cosa? Es como tres tallas más grande de lo que debería, como si hubieran decidido hacer una máscara antigás talla oso pardo. Si hay gases o armas biológicas, o para lo que crean que nos hicieron prepararnos con tanta prisa, no va a importar si tengo la máscara puesta o no. Esta mierda no me queda —volvió a enganchar la máscara en su mochila—. Peleamos una guerra con Humvees que no resistirían el ataque con un artefacto explosivo improvisado, y hemos pasado los últimos dos días subiéndonos y bajándonos de aviones, brincando y sentándonos, ¿y tú confías en que algo tenga sentido en el ejército?, ¿me estás diciendo que ponernos en autobuses escolares significa que no vamos a ir muy lejos? —se encogió de hombros—, ¿cuánto apuestas?

—Ajá, pero un autobús escolar significa…

—Un autobús escolar significa que todo está bien jodido —dijo Sue—. Ya sabes cómo se pone la gente con esas cosas. Con tropas armadas de todo tipo en suelo estadunidense, los ciudadanos se asustan, así que ¿qué piensas que va a pasar con la gente cuando nos vean trepados en camioncitos escolares amarillos? —alargó la mano para tocar su M16—. Acá no llevamos loncheras de Scooby Doo precisamente. Si esto es algo tan grande para que se requieran autobuses escolares, está bien jodido. Así que, sí, me preocupa un poco que me quede grande la máscara antigás.

—Por favor, ya sabes que no vas a necesitar una máscara antigás.

Honky Joe levantó tres ases. Mitts maldijo y Goons tranquilamente le pasó sus cartas a Duran. Honky Joe también le dio las suyas a Duran, y luego se volteó hacia Sue y Kim.

—¿Máscara antigás? A lo mejor sí, a lo mejor no. Pero estoy de acuerdo en que esto está jodidísimo. Con la bomba atómica, desplegarnos en algún lugar más cerca de China a lo mejor se entiende, pero estamos desplegándonos aquí en Estados Unidos. Eso, amiga mía, es un lío —se inclinó hacia Sue y dio un golpecito en la ventana—. ¿Ya viste eso?

Pasaban junto a unos camiones de plataforma cargados con alambradas y postes. Cada camión iba lleno hasta el tope. Iban en una fila de cinco que debía extenderse como kilómetro y medio. A los autobuses escolares les tomó más de dos minutos rebasarlos.

—Ya saben que desplegar tropas en suelo doméstico es un desastre —dijo Honky Joe—, pero eso es todavía más grande. ¿Para qué creen que sea esa alambrada? Debemos estar montando campos de concentración o algo, pero ¿esta vez para quiénes?, ¿a quiénes estamos tratando de encerrar?

Kim miró la máscara antigás de Sue mientras se sacudía encima de su mochila. Los protectores de ojos de vidrio y el filtro la hacían parecer amenazante, con cierta apariencia de insecto.

—No —dijo Kim—. No despliegas tropas en Estados Unidos a menos que estés esperando una invasión, o algo. Yo apuesto a que es algo… ¿Para qué usaríamos máscaras antigás? No se trata de quiénes sino de qué. Y las alambradas no son para un campo de concentración. Piensen más bien en una cuarentena. La cuestión no es quiénes, sino qué evitamos que entre.

Sue se volvió a poner la máscara antigás extragrande.

—Puta madre —dijo arrastrando las palabras—. Me voy a morir, ¿verdad?

Universidad Americana, Washington, D.C.

Bark estaba llorando otra vez. Eran las ocho de la mañana, hora del este. Melanie había dormido acaso cuatro horas, y Bark lloraba otra vez.

No lo podía creer. De acuerdo, Melanie estaba dispuesta a reconocer que quizás habría podido manejarlo con más tacto, que dado lo poco que todos habían dormido esos días y lo mucho que habían trabajado desde que llegó la ooteca, no era el mejor momento, pero cuando le dijo que había decidido terminar con él no sintió más que alivio. Alivio y enfado. Es que, en serio, no lo podía creer. Se había puesto a llorar como si ella fuera su novia de la secundaria. Estaba segura de que Julie y Patrick hasta ese momento no se habían enterado de su *affaire*, pero sus esperanzas de que aquello se mantuviera con discreción se habían ido por la borda porque Bark no se calmaba. Lo bueno, suponía ella, era que ni Julie ni Patrick parecían mostrar desaprobación. Hubo un tiempo en que le habrían fruncido el ceño y le habrían dicho *puta* a sus espaldas, pero ahora más bien parecía que les molestaba el llanto constante de Bark. En todo caso, Julie podía dar la impresión de estar admirada de que Melanie hubiera conseguido un poco de lo que ella misma quería. Punto bueno para el feminismo, supuso Melanie. Sin embargo, el inconveniente del feminismo tal vez estaba en sus narices: en lugar de mantener la compostura, Bark nada más estaba allí parado, en medio del laboratorio, chorreando lágrimas. Como llave goteando. Y ni siquiera se tomaba la molestia de secarlas. Julie estaba extrayendo el veneno de la araña muerta, Patrick preparaba la solución, Melanie se dirigía a su despacho para telefonear a Manny y Bark estaba ahí llorando.

Aunque desde hacía tiempo tenía intenciones de terminar con él, la razón por la que finalmente se animó tenía que ver en parte con el agente Rich. No era precisamente tan guapo como Bark, pero tampoco tenía una apariencia tan insignificante como Manny. Sin hablar mal de Manny, que era un buen tipo, pero no era lo que el agente Rich, es decir, un hombre. El agente Rich era un auténtico hombre. Con esposas. Aun con todo lo que estaba pasando en el laboratorio, una parte de Melanie había tenido la esperanza de que se quedara en D.C. y tuviera oportunidad de verlo con nada más que las esposas puestas.

Pero sólo una parte de ella había querido que el agente Rich se quedara porque no estaba segura de querer salir del laboratorio. Estas cosas eran increíbles. Y empezó a decirles *cosas* porque no estaba segura de que en verdad fueran arañas. Al menos no lo que ella consideraba arañas. Hay treinta y cinco mil especies de arañas, y han estado en la tierra durante por lo menos trescientos millones de años. Desde el origen mismo de la humanidad, las arañas han estado allí, escabulléndose al filo de las hogueras, tejiendo telarañas en el bosque y dándonos sustos horribles, aunque, con algunas raras excepciones, no signifiquen una verdadera amenaza. Pero éstas eran diferentes.

Melanie nunca había entendido el pánico que la gente sentía por las arañas. ¿Qué era lo que les asustaba tanto?, ¿serían las ocho patas?, ¿o esas extremidades que son al mismo tiempo una parte de la araña y algo separado de ella? O, en las arañas más grandes, ¿sería el pelo? Que la gente pierda el juicio, ¿tendría que ver con el hecho de ver algo tan familiar como el pelo en algo tan ajeno como una araña? Aunque alguien sepa que las arañas del suborden de las *Mygalomorphae*, entre las que se cuentan las tarántulas, tienen pelos urticantes, tampoco es que éstos representen una gran amenaza para los humanos. En el peor de los casos, provocan una leve irritación. Y las pocas especies de arañas que podrían hacerle daño o incluso matar a un ser humano no siempre son las que parecen más espantosas. Melanie no lo entendía. Las mordeduras de perro mandan aproximadamente a un millón de personas al año a la sala de urgencias para que les den unos puntos, pero las arañas (a menos que sea una picadura de parda solitaria, que es muy poco común) no hacen mucho más que contener la población de mosquitos. Sin embargo, una araña en la bañera es suficiente para hacer gritar a un hombre adulto. A Melanie no le asustaban ni siquiera de niña. Recordaba con claridad un día que, a los cinco años, le hizo el favor a su madre de atrapar una. Le había puesto un vaso encima, la había empujado y la había sacado al jardín. Quizás eso no era raro: son los padres los que les enseñan a los niños a tener miedo. ¿Pero quién les había enseñado a los primeros padres a tener miedo? No, Melanie nunca había entendido el temor a las arañas.

Hasta ahora.

Ahora finalmente tenía una razón para tenerles miedo.

Se lo explicó todo a Manny cuando la llamó el día anterior, antes de que Steph detuviera todo el tráfico aéreo civil del país, pero en ese momento se dirigía a su despacho, para encerrarse y llamar a Manny, porque después de otra noche estudiándolas descubrió que si bien una de estas arañas era imponente, y las crías del insectario eran un poco aterradoras, la manera como se comportaban juntas la estaba haciendo morirse de miedo. Empezaba a temer que varar los aviones no fuera suficiente.

El teléfono la mandó al buzón, pero antes de dejar el mensaje sonó un pitido, señal de que Manny ya le estaba devolviendo la llamada.

—Si se trata de nuestra relación, Melanie, tendremos que hablarlo en otro momento.

—Vete al carajo, Manny. Tú eres el que me llamó para esto —le dijo, aunque en realidad no estaba enojada. Conocía a Manny. Sabía que hacía la broma porque ya estaba preocupado sobre la posible razón de su llamada—. Es sobre las arañas.

—Por favor, dime que ya descubriste que estabas exagerando. La prensa nos está destruyendo por haber detenido los vuelos, Alex está alarmada, y de hecho ya desplegamos soldados en suelo estadunidense para imponer zonas de cuarentena. La Unión por las Libertades Civiles puso el grito en el cielo, estamos infringiendo media docena de leyes, y todavía no estamos seguros de que todo esto sea cierto.

—¿Y qué me dices de India? —preguntó Melanie. Manny no dijo nada, así que ella insistió—. Han surgido más noticias al respecto, ¿no?

—No públicamente —dijo Manny.

—¿Pero ya no van a permitir que salgan vuelos, y no van a regresar a las tropas?

—No.

—¿Entonces está feo?

—Melanie, ¿para qué me llamaste?

—Creo que es terrible, Manny. Pura especulación, pero creo que tendré que estudiarlas más largamente, obtener más información, pasar un buen tiempo...

—Melanie —dijo interrumpiéndola—, entiendo. Aquí no se trata de una publicación. Esto no va a entrar en tu expediente ni va a tener una revisión colegiada, ¿de acuerdo? Espera, no cuelgues...

Alcanzó a oír el ruido apagado de voces en el fondo. La voz de Manny se distinguía pero, entre teléfonos sonando y la multitud, no se entendía lo que decía.

Manny volvió al teléfono.

—Tenemos a otros científicos y asesores, y a medio mundo

diciéndonos lo que creen que está pasando. Nada de esto tiene sentido, Melanie. Por lo que alcanzamos a entender, igual podría ser una invasión extraterrestre.

—Lo es.

—¿Qué?

—Una invasión extraterrestre. Bueno, no exactamente, pero algo así —dijo.

—Muy bien.

—¿Muy bien qué?

—Muy bien —dijo Manny—. Acudimos a ti porque Steph y yo sabíamos que serías discreta y que eres una experta, pero ahora mismo lo que necesito es alguien en quien pueda confiar. O sea, tú. Así que no me importa si no has hecho toda la investigación que hace falta. No me importa si no ha tenido una revisión colegiada ni nada de eso. Lo único que necesito saber es esto: ¿es consistente?

Melanie vaciló. No quería admitirlo. Era una científica y quería más información. Quería pruebas. Pero sí, era consistente.

—A ver, las arañas son fundamentalmente ermitañas: antisociales y agresivas hacia las otras arañas, les gusta estar solas. Aunque no a todas. Las arañas sociales son poco comunes, pero existen. Cualquier araña forma pequeñas colonias si está en cautiverio, hasta las viudas negras. Pero en el campo, en libertad, sólo algunas especies lo hacen. La más conocida es la *Anelosimus eximius*. Ésta forma colonias de cuarenta o cincuenta mil arañas.

—¿Cincuenta mil? No me jodas. ¿Cincuenta mil de esas cosas gigantes en tu laboratorio?

—No, ésa es la cosa. Las *Anelosimus eximius* son pequeñas. Trabajan juntas para cuidar a las crías y construir telarañas que atrapen a mejores y más grandes presas, pero éstas no son sino insectos grandes, de vez en cuando un murciélago o un pájaro. Como si fuera una cooperativa. En realidad no cazan juntas. No realmente, o al menos no de la manera como entendemos lo que significa cazar. Y son sociales, no eusociales.

Pero éstas son diferentes. No creo que sean sólo sociales, creo que son eusociales.

—¿O sea? ¿Cuál es la diferencia?

—Que sean sociales significa que trabajan juntas, pero las eusociales... Bueno, aquí tenemos la definición inicial, pero está también la definición que dio E. O. Wilson.

De pronto las voces de fondo de donde estaba Manny sonaron más fuerte, y luego más bajo.

—Melanie, no tengo tiempo de que me des lecciones. Lo necesito rápido. Dame un resumen por teléfono y luego, por favor, súbete a un taxi y ven para acá. Voy a necesitar que le digas esto directamente a Steph y que estés preparada para responder preguntas. Entonces, en dos palabras, ¿qué es lo que tenemos aquí?

—Hormigas —dijo—. Hormigas, abejas y termitas. También dos clases de ratas topo, pero mejor piensa en las hormigas. Estas arañas no son como arañas, son como hormigas.

—¿Como hormigas?

—Los grupos eusociales se caracterizan por que cada individuo asume un papel específico en su colonia. Cavar túneles, poner huevos, todo eso. Y en algunas clases de animales eusociales llega el momento en que ya no pueden asumir otro papel. Se vuelven especialistas, digamos, y no pueden hacer más que una sola cosa. Como una máquina en una cadena de producción: cumplen una sola función.

—Entonces, ¿lo que dices es que estas arañas en particular están especializadas, y que se han convertido en pequeñas máquinas?

—Mira, ya hicimos la disección de dos, y pasó lo mismo: ninguna puede poner huevos. Pero no cabe duda de que hay más de una clase de estas arañas. Tienen que reproducirse. Pero las que vimos están especializadas. Una vez más, no lo puedo decir con absoluta certeza, ni que todas o la mayoría, sean así...

—Basta, Melanie —no lo dijo enojado, sino con firmeza—.

Entiendo. A lo mejor te equivocas. Pero a lo mejor tienes razón. ¿A qué nos estamos enfrentando? Aquí la gente está entrando en pánico. Estoy dispuesto a correr el riesgo de que te equivoques porque en este momento no sabemos qué demonios está sucediendo. Las arañas de tu laboratorio son iguales a la que salió de la cara de Bill Henderson, y creemos que tal vez sean de las mismas que están arrasando la India y que causaron que los chinos arrojaran una bomba nuclear. Por lo que sé, tú eres la única persona que ha estudiado una de cerca. Cuando estaba en tu laboratorio me dijiste que daban miedo, pero que sólo eran arañas. Y ahora me llamas para decirme que a lo mejor no, que quizás estas arañas son otra cosa. Que son como pequeñas máquinas que sólo pueden hacer una cosa. Entonces, por favor, nada más dime, ¿qué es lo que estas arañas pueden hacer?

—Alimentarse —dijo Melanie—. Están diseñadas para alimentarse.

Desperation, California

El día anterior había empezado como cualquier otro. Bueno, fuera de ese espeluznante video de la India y los rumores de que unas arañas mutantes estaban devorando a la gente en Nueva Delhi, seguidos por la cancelación de todos los viajes aéreos en Estados Unidos, había empezado como un día normal. Gordo preparó hot cakes y luego Amy y él llevaron a Claymore a un largo paseo. Después, mientras Amy veía dos episodios de *Buffy, la cazavampiros*, Gordo hizo ejercicio en la caminadora, se dio un baño y navegó un poco en internet en busca de información. No encontró gran cosa, casi todo lo que leyó eran rumores. Después de la comida, Shotgun y Fred los invitaron a su casa a jugar *Los colonos de Catán*. Un día normal, pues. Pero luego, un golpe de Estado.

Era un golpe de Estado pacífico, pero golpe a fin de cuentas: Gordo y Shotgun ya no mandaban. Después de que Amy les ganó a los tres hombres en *Los colonos de Catán*, cosa que normalmente ocurría, Gordo bajó al taller para echar un vistazo a la nueva sierra de cinta de Shotgun. Cuando los dos regresaron, los planes habían cambiado: Fred y Amy habían decidido que las dos parejas aguantarían juntas las siguientes dos semanas, pero hasta ahí. El plan era que, si llegaba el apocalipsis (zombi, nuclear, ambiental o como fuera), las parejas se replegarían a sus respectivas casas para su supervivencia, y al minuto siguiente se decidió que sobrevivir no era algo que debieran hacer solos.

—Miren —dijo Fred abrazando a Amy de la cintura—, si ustedes dos siguen insistiendo en que nos confinemos, va a ser mucho más agradable que lo hagamos juntos. Reconózcanlo, esta idea es fabulosa.

Ni Gordo ni Shotgun objetaron, porque los dos enseguida se dieron cuenta de que era cierto: sí era fabulosa.

Gordo tuvo que reconocérselo a Fred. Shotgun era ingeniero y quizás el hombre gay más heterosexual que conociera, y casi en respuesta a eso, su esposo, Fred, parecía ir lo más lejos que pudiera en la otra dirección. Era como si Fred sólo supiera cómo ser gay de manera llamativa y estereotípica. La verdad es que eso era muy divertido. Y Fred y Amy se alimentaban de sus mutuas energías. Fred era divertido hasta cuando estaba solo, pero con Amy formaba un fantástico dueto cómico en las reuniones. Mientras que Gordo y Shotgun podían pasar horas en el taller calibrando bujías y revisando rodamientos, Fred y Amy pasaban el mismo tiempo en la cocina batiendo aperitivos y cocteles. Gordo amaba a su esposa, pero, la verdad sea dicha, a Fred y a Amy juntos las cosas les salían de maravilla, fabulosas. Iba a requerir cierta energía emocional acostumbrarse, pues Gordo siempre había imaginado que el fin del mundo tal y como lo conocemos sería algo más bien lúgubre (cenizas, fuego, cadáveres y demás, como en una novela de Cormac McCarthy), pero si Amy y Fred llevaban la voz cantante, sería una reunión muy bien planeada, con música elegida para la ocasión y dip de alcachofas, en un refugio subterráneo más parecido a un increíble *loft* sin ventanas que a los tristes refugios antibombas habituales entre los preparacionistas.

—Gran parte de esto se trata sólo de esperar sin hacer nada —dijo Amy, acercándose a Gordo para darle un beso—. Preferiría estar esperando con alguien más, y no nosotros solos. No puedo pasarme todo el tiempo viendo la televisión mientras tú limpias tus pistolas y verificas dos veces el sellado antirradiación del refugio. Perdóname, pero tiene sentido y lo sabes.

—Y tenemos espacio —dijo Fred—. Alguien, y no voy a decir nombres, pero todos sabemos que estoy hablando de mi marido, nos tiene abastecidos para vivir cinco vidas aquí abajo. O sea, no jodan. El hombre tiene hasta tampones almacenados, por Dios santo. Lo único que no tenemos aquí y que pudieran necesitar ustedes es comida para perro y ropa. Aunque, si a Claymore no le molesta comer duraznos en lata, va a estar bien —dijo Fred, agachándose para rascarle al perro por atrás de la oreja.

Entonces Amy y Gordo fueron a su casa a empacar. Amy llenó dos maletas de ropa mientras Gordo cargaba la camioneta con bolsas de veinte kilos de comida para perro (si las cosas sí se ponían difíciles, Claymore podría probar la comida humana, pero Gordo sabía por experiencia que eso le provocaba al labrador serias flatulencias) y trató de determinar qué cosas podría necesitar que Shotgun no tuviera ya. Para cuando Amy estuvo lista, Gordo se había dado cuenta de que lo más brillante del plan de Amy y Fred era que, en efecto, lo único que Shotgun y Fred no tenían en sus reservas era comida para perros y su propia ropa. Finalmente, aparte de eso no se llevó más que su fusil modelo 52 Western Classic de Cooper Arms y doce cajas de veinte cartuchos .30-06 cada una. No era su fusil más caro, pero sí su favorito. Con él podía meter tres disparos en un círculo de ocho centímetros a cuatrocientos cincuenta metros de distancia. Si de verdad se diera el caso, el arsenal de Shotgun estaba listo para la guerra, con pistolas y otros artilugios que no eran precisamente pistolas y no precisamente legales, pero la 52 de Cooper Arms, aunque sólo tuviera un cargador para tres disparos, era para él un objeto que le brindaba protección. Con él no iba a combatir a hordas de zombis arrasando todo a su paso, pero si necesitaba enfrentarse a una persona desde cierta distancia, ése era el fusil que escogería.

En menos de dos horas ya estaban de regreso y habían desempacado en uno de los cuartos de invitados. A las siete ya estaban cenando, a las ocho estaban agradablemente borrachos y jugando Scrabble, a las diez Gordo y Amy estaban en la cama, y a las seis de la mañana del día siguiente Gordo se estaba sirviendo una taza de café y se sentía tan bien por la decisión de mudarse a casa de Shotgun que empezaba a creer que quizás en parte también había sido idea suya. La idea de Shotgun había sido muy dulce, y era cierto que tenían mayores probabilidades de sobrevivir al fin del mundo si trabajaban juntos. Además, aunque Gordo odiaba reconocerlo, la verdad es que era más emocionante prepararse con Shotgun. Sobrevivir sería fabuloso, pero sería todavía mejor tener con quien regodearse. ¿Qué propósito tenía sobrevivir si no podías deleitarte con el hecho de estar mejor preparado y ser más inteligente que todos los demás? Era emocionante pensar que todos esos años de preparación, todo ese esfuerzo, iban a tener una compensación.

Gordo le puso un poco de crema al café y se tomó unos instantes de más para saborearlo. Eso sería lo primero que escasearía: leche fresca, verduras frescas, carne fresca. En cuanto tuvieran que refugiarse en el búnker vendría la comida liofilizada, congelada, no perecedera. Pero mientras tanto, tenían leche fresca y no había razón para que no se tomara su café afuera. Además, Claymore ya estaba brincando a su alrededor. Lo había entrenado para hacer sus necesidades en un cuadrado de pasto artificial de metro y medio por lado, pero tenía sentido sacar al perro a correr mientras se pudiera. Gordo subió por las escaleras, atravesó las dos puertas a prueba de explosiones y radiación, y pasó a la casa caparazón sobre el refugio. En cuanto abrió la puerta principal, Claymore salió como rayo, bajó las escaleras del porche y fue hacia el patio de tierra. El labrador chocolate orinó contra una roca y luego se revolcó en el polvo. Parecía muy ufano. Gordo le dio un sorbo a su café y volteó al oír un roce en la madera.

—No te había visto —dijo Gordo.

Shotgun asintió con la cabeza. Estaba sentado en una mecedora en el porche, con una taza de café en la mesita a su lado y una tableta en la mano.

—No podía dormir. Sólo quería ponerme al corriente de noticias.

—¿Y?

—Nada. Bueno, todo. Igual que ayer. Supongo que un poco más sobre la India. Arañas gigantes, según esto. Hay montones de fotos, pero seamos honestos: parece que alguien exageró con el Photoshop. Es difícil creer que no sea un engaño. Dicho eso, Associated Press informó sobre al menos dos explosiones, y la gente se está dejando llevar por el pánico. Según parece, casi todos los sistemas de comunicación en Delhi están sobrecargados. Evidentemente algo está pasando.

—¿Y aquí?

—Sólo rumores. Locuras. Muchos informes de que se han movilizado soldados. Los conspiracionistas están asustados: es el primer paso del gobierno para esclavizarnos a todos. Espero que hayas dormido con tu lindo fusil, porque de acuerdo con los psicóticos, la presidenta está mandando a los soldados a quitarnos nuestro derecho divino a portar armas.

Gordo se rio. Era de las cosas que le gustaban de Shotgun. Sabía que era un poco loco prepararse para el fin del mundo, mudarse a Desperation, California, y construir un refugio, pero había una brecha del tamaño de un camión entre su locura, la de Shotgun y la de otros preparacionistas. La mayoría parecía vivir en un mundo en el que el gobierno siempre estaba a un paso de convertir a todos en esclavos, de una conspiración global masiva encabezada por los judíos, un complot de los negros, una invasión de los chinos o un ataque terrorista. Una parte era racista, antisemita o paranoica, pero la mayor parte era un total y absoluto disparate.

—La brigada del helicóptero negro está arremetiendo con fuerza —dijo Gordo.

Claymore terminó de revolcarse, se sacudió de la cabeza a la cola y desprendió una nubecita de polvo.

—No es broma —dijo Shotgun—. Hay helicópteros negros por todas partes. Alguien posteó que...

—Espera —dijo Gordo interrumpiéndolo—, ¿oyes eso? Suena como...

Se quedaron callados unos momentos, pero Claymore se puso a ladrar. Su cola descendió y se le enrolló entre las patas. Miraba hacia arriba. Shotgun se puso de pie y se paró junto a Gordo. Se miraron y bajaron corriendo las escaleras del porche hasta llegar adonde estaba Claymore. No había nada que ver. Gordo se agachó, le frotó la oreja al perro, y luego cerró la mano alrededor de su hocico para acallar su ladrido.

Tanto Shotgun como él lo oyeron. Unos golpes secos, suaves al principio, que se iban haciendo más fuertes. El ruido rebotó en la tierra, el desierto y las rocas.

El helicóptero entró veloz y a baja altura, haciendo zumbar la casa y dejando un remolino de polvo. Fue demasiado rápido para que pudieran hacer otra cosa que voltear y verlo pasar volando.

—¿Qué carajos? —dijo Gordo, soltando el hocico de Claymore. El perro se echó una carrera de veinte o treinta metros tras el helicóptero, luego se plantó en la tierra y ladró de nuevo.

—No estoy alucinando, ¿verdad? —dijo Shotgun—. Eso era un helicóptero negro.

—Ajá —dijo Gordo.

—Vaya.

—Shotgun —dijo Gordo—, ¿qué te parecería sacar tu avión a dar una vuelta y echar un vistazo a lo que tenemos alrededor?

—¡Por supuesto!

Shotgun fue a preparar el avión de seis plazas. Gordo llevó a Claymore abajo y lo metió al cuarto donde Amy seguía durmiendo. Se detuvo un instante para darle un beso en la frente antes de agarrar un par de binoculares. Cuando llegó al taller, Shotgun tenía las puertas abiertas y el avión listo para despegar. Estaban en el aire quince minutos después de que el helicóptero les hubiera pasado encima.

Y dos minutos después, Gordo estaba preocupado.

Desperation, California

Quizá Kim no hubiera visto el avioncito que volaba sobre ellos si Honky Joe no lo hubiera señalado.
—Es civil —dijo—. Más les vale esfumarse rápidamente si no quieren comerse un misil.
—¡Por favor! —dijo Duran—. No van a derribar un Cessna sólo por haber volado encima de nosotros.
El convoy pasó por Desperation, una ciudad insignificante, si es que podía llamarse ciudad a unos cuantos bares, una gasolinera y una pizzería, y se le ordenó detenerse como a kilómetro y medio en un valle de matorrales, arbustos y tierra. Lo único que había a una distancia que pudiera dispararle era un tráiler que se veía destartalado, y en efecto, apenas se habían bajado del camión cuando un pueblerino en cuatrimoto se les acercó como bólido. Kim estaba lo suficientemente cerca para captar algunos retazos de la conversación, pero Honky Joe, como de costumbre, alcanzó a escucharlo todo.
—El tipo estuvo a punto de tener un aneurisma. *Sálganse de mis tierras, la Constitución esto y lo otro* y toda esa mierda. Le dije que en realidad estaba en propiedad del Estado y que para empezar él no debía estar allí, y se puso a alegar en contra, hasta que también le dije que tenemos más ametralladoras que él. El idiota estuvo a punto de obligarnos a retirarlo por la fuerza.

Todos se rieron, pero Honky Joe sacudió la cabeza.

—¿No se dan cuenta? Esto no está bien. ¿Por qué carajos estamos instalándonos aquí?, ¿por qué no en alguna base en cualquier otro lugar? Este lado de la carretera podrá ser terreno del Estado, pero ¿por qué aquí?, ¿por qué afuera de esta ciudad en medio de la nada? Lo único que tiene a su favor es que está más o menos cerca de la carretera. Creo que estamos aquí porque será un buen lugar para desviar el tráfico. Es un corral.

—¿De qué? —preguntó Kim.

—De gente.

Nadie dijo nada. Sólo se voltearon a ver muy serios y se pusieron a hacer su labor.

Trabajaron toda la noche, y mientras más trabajaban bajo los reflectores portátiles, mejor entendía Kim lo que Honky Joe había dicho. Descargaron la alambrada de los camiones de plataforma y la montaron en un gran perímetro, y había que aceptarlo: parecía un corral. No, de hecho semejaba una versión de un campo de refugiados aprobada por la censura. Los camiones y vehículos para el traslado de tropas seguían entrando con material suplementario, escusados portátiles, pipas de agua y tiendas de campaña armables. Había un flujo continuo de tráfico. Camiones con suministros y camiones que eran edificios ambulantes. Kim no pudo evitar preguntarse de dónde venía todo. ¿Los Ángeles? ¿San Francisco? ¿Las Vegas? ¿De los tres lugares? A las seis de la mañana era un espectáculo aterrador: el ejército de Estados Unidos movilizado completamente. Por lo que Kim podía ver, había aproximadamente cuatro o cinco mil soldados, toda una brigada. Estaba del carajo. No era ningún trabajo sólo para no estar de ociosos ni un entrenamiento.

Estaba cansada, y agradecida por el café. A veces la comida podía ser malísima, y de repente el café sabía como si lo hubieran filtrado en calcetines, pero siempre estaba cargado de cafeína. Levantó la mirada y vio el avioncito sobrevolando la pequeña ciudad que estaban construyendo. Había un helicóptero negro zumbando como a kilómetro y medio, y un par de Apaches AH-64 cargados de misiles y listos para portarse como unos cabrones, pero estaban en tierra, con los rotores quietos. El helicóptero que estaba en el aire no tenía marcas, pero, por lo que Kim podía apreciar, era de ésos en los que les gustaba jugar a los peces gordos engreídos. Después de unos minutos con el avión volando en círculos, el helicóptero, que había estado entreteniéndose cerca del lugar adonde seguían llegando camiones de plataforma, se lanzó velozmente hacia donde estaba el avión. Quien estuviera volando en él, el civil que estuviera en el timón, no tuvo tanta curiosidad como para quedarse: enderezó el curso y se retiró. El helicóptero lo siguió por unos segundos más, luego regresó adonde había estado rondando, y descendió hasta aterrizar.

El teniente dio un grito para que la sección terminara con las labores. Kim se bebió el café, se puso los guantes de trabajo y vio a su pelotón, a Honky Joe, Sue y algunos soldados más a su alrededor.

—Muy bien —dijo—. No importa qué diablos estemos haciendo, pero manténganse despiertos. Algo se acerca.

Parque de Point Fermin, Los Ángeles, California

Sparky se estaba volviendo loco. Para ser justos, Sparky era un viejo coonhound, así que desde antes ya estaba un poco chiflado, pero por el escándalo que hacía parecía como si hubiera un monstruo a la vuelta de la esquina. Volvió a tirar de su correa, pero esa vez Andy estaba preparado y no se tropezó. Andy Anderson, viudo y con cerca de ochenta años, ya se había retirado como abogado especialista en derecho del entretenimiento. No tenía nietos, y ahora que sus amigos caían muertos a diestra y siniestra, sólo le interesaban dos cosas: el beisbol y el maldito perro. Las dos cosas se cruzaban. Le había puesto Sparky al perro en honor a su entrenador favorito, el mismísimo Sparky Anderson. Andy de todas formas le habría puesto al perro un nombre en honor a alguno de sus héroes, pero le gustaba la idea de que Sparky Anderson hubiera sido una leyenda de Detroit que creció en Los Ángeles. Claro que no mucha gente sabía que Anderson se había mudado a Los Ángeles de niño. Lo que se sabía era que había sido el entrenador de los Rojos de Cincinnati o de los Tigres de Detroit. Casi nadie recordaba su nada memorable carrera como jugador de las grandes ligas. Pero a Andy no le importaba. Él tampoco había sido un gran jugador, y se reventó el brazo después de apenas dos años de ser un lanzador mediocre en un equipo mediocre de una universidad mediocre. Pero había nacido y se había criado en Detroit, y si decidió rendirle homenaje a Sparky Anderson fue por el tiempo que éste había pasado en Detroit. El año que ganaron los Tigres, 1984, había sido el mejor de su vida. Y eso era mucho decir, porque su vida había sido buena. Pero el año que los Tigres ganaron la Serie Mundial había sido el mejor de esos años; todo estaba a su favor, hasta los bateadores. A pesar de que Andy había vivido en Los Ángeles desde 1971, seguía considerándose un niño peleonero de Detroit. Tener un perro llamado Sparky Anderson era un chiste del que nunca se cansaba.

Pero ese día Sparky (el perro, no el difunto entrenador de las grandes ligas de beisbol) iba a hacer que le diera un ataque. El perro había empezado por cagar justo en medio de la cocina en algún momento de la noche, algo que acostumbraba hacer una o dos meses al mes. Normalmente eso no molestaba a Andy; el perro era viejo, y no podía hacerse mucho al respecto, salvo asegurarse de tener en casa toallas de papel y limpiador en aerosol. Esa mañana, sin embargo, estaba cansado. Se había quedado hasta tarde viendo el discurso de la presidenta y la interminable palabrería grandilocuente de los canales de noticias, ilustrada con aburridas escenas de aeropuertos vacíos, aviones estacionados y ese estúpido video tembloroso de la India. La presidenta no había dicho nada sustancioso (la amenaza era tan seria que estaba dispuesta a emprender *acciones sin precedentes en defensa del país y de nuestros ciudadanos, a cancelar los viajes aéreos y cerrar las fronteras de manera temporal*, si bien no estaba dispuesta a especificar qué amenaza era ésa, más allá de aludir a *los recientes acontecimientos en China y la India*) y los conductores de los noticiarios se quedaban sin nada concreto: puras especulaciones idiotas. Algunas de las cabezas parlantes afirmaban que China se estaba preparando para invadir a Japón, y por lo menos algunos de los vomitadores de opiniones decían que era una especie de virus, como la peste. Pero si había alguna opinión generalizada era que había ejércitos de arañas sueltas. O enjambres de arañas... Como se le diga a un montón de arañas. El modo más apropiado para decirle a un montón de arañas, pensaba Andy, era *puras sandeces.*

Así que había estado levantado hasta tarde, y luego Sparky lo despertó antes de las cinco de la mañana cuando se puso a ladrar con esos gruñidos característicos de los coonhounds, llamándolo con verdadera angustia antes de cagarse en el piso de la cocina. Andy limpió y luego se apoltronó frente a la televisión para ver en las noticias el mismo ciclo de tonterías, hasta que, momentos antes de su paseo de mediodía, Sparky volvió a cagar en el piso de la cocina. Aunque no era todavía la hora del paseo, el olor, incluso después de haber limpiado, fue suficiente para obligar a Andy a salir de la casa. Tomó el coche y fue con el perro al parque de Point Fermin. El perro aulló todo el camino. Sparky parecía empeñado en comportarse como un cretino. Era un perro viejo y normalmente se contentaba con oler cosas, de repente levantar la pata y pasear tranquilamente por el sendero, pero ese día no dejaba de tirar de la correa. A Andy le iba a dar un ataque. Él ya no tenía muchas preocupaciones (contaba con mucho dinero y era tan sano que pensaba que seguiría bien por un rato y luego simplemente moriría de viejo), pero fracturarse la cadera era de las pocas cosas que sí le daban terror. Una cosa era morir viejo y en soledad, pero otra era terminar los días postrado en la cama y adolorido.

Aunque Sparky estuviera portándose como un cretino, era un hermoso día. Pero Los Ángeles siempre es hermoso. Era finales de abril, lo que significaba que hacía frío suficiente para que Andy se pusiera su chamarra de cuero, pero como a la una o una y media habría suficiente calor para sentarse afuera con Sparky en el café. Iban a distintos parques en distintos días, pero la mayor parte del tiempo trataba de que sus paseos de mediodía fueran en lugares cerca del agua. Eso era otra cosa de Los Ángeles: tenía estrellas de cine, palmeras, cielos soleados y el océano. Ese día habían empezado en un extremo del parque y Andy casi tuvo que llevar a Sparky a rastras todo el camino hasta el otro. El maldito perro luchaba con la correa y aullaba sin parar. Quizá se avecinaba un terremoto, pensó Andy. Sabía que eso hacen los perros: predicen cosas como terremotos o tornados. ¿Y no sería eso una jugarreta?, ¿que llegara un gran terremoto y lo sorprendiera caminando por un parque a la orilla del mar? El océano entero se les vendría encima.

Sparky empezó a moverse hacia Andy, para luego voltearse y seguir tirando de la correa. Andy pensó que tal vez debería renunciar al paseo, pero no quería que el perro pensara que podía ganarle. Jaló de la correa para frenarlo, se agachó y le rascó abajo de los cachetes.

—Vamos, chiquito —dijo Andy—, ¿no podemos terminar nuestro paseo sin que me conviertas en un lisiado? Camina como un buen perro, y cuando acabemos vamos por una hamburguesa y unas papas a la francesa. ¿Te apetece?, ¿papas a la francesa?, ¿quién quiere unas papas a la francesa?

Sparky, evidentemente, quería unas papas a la francesa. No era suficiente para transformarlo de súbito en un buen perro, pero para Andy fue claro que había reconocido las palabras. Como tenía que ser: así era su rutina. Saltar al coche, dar un paseo en algún parque a la orilla del mar, que Sparky se tomara una pequeña siesta mientras Andy se sentaba en una banca a leer o sólo a mirar al vacío y dejar que pasara el tiempo, y luego, camino a casa, parar por una hamburguesa y papas fritas. Siempre se detenían en algún lugar con terraza al aire libre, y Andy terminaba dándole a Sparky la mitad de su almuerzo. No era sano para ninguno de los dos. Andy no pretendía engañarse con que sus tranquilas caminatas compensaran el almuerzo grasiento que compartía con su perro, pero a esas alturas no estaba seguro de que le importara. No había nada como una hamburguesa, y darle a Sparky papa a la francesa tras papa a la francesa, y que el perro delicadamente las tomara de sus dedos, era uno de los pequeños placeres de la vida. Pero antes tenían que terminar el paseo. Así era como debía ser.

Hacia el final del sendero, Sparky empezó de nuevo a comportarse como un cretino. El perro dejó de caminar y jaló la correa tan fuerte que Andy se tropezó. Al mismo tiempo ladró. Normalmente, a Andy la voz de Sparky le sonaba como una especie de canto, pero ese día ya no podía más. Estaba por decir basta y dejar que Sparky determinara por dónde ir (no había duda de que estaba jalando la correa, apurado por llegar a algún lugar) cuando Andy vio el buque.

Era uno de esos portacontenedores. Nada extraordinario en ese lugar con vista al puerto de Los Ángeles. Al menos, por lo general ver eso no era nada extraordinario. Era enorme: uno de esos nuevos grandes buques de carga, tal vez procedente de China. No podía imaginar cómo se vería aquello de cerca. Dado el tamaño y el lugar de la costa donde él estaba parado, Andy supuso que estaría quizás a kilómetro y medio del puerto. Dos kilómetros. Y ciertamente se estaba moviendo. No era el tamaño del buque lo que le llamó la atención. Era un mastodonte, pero en el agua había otros buques lo bastante grandes como para que éste no destacara demasiado. La diferencia era lo rápido que se movía. Andy no sabía mucho de navegación, pero eso no podía ser normal: era como un camión que entrara a un estacionamiento a toda velocidad. Sólo que este camión estaba cargado de contenedores. Cada cubo de metal era de un color diferente; el buque era un caleidoscopio, un hermoso rompecabezas.

Andy se empujó los anteojos hacia arriba de la nariz. Había unas sombras extrañas en las cajas. No le parecieron normales. Eran más bien como rayas o surcos de pintura. No, como si un niño hubiera garabateado aquí y allá con un marcador de punto grueso y hubiera dejado marcas encima de la pintura. Sólo que... ¿se estaban moviendo las rayas?

Ahora Sparky sí aullaba, casi gritaba, y tiraba muy fuerte de la correa. Andy tuvo que plantarse.

—Por favor, Sparky —le dijo—, déjame en paz, pequeño monstruo. Sólo quiero ver... —se calló, porque de repente comprendió exactamente qué era lo que veía. Sombras, rayas o lo que fuera, el buque seguía adelante. No sabía bien a bien a qué velocidad se movía. ¿Veinticinco, treinta kilómetros por hora? Lo suficiente para verse muy rápido contra el telón de fondo de los barcos inmóviles. Lo bastante para que ya no estuviera a milla y media de la costa. Lo bastante para que Andy supiera que ya no había modo de que el buque se detuviera a tiempo.

El perro seguía tirando con fuerza para alejarse del sendero, hacia donde había estacionado el coche. Después de otro vistazo rápido al buque, Andy se dio la vuelta y dejó que Sparky se lo llevara. Aquello del buque tenía mala pinta.

Y rápidamente fue de mal en peor.

El *Mathias Mærsk* triple E iba cargado de productos de toda China. Aparatos electrónicos, camisetas, cuchillos de cocina. Dieciocho mil contenedores para llenar los centros comerciales y los hogares de Estados Unidos. Algunos de ellos procedían de la provincia de Sinkiang, y ya no quedaba ningún miembro de la tripulación vivo para impedir que el buque chocara contra el puerto de Los Ángeles.

Para tipos como Gordo o Shotgun habría bastado un cálculo muy elemental. El buque estaba entrando a 18 millas por hora con un peso muerto de aproximadamente 160 millones de toneladas cuando encallara. Para calcular la energía cinética, simplemente tenían que llenar los espacios: $½ mv^2$ o $½ (160,000,000 kg * (8 m/s * 8m/s))$. Aproximadamente 5,120,000,000 jules. O, dicho de manera más sencilla, cuando el *Mathias Mærsk* triple E se estrellara contra el puerto a las 12:47 p.m., tiempo del Pacífico, el impacto sería equivalente a una explosión de 1,150 kilogramos de TNT.

Sin embargo, Gordo y Shotgun ya estaban de vuelta en el refugio, hablando con Amy y con Fred sobre las razones del ejército para levantar alambradas en su patio trasero. Ninguno estaba ahí para hacer los cálculos o para ver al *Mathias Mærsk* triple E encallar. Lo cierto era que casi nadie estaba viendo. Tantas cosas estaban automatizadas en el puerto que durante la hora del almuerzo prácticamente no había nadie. La primera persona en morir por el impacto mismo fue Cody Dickinson, que era además la única persona que debería haber notado que algo andaba mal con el *Mathias Mærsk* triple E. Pero en lugar de hacer su trabajo, Cody Dickinson se había fumado veinte dólares de mariguana y se había quedado dormido en su silla Aeron Herman Miller de setecientos dólares. Tenía ese cómodo trabajo de oficina por su antigüedad, y tenía antigüedad porque sumaba sesenta años y había sido estibador por cuarenta y dos, y gracias a que había sido estibador por cuarenta y dos años, cuando trabajar como estibador realmente significaba trabajar, tenía la espalda hecha polvo, razón por la que disfrutaba la silla Aeron Herman Miller de setecientos dólares, pero la espalda seguía matándolo, y fumar una tonelada de mariguana era lo único que de verdad lo aliviaba. Así que estaba dormido cuando el buque encalló, y el impacto hizo que el techo se viniera abajo y lo matara ahí, donde estaba sentado.

La onda expansiva fue suficiente para alcanzar la agencia de seguros P. Lanster, a setecientos metros del punto de impacto, justo afuera de la alambrada que protegía el puerto de Los Ángeles. La agencia era un edificio de oficinas bajo, y a las 12:47 hora del Pacífico, Philip Lanster Jr. era su único ocupante. Philip Lanster Jr. llevaba años tratando de convencer a su padre de mudar la agencia a una mejor ubicación. Todo mundo le veía inconvenientes a la oficina, lúgubre y demasiado grande para ellos, pues sólo contaban con cinco empleados. La ventaja era que había ventanas por todas partes y todos tenían vista al mar. Esa tarde, sin embargo, Philip Lanster Jr. se alegraba de que la oficina estuviera tan mal situada. Eso significaba que cuando su papá y los demás empleados salieran a almorzar, él tendría más tiempo para terminar de maquillar las cifras. Acababa de esquilmar seis mil dólares, apenas suficiente para tapar lo que había perdido en Las Vegas el fin de semana anterior. Un poco de papeleo creativo y problema resuelto. Estaba sintiéndose muy bien consigo mismo y acababa de levantarse del escritorio del contador cuando el impacto del choque del *Mathias Mærsk* triple E hizo estallar la ventana. A lo mejor si hubiera estado sentado no le habría pasado nada, pero como estaba de pie, uno de los fragmentos de vidrio se le enterró en el cuello. Se desangró en sesenta segundos.

Tuvo suerte de desangrarse en sesenta segundos. Las primeras arañas se arrastraron por las ventanas rotas en ochenta.

Arriba en la colina, Julie Qi estaba recobrando el aliento cuando el buque encalló. Se dio un sentón. Acababa de correr ocho arduos kilómetros. Odiaba correr. Lo que la hacía continuar era la idea de que su esposo la dejaría por alguien más joven y en mejor forma, y en Los Ángeles, a menos que se rompiera el lomo, eso significaba prácticamente cualquier otra mujer. Bueno, en lo que respecta a estar en forma. En lo de ser más joven no había nada que pudiera hacer. De cualquier manera, Bradley tenía cuarenta y siete años y Julie apenas treinta, así que lo de la edad podía amortiguarse, si bien la celulitis no. Entonces por la mañana hacía aeróbics ligeros; antes de almorzar corría y en la tarde hacía yoga. Bradley trabajaba y ella no, de modo que su trabajo era verse bien.

Le tomó unos segundos darse cuenta de que no se había caído sólo porque sí (la sacudida del piso bastó para hacerle tropezar y caer de nalgas) y algunos segundos más de que no había sido un terremoto. El buque estaba a kilómetro y medio. Había varado, pero el peso y el ímpetu bastaron para expulsarlo tan lejos del agua que parecía casi cómico. Julie se levantó y se sacó los audífonos de las orejas, dejando que la música saliera al aire.

—¡Santo Dios! —exclamó.

No había llamas ni nada, pero no era necesario: el armatoste medía como cuatrocientos metros de largo. Se veía impresionante recién destrozado y comiéndose la costa. Julie observó que, sin embargo, había un humo negro extraño, que se derramaba del buque, pero en lugar de elevarse en el aire pasaba por encima de los bordes y de la banqueta.

Abrió el cierre de la cangurera y sacó su teléfono. Pensó en tomar fotos, pero decidió que sería mejor el video. El teléfono tenía una cámara tan buena que si quería podía hacer alguna foto fija a partir de él, y empezó a imaginar que tal vez podría vender las grabaciones a un canal de noticias. No es que Bradley y ella necesitaran el dinero, pero bueno, la idea era divertida. Sólo que a través de la pantalla no se veía tan bien. El buque parecía alguna clase de juguete: no se apreciaba su verdadera escala.

Levantó la mirada y observó que el humo casi había dejado de salir del buque. Sólo quedaban algunas mechas goteando por los costados. Pero el humo ahora se dispersaba por tierra. Se había extendido un poco, así que, más que un tapete de humo, era como parches y lenguas desplegándose por la carretera y las colinas, pedazos metiéndose en algunos de los edificios de oficinas más bajos afuera de la alambrada, cerca de donde el buque había varado. Recordaba que el 11-S muchos trabajadores se habían enfermado por inhalar todo el humo pernicioso, y se preguntó si los trabajadores de los muelles irían a tener problemas. Pero no se fijó en la lengua de humo negro que subía hacia ella arrastrándose por la colina.

En el estacionamiento de Cabrillo Beach, Harry Roberts estaba enfadado. No le gustaban los negros (perdón, afroamericanos), aunque eso lo convertía en racista para él no significaba nada, ni tampoco le agradaban los policías, a pesar de que él se consideraba un republicano defensor del orden público, así que ser detenido por dos policías negros era algo que lo dejaba frenético. Es cierto que su almuerzo había consistido exclusivamente de Bloody Marys, pero ¿quién no querría echarse unos tragos de más con lo que pasaban en las noticias sobre esas cosas locas que estaban ocurriendo en India, con China preparándose para invadir Europa o esa puta que tenían por presidenta deteniendo los vuelos? Era cierto que no recordaba haberse ido del restaurante y haber manejado desde Manhattan Beach, ni haberse estrellado contra el poste de luz y, okey, era cierto que podía entender la preocupación de los policías, pues la bolsa de aire le había sacado sangre de la nariz y tenía la cara y la camisa manchadas, pero no podía creer que lo esposaran y lo pusieran en el asiento trasero de la patrulla. Estúpidos. Y para terminar, cuando estaban anotando algo se oyó ese ruido increíble, como una explosión que provenía del mar.

—No se mueva —le dijo uno de los policías.

Le dejaron las ventanillas parcialmente abiertas, pero se fueron caminando por el estacionamiento y se perdieron de vista entre la maleza. En los últimos minutos ya no había pasado nada. Bueno, nada más que el ruido de sirenas, alarmas de coche, algunos gritos. Harry no tenía idea de qué estaba pasando. Sólo sabía que estaba encabronado.

En eso oyó dos disparos. Dos. Eso fue todo. Y luego uno de los policías salió de entre los arbustos; iba corriendo hacia la patrulla, pero sin dejar de ver hacia atrás. Apenas había dado unas zancadas en el estacionamiento cuando empezó a quedar cubierto de... Harry no entendía qué era eso, pero el policía siguió corriendo y acortó la distancia a diez metros, ocho, seis, cuatro. Para cuando el policía se cayó, a escasos tres metros de la patrulla, Harry ya había alcanzado a ver que estaba cubierto de alguna clase de insectos. No, arañas. Pero eso fue todo lo que tuvo tiempo de comprender antes de que se desprendieran del cadáver y vinieran por él.

Cinco minutos después de que el buque encallara, Philip Lanster Jr., Julie Qi y Harry Roberts estaban muertos. Aproximadamente otras cien personas también. Ninguna de ellas pudo ver las hebras de seda que empezaban a girar en el aire. Atrapando arañas y chocando con ellas. La suave brisa las levantaba sobre la arena, las olas y el concreto de la costa de Los Ángeles y, sobre las ambulancias, carros de bomberos y patrullas que se acercaban, las dirigía hacia el suave sol de mediodía, al sur, en dirección de Compton, Lynwood y Chinatown, hacia las autopistas interestatales 405 y 10.

Stornoway, Isla de Lewis, Hébridas Exteriores, Escocia

—A lo mejor una llamada telefónica, un correo electrónico o...

—Señor —lo interrumpió el representante de British Airways—, cancelar el vuelo de su prometida no fue decisión nuestra, y ahora mismo no puedo hacer nada para cambiarlo. ¿No ha escuchado las noticias?

De hecho, Aonghas no había oído la noticia de que el primer ministro había ordenado varar todos los vuelos. En la isla de Càidh habían estado escuchando la BBC y se habían mantenido al tanto de las noticias de China, hasta que fueron eclipsadas por las noticias de India y la histeria con las arañas, y se enteraron de la reacción exagerada de la presidenta estadunidense que decidió cancelar todos los viajes en avión. Típico de los estadunidenses, pensó Padruig. Pero ahora resultaba que el Reino Unido, una vez más, seguía los pasos de Estados Unidos y también entraba en pánico. El avión que acababa de aterrizar era el último (de llegada o de salida) hasta que se levantara la prohibición. En días normales Aonghas habría oído las noticias. Si hubiera estado solo en Stornoway, habría iniciado el día como solía hacerlo: leyendo el periódico, y si Thuy y él todavía hubieran estado en la isla de Càidh, Padruig habría oído la BBC en la radio. Sin embargo, no estaba en la isla de Càidh con su abuelo, y definitivamente no estaba solo en Stornoway: Thuy y él se habían ido de la isla al amanecer. Le habían dicho una rotunda mentira a Padruig: que el vuelo de Thuy salía temprano. La verdad era que no volaba hasta la tarde: simplemente querían pasar el día juntos, solos, en la cama, sin preocuparse de que el viejo se preguntara qué estarían haciendo. No es que el abuelo de Aonghas fuera un mojigato; sólo que Aonghas sabía que, una vez que su novia (no, su prometida) abordara el vuelo de regreso a Edimburgo, no volvería a verla en dos semanas.

Seguía un poco asombrado de lo bien que había salido el viaje. Sí, era cierto que su abuelo accidentalmente le había pedido a Thuy que se casara con Aonghas, pero ella aceptó, así que no pasó nada. Y con todo lo que se preocupó de que a Padruig pudiera desagradarle Thuy, para cuando se despidieron de él, con el abuelo vestido impecablemente aunque sólo fuera para dar el paseo matutino al muelle, Aonghas tenía un fastidioso temor de que al final Thuy le cayera mejor que él mismo. Y Thuy se había enamorado perdidamente de la isla de Càidh y el castillo. Le encantó sentarse en la biblioteca a leer junto a la chimenea, pasar una hora entera en la cava con el abuelo, sentarse en las rocas a mirar las olas. El viaje había sido un éxito rotundo. El único problema fue que, después de haberse tomado la molestia de escabullirse temprano para tener un poco de tiempo para ellos solos, parecía que a fin de cuentas Thuy no iba a poder irse. Pero, la verdad, tampoco era algo tan malo, ¿o sí?

La buena noticia era que en un aeropuerto tan chico como el de Stornoway no había que caminar mucho hasta el estacionamiento, e incluso con los pasajeros que se bajaban del último vuelo que pudo aterrizar en la isla, era fácil salir o entrar.

—Podemos pasar por algo de pasta y verduras, a lo mejor ver una película. Seguro que mañana podrás tomar el vuelo. No creo que el primer ministro vaya a seguir tragándose el cuento de las arañas mucho tiempo más. Viendo el lado positivo, nunca vas a tener mejor excusa para faltar unos días a la escuela, y cuando empieces tu residencia no creo que te sobre el tiempo libre —dijo Aonghas volviendo a meter su mochila en la Range Rover, y añadió—: además, ya sabes, hay cosas peores que tener que aguantar a tu prometido un día más. Pro-me-tido —volvió a decir, estirando la palabra en la boca—. Me gusta cómo suena.

Se subió al asiento del conductor, encendió la camioneta, la puso en neutral y luego titubeó. Había un hombre vomitando frente a la entrada del aeropuerto.

—Dios santo —dijo Aonghas—. Debe de haber sido un aterrizaje muy agitado. Aquel hindú está vomitando hasta la primera papilla.

El hombre volvió a vomitar, y luego se desplomó junto a una columna. Incluso visto desde la camioneta, quedaba claro que el hindú se sentía fatal. Estaba luchando con su corbata, como si le costara trabajo respirar, y los otros pasajeros que habían conseguido llegar a Stornoway en el último vuelo lo rehuían alejándose lo más posible de él. Ahora el hindú se soltó la corbata y empezó a jalonearse la camisa; se la sacó del pantalón y luego se la arrancó. Santo Dios. Aonghas vio cómo salía disparado un botón y formaba un ligero arco antes de rebotar en el cemento.

Thuy se quitó el cinturón de seguridad.

—Debo ir a ayudar.

—Todavía no eres médica.

Ella puso los ojos en blanco, pero Aonghas la tomó del brazo.

—Calma, espera un momento.

—Aonghas, tengo que ayudar.

Él no le soltó el brazo; observaba al hombre y cómo la gente no estaba segura de si debía avanzar o retroceder. La piel del pecho y el estómago del hombre se veía brillante, como si estuviera muy estirada.

—Espera sólo... no sé, sólo un momento.

Y bastó un momento.
El torso del hombre se abrió como zíper.
—¡Aonghas! —gritó Thuy.
Aonghas clavó el pie en el acelerador.
—¡Aonghas! Debemos ayudarlo.

Aonghas mantuvo el acelerador hasta el fondo, sin hacer caso de la función ecológica que supuestamente mejoraba el lamentable rendimiento de combustible de la Range Rover ni de la computadora del motor que exigía un cambio de marcha. Giró el volante y pasó incómodamente cerca de una mujer madura que llevaba un vestido floreado que parecía pertenecer al Museo de las cosas de la década de los setenta que nunca querrías usar en público. Thuy volteaba, asomada por la ventanilla, y Aonghas, forcejeando con el volante, dio un rápido vistazo hacia atrás. Ya no alcanzaba a ver al hombre hindú, pero la gente que estaba cerca de la entrada parecía estar gritando y agitando los brazos. Pudo ver las bolas negras (arañas: aunque no alcanzara a distinguir los detalles, supo que eran arañas) moviéndose, brincando y subiéndose a la gente. A una mujer le salían chorros de sangre por la cara y se rasguñaba la mejilla.

—¡Dios mío! —dijo Thuy, dándose media vuelta en el asiento—, ¿qué diablos es eso?

—Abróchate el cinturón —dijo. Levantó el pie del acelerador y fue pisando el freno para bajar de cincuenta a treinta kilómetros por hora para dar vuelta en la esquina al final de la hilera de coches. Con el pie fuera del acelerador por ese instante, la Range Rover cambió de velocidad. Las llantas empezaron a rechinar antes de que él la enderezara.

Cuando llegó a la salida iba a setenta kilómetros. Ni siquiera pensó en tocar el freno. Arrancó al pasar la barrera de madera de la salida.

Al dar vuelta a la derecha para incorporarse a la A866, Thuy volvió a hablar.

—Aquello... eran arañas, ¿verdad?

—Creo... —dijo Aonghas— que sí.

—Y le salieron del pecho y del estómago.

—Sí.

—Ese hindú...

—Supongo que pudo ser paquistaní.

—Pudo ser paquistaní, sí. Supongo...

—Pero probablemente no —dijo Aonghas.

—No. Probablemente no —contestó ella y se quedó callada unos segundos—. ¿Eso pasó de verdad?

—Me temo que sí.

—¿Y?

—Yo vivo de escribir novelas de misterio —dijo—. No estoy más que sacando conclusiones.

—De acuerdo.

—¿De acuerdo?

Thuy se movió en el asiento hasta quedar frente a él. Ahora Aonghas iba manejando al límite de velocidad, pues no quería que lo detuvieran, y no parecía que esas cosas pudieran seguirle el paso a un coche. Se arriesgó a voltear a verla. Ella extendió la mano y le tocó la mejilla.

—De acuerdo —le dijo—. Tu reacción fue admirable.

—Normalmente no soy así —respondió él—. Y de hecho, creo que nunca una novia me había dicho que soy admirable.

—Bueno, pues ya no soy tu novia. ¿Qué hacemos ahora? ¿Adónde vamos?

—De regreso a la isla de Càidh.

—¿Y mi vuelo a Edimburgo?

Pasaron por una casa que tenía en el frente una resbaladilla de plástico para niños chiquitos. Una parte de Aonghas quería parar ahí, golpear la puerta y gritarle a la familia que corriera, que se saliera de ahí, pero no lo hizo. Siguió manejando.

—Thuy, aunque tu vuelo no se hubiera cancelado, por ahora nos vamos de aquí —dijo—. Piensa en lo que hemos estado oyendo en el radio. Ese video del que se la pasan hablando. No lo hemos visto, pero si el video es casi tan feo como suena, y si las fotos de las que hablan son reales… Y luego esto… Parece como…

—Y China.

—¿China?

—¿No crees que están relacionadas?

—¿Por qué tendrían que estarlo?

—No lo sé —dijo Thuy—, ¿pero tú no lo crees?

Aonghas se quedó un momento en silencio, encendió la radio y sintonizó la BBC. Estaban hablando de Los Ángeles.

Sonaba aterrador.

Agencia de noticias CNN, Atlanta, Georgia

Teddie sólo había vomitado dos veces ese día, lo cual, pensó ella, era bastante bueno. Al principio, esa sensación honda en el estómago había sido emoción: eso sí que era un buen tema noticioso. Habían recibido informes del accidente y mandó al puerto a unos camarógrafos y un reportero del estudio de Los Ángeles. Era la clase de noticia con la que podría obtener un ascenso: buenas imágenes, fácil de resumir y muchas posibilidades de hacer notas posteriores. Ya estaba pensando en un especial sobre la amenaza oculta de la navegación. Pero esa exaltación rápidamente se convirtió en otra cosa.

Los camarógrafos no pudieron acercarse al puerto. En todas partes el tráfico estaba paralizado, que para ser Los Ángeles no era tan raro, pero muy pronto renunció a la nota sobre el buque. La noticia eran las arañas. Los videos de celulares y las llamadas telefónicas eran aterradores. Una cosa era la India (quedaba tan lejos que uno podía convencerse de que era un engaño o que no era tan horripilante como parecía), pero esto era Los malditos Ángeles. Un niño cerca de Long Beach había subido un video de seis segundos donde se veían unas arañas arrollando a un corredor y cubriéndolo como si se tratara de marea negra, y habían recibido la llamada de una mujer cerca del puerto que gritaba y decía estar viendo cómo unas arañas se comían a una mamá con su bebé, antes de que la mujer misma empezara a gritar, y luego no se oyó nada más que unos extraños crujidos. Ésa fue la primera vez que Teddie vomitó: cuando dedujo que los crujidos no eran otra cosa que las arañas masticando carne humana.

Con tanto tráfico, los camarógrafos finalmente se rindieron y planearon ir al patio McCarthy de la Universidad del Sur de California. Desde ahí podía hacerse una toma perfecta del reportero, ya que desde ese ángulo no podía verse la verdadera acción. Podía hacerse un reportaje sobre el miedo y el caos desde el oasis de una torre de marfil. Los estudiantes caminaban como si a cuarenta kilómetros no estuviera pasando nada. El reportero parloteaba con excitación y llenaba el tiempo de esa manera en que sólo un profesional avezado sabe cuando los hechos son casi pura especulación.

Y en eso las arañas llegaron planeando por los aires.

Al principio no eran muchas. La cámara captó unos cuantos puntitos negros contra el cielo cerúleo, serpentinas de seda como hilos de algodón de azúcar semejantes a estelas de vapor. Y, en eso, algunas empezaron a bajar, deslizándose. Durante unos minutos fue casi cómico. La cámara registró a una que aterrizó cerca del reportero, que rápidamente la aplastó de un pisotón. Listo. ¿Tanto miedo por algo así? Si tienes un zapato puesto, estás a salvo. Alrededor del reportero, sin embargo, unos estudiantes señalaban y empezaban a gritar. Luego la cámara captó a una estudiante agitando los brazos, con cinco o seis de los grandes puntos negros zumbando sobre ella, y en eso salió de su cara un estallido de sangre que le dejó la blusa manchada de carmesí. Y más gritos, más y más, más y más. La cámara se cayó de repente. Todo lo que Teddie pudo ver en la pantalla fue pavimento, zapatos, calcetines y el extraño flujo de las arañas, y en un momento la parte inferior del cuerpo del reportero, las piernas pateando y pateando cada vez con más debilidad y luego ningún movimiento. Y todo eso en vivo. Teddy se dio cuenta de que no había ordenado que cortaran. Fue entonces cuando vomitó por segunda vez.

Después de eso mandaron un helicóptero y tomaron una espectacular escena panorámica nada menos que del Teatro Chino Grauman. Era demasiado bueno para ser verdad: la clase de toma que habría hecho a Teddie levantarse y buscar a alguien con el único propósito de chocar las manos en señal de celebración, si tan sólo las circunstancias hubieran sido un poco menos macabras. Algo como para abrir la emisión de las primeras horas de la tarde: la clase de filmación que no merecía reflectores ni espacio en el noticiario nocturno, lo que significaba que las estrellas del proyecto en realidad eran de segunda o tercera categoría, y el grupo de fans parados en el corredor, en filas de diez, estaba parcialmente compuesto de extras pagados y los fotógrafos que lanzaban maldiciones también eran de segunda y tercera clase. ¿Pero la toma desde el helicóptero? Ésa era de primera categoría. El camarógrafo había hecho unos paneos de la zona; uno de los presentadores hablaba de cómo no todo Los Ángeles parecía atrapado en esa catástrofe, cuando un coche, que iba disparado por Hollywood Boulevard y se pasó un alto en North Orange, golpeó una camioneta repartidora y viró bruscamente a la izquierda, para atravesar tres carriles y estrellarse contra la multitud que esperaba afuera del teatro. En un día normal eso habría sido suficiente para provocar un caos y hacer que Teddy decidiera meter la nota en el noticiario en vivo, pero esto ya era en vivo, y estaba ocurriendo en medio de un caos, e inmediatamente se puso peor: casi en cuanto el coche se detuvo, antes de que los presentadores pudieran hacer algo más que gritar, una masa negra informe salió desenrollándose del parabrisas roto. El camarógrafo entendió qué sucedía antes que Teddie, porque él ya estaba acercando la imagen y la masa negra se convirtió en mil partes individuales.

Había cierto ritmo en la manera en que se movían las arañas. Teddie sabía que lo había, pero no entendía cómo. Al principio, la gente salió huyendo de donde el coche había chocado, pero luego regresaron para ayudar y de inmediato la marea regresó también, pero no importaba: entre la aglomeración de gente, las arañas eran las más rápidas. Teddie vio a gente caer. Una mujer gritaba y desaparecía bajo una masa de arañas contorsionándose. Un joven negro, cuya espalda era un tapete que las arañas tejían, logró caminar diez o doce metros antes de caer al suelo, con una nauseabunda marea de sangre a su alrededor. Pero aquí y allá, Teddie vio la hebra de arañas serpenteando entre la gente, pasándola como si fueran imanes que se repelían: no podía entender la regularidad, por qué el enjambre de arañas se tragaba a algunas personas y a otras las dejaba en paz. Ni tampoco, mientras que la mayoría de las arañas parecían moverse juntas en una danza sincronizada, conectadas como si fueran un solo organismo, cómo por aquí y allá algunas se iban por su lado.

Eso había sido dos horas antes.

Los primeros informes hablaban de enjambres, auténticos ríos de arañas inundando la ciudad, cayendo del cielo como motitas de muerte, pero ahora se habían esparcido. Las antenas de telefonía móvil estaban sobrepasadas, y cerca de dos terceras partes de la ciudad estaban sin electricidad (por culpa de los camiones y coches que chocaban en los postes eléctricos, aunque también algunos informes hablaban de que había arañas mordiendo cables), pero donde la gente tenía electricidad e internet subían videos de arañas que trepaban por tubos del desagüe o entraban temblorosas por las ventanas abiertas, atravesaban corriendo pisos o mesas y brincaban sobre personas y animales. Teddie sabía que debían haberse tomado otros videos, unos que finalizaban con gritos y el teléfono cayendo al suelo, dejando una pantalla agrietada que no mostrara más que un techo vacío, pero los videos que alcanzaban a subirse a la red terminaban todos con lo mismo: una araña apachurrada. Los videos parecían indicar que una sola araña no iba a comerse a nadie.

Teddie se preguntaba qué provocaba que esta gente sacara sus teléfonos en medio de lo que estaba pasando. Cualquiera que viera la televisión o escuchara la radio o, vaya, que tuviera un teléfono celular, tenía que saber lo que estaba pasando. Claro, a lo mejor al principio todavía había gente subiendo fotos de estrellas de pop y gatitos y tweets engrandecedores del propio ego, pero eso había desaparecido en cuanto se vio claramente que algo horrible ocurría. A esas alturas, hacía falta vivir en alguna burbuja para no estar enterado de las arañas. E incluso si uno era escéptico (Teddie pensaba en sí misma como una de esas personas, podía imaginarse como la clase de mujer que oiría hablar de arañas enfurecidas comiéndose a la gente y no creerlo hasta verlo con sus propios ojos), no era posible estar en Los Ángeles y no entender que estaba pasando algo muy serio. Sin embargo, cada pocos minutos había nuevos videos de gente que interpretaba esto como una oportunidad para hacerse un poquito famosa, cuando, en opinión de Teddie, debía interpretarlo como una oportunidad de salirse inmediatamente de allí. En serio. Le parecía asombroso que muchos pobladores de Los Ángeles pensaran, por lo visto, que la respuesta apropiada a una declarada catástrofe fuera documentarla.

En ese momento, en Los Ángeles eran las 7:00 p.m., hora del este. Habían pasado más de tres horas desde que el buque encallara y se desatara el infierno en la ciudad, y la presidenta Pilgrim estaba lista para otro discurso presidencial, el primero desde que ordenara varar los aviones. Los presentadores estaban dando paso a la transmisión en vivo. Era algo serio. Cuando canceló los vuelos, la presidenta caminó por la alfombra roja del Cross Hall y habló desde la entrada a la Sala Este, pero ahora estaba sentada en su escritorio de la Oficina Oval.

—Los Estados Unidos —dijo— están siendo atacados.

Teddie se inclinó hacia su monitor, pero se dio cuenta de que no hacía falta; nunca había habido tanto silencio en la CNN. Por lo que podía notar, en todo el edificio no había más ruido que el proveniente de los monitores y de las pantallas de las computadoras que transmitían la imagen y la voz de la presidenta, a mil kilómetros de distancia.

La Casa Blanca

—Los Estados Unidos están siendo atacados.

Manny, parado atrás del camarógrafo, experimentó esa ligera desconexión entre ver a la presidenta hablando al mismo tiempo en una pantalla y en la vida real. Ella esperó unos momentos para que las palabras se asimilaran. *Los Estados Unidos están siendo atacados.* Había estado dándole vueltas a la frase. Había tan poca claridad. Guerra y terremotos, huracanes, derrumbes, ataques terroristas y accidentes industriales. Todo eso eran cosas que Manny sabía tratar. Ya tenía palabras para ellas. El público estadunidense las entendía. Pero esto era diferente. Esto sí era evidente. Y eso los había llevado, finalmente, a la decisión de ser lo más claros posible. En la sala, algunos habían expresado la preocupación de difundir el pánico, pero tras unos minutos de debate todos se dieron cuenta de que hacía mucho que había pasado el momento de preocuparse por eso. El pánico ya estaba allí.

—No uso estas palabras a la ligera —dijo Stephanie a la cámara—. Para este momento, la mayoría de ustedes habrá visto las imágenes horripilantes de Los Ángeles. Aunque puede ser difícil de comprender en una era de tecnología y terrorismo, la amenaza que enfrentamos parece ser natural. Hace poco más de tres horas, aproximadamente a las 3:45 p.m., hora del este, un buque de carga encalló en el puerto de Los Ángeles. El buque contenía una especie de arañas muy agresiva y peligrosa. No sabemos con certeza cómo llegaron las arañas al buque, pero creemos que deben haber estado entre el cargamento, quizás incubándose dentro de un contenedor. Al menos algunos contenedores venían de la misma provincia de China donde ocurrió la explosión nuclear esta semana. El gobierno chino sigue declarando que el incidente nuclear fue un accidente, pero a partir de nuestros informes de inteligencia, creemos que fue una decisión deliberada del gobierno, en un intento de contener un estallido de estas mismas arañas. Aun cuando no podemos confirmar con precisión al cien por ciento de que sean las mismas, creemos que es razonable concluir que la amenaza de Los Ángeles está relacionada con el incidente en China y con los informes de que la ciudad de Delhi está siendo avasallada. El gobierno indio ha sido mucho más servicial, a pesar de su propia crisis, y nos ha dado información, así que esperamos tener una confirmación en las siguientes veinticuatro horas.

"Como su presidenta, digo esto con gran tribulación: nuestro país está bajo una amenaza real e inmediata —Stephanie hizo una pausa. Manny pensó que aunque su porte era presidencial, al mismo tiempo se veía exhausta, con el peso del mundo sobre sus hombros. Y sabía por qué hacía una pausa: lo que iba a decir enseguida había sido una decisión brutal—: si están en la zona de Los Ángeles o sus alrededores, deben refugiarse allí. Por la emergencia, he dado la orden de poner en cuarentena a todos los que se encuentren en un radio de cuatrocientos kilómetros de Los Ángeles. Eso significa que si usted vive a menos de cuatrocientos kilómetros de Los Ángeles, está obligado a permanecer en esa área. La Guardia Nacional, la policía local y estatal, con ayuda del ejército, la armada, los marines y la fuerza aérea, harán cumplir esta cuarentena. Una vez más, si usted vive en Los Ángeles o en un radio de cuatrocientos kilómetros de ahí (hacia el sur, hasta la frontera con

México; al este, hasta la frontera del estado; y al norte, hasta pasar Fresno), usted tiene la orden de permanecer en cuarentena. A ningún vehículo o ciudadano se le permitirá pasar más allá de esa área. Lo digo profundamente angustiada, pero con una esperanza para el futuro: quienes están dentro de esa zona saben que no están solos. El país está con ustedes.

Manny no pudo evitar hacer una mueca. Él había escrito el discurso, pero odiaba esas dos oraciones. Las odiaba porque sabía que no eran ciertas. Quizás en los próximos días conseguirían entender lo que estaba ocurriendo y les mandarían soldados, policías y socorristas, pero en ese momento lo único que estaban haciendo era intentar contenerlo. Estaban apresurándose a enviar fumigadores aéreos y aviones contra incendios a rociar insecticida sobre la ciudad, pero eso iba a tomar al menos algunas horas y, de todas formas, no tenían idea de si iba a funcionar. La amarga verdad era que la gente de esa zona sí se encontraba sola. El país no estaba con ella en ningún sentido que no fuera el de ser espectadores. La Guardia Nacional y la policía, el ejército y la armada, los marines y la fuerza aérea no estaban alineados apuntando las armas hacia fuera para protegerlos de algún ejército invasor, sino hacia dentro. Así como odiaba esas dos oraciones, Manny estaba menos contento con lo que vendría después. A regañadientes coincidió con la consejera de Seguridad Nacional y el secretario de Defensa y prácticamente con todos los que decían que había que hacerlo, y aun así pensaba que iba a ser un asunto difícil de superar en las encuestas.

—Los canales de noticias e internet están llenos de especulaciones estos últimos días, y lo cierto es que los datos concretos sobre la situación no son del todo claros —Stephanie se inclinó hacia la cámara y Manny, a pesar de sí mismo, y de saber qué palabras estaban a punto de salir de la boca de ella, se descubrió respondiendo de la misma manera, inclinándose hacia Steph—. Lo que, sin embargo, sé con toda certeza es que hay estadunidenses muriendo, y mi trabajo es proteger a este país —hizo una pausa para respirar. Aquí viene, pensó Manny. Le daba náuseas. Sabía que no era lo que debía pensarse en un momento así, pero era un animal político y no podía controlarlo. Lo único que podía suponer era que con la siguiente oración iba a perder las elecciones—: estoy decretando la ley marcial sobre los estados de California, Oregón, Arizona y Nevada.

Había más: toques de queda, llamados a la calma, un estricto recordatorio de quedarse en casa con las ventanas y las puertas cerradas, tratar de sellar cualquier entrada posible. Ahí, por encima de las circunstancias, estaba Stephanie con su porte presidencial, autoritario. Manny estaba orgulloso del discurso que había escrito, sobre todo tomando en cuenta el poco tiempo que había tenido para hacerlo, pero era Stephanie quien lo vendía. Ella hizo lo que se espera que haga el presidente, que es ver a la cámara, mirar a los ojos del pueblo estadunidense y decir: *Tenemos esto bajo control.*

Pero Manny sabía que ella no creía eso. No más que él.

Soot Lake, Minnesota

Eran las doce y cuarto de la noche y aún había tráfico en la 6. Había imaginado que habría coches y camiones las dos horas de camino de Minneapolis a Crosby por la 169, pero habían pasado Crosby hacía veinticinco minutos y el tráfico era constante. Eso preocupó a Mike. Pensó que estaba siendo demasiado cauteloso, hasta un poco loco, por hacer que Rich y Fanny empacaran y fueran con Annie a la cabaña de Rich, pero le asustaba que tantas otras personas hubieran tenido la misma idea, que no fuera él la única persona que quisiera sacar a su familia de Minneapolis. Había peleado más de veinte minutos con Fanny hasta que finalmente Rich dejó de mantenerse al margen y dijo que creía que Mike tenía razón. Eso hizo que el esposo de su exmujer le cayera todavía mejor que antes, aunque a regañadientes.

—Tengo vacaciones —dijo Rich—, y estaré unas semanas sin ningún caso.

Fanny empezó a protestar de nuevo, pero Rich sacudió la cabeza.

—A lo mejor se equivoca, amor, pero ¿y si tiene razón y las cosas empeoran? Y tampoco es que vayamos a sufrir mucho por pasar una o dos semanas en la cabaña —concluyó encogiéndose de hombros.

Mike estaba en su casa, ya un poco angustiado, cuando la presidenta declaró la ley marcial en el oeste. Y luego, cinco minutos más tarde, aunque se suponía que tendría libre el día siguiente, recibió el correo electrónico que le informaba que estaba en servicio, que todo mundo estaba en servicio, a partir del momento en que leyeran el mensaje y hasta nuevo aviso. No lo había abierto: bastaba con leer la línea de asunto. Además, si lo hacía quedaría un registro de que lo había leído. Mejor arrojó su teléfono de la agencia en el mostrador (podría alegar que no había visto el correo hasta la mañana siguiente), sacó su teléfono personal, cargó su camioneta con toda la comida deshidratada y enlatada que tenía, aparte de otros objetos, y se encaminó a casa de Fanny y Rich. Para cuando Rich aceptó la idea y habían cargado la Land Cruiser de Rich y enganchado la lancha, Annie ya se había dormido. Ni siquiera despertó por completo cuando Mike la llevó a su camioneta (había dejado el coche de la agencia en casa junto con el teléfono, otra medida para poder negar que había leído el correo) y agradeció que no preguntara por qué estaban saliendo de la ciudad a media semana, ya muy noche, y por qué estaba en el auto de él y no con su mamá y Rich.

Las luces del freno en el remolque de la lancha brillaron y enseguida se encendió la direccional. Rich había dicho que la estación de BP en Outing era el último lugar para cargar gasolina antes de llegar a su cabaña. Mike cambió de estación la radio. De todas formas no había nada nuevo, pero lo que había era suficiente. Delhi, Los Ángeles, Helsinki y Río de Janeiro con toda seguridad. Había sospechas de que Corea del Norte, pero ¿quién carajos sabía lo que pasaba allá? Más informes no confirmados de áreas rurales por todas partes. Escocia, Egipto, Sudáfrica. Pero a Mike no le importaba si estaban confirmadas o no: había visto a esa maldita araña salir a rastras de la cara de Henderson y la había llevado a un laboratorio universitario para encontrarse a la presidenta de Estados Unidos esperándolo, y al aterrizar de regreso en casa se topó con un país cerrado por emergencia. Ya antes de Los Ángeles y del discurso de la presidenta se sentía inquieto.

Rich salió de la carretera para entrar a la gasolinera y Mike llevó su camioneta a la bomba al otro lado de la Land Cruiser de Rich. Trató de cerrar la puerta del conductor con delicadeza para que Annie siguiera durmiendo, pero ella no se movió siquiera.

Cuando Fanny fue a comprar café para los tres, Rich dijo:

—¿Estás seguro de esto, Mike?

Su tono no era retador.

Si alguna vez había habido entre ellos un concurso para ver quién era el más fuerte, para Rich todo había terminado en el momento en que él se había casado con Fanny. Para Mike había sido más difícil olvidar el resentimiento. A Mike le gustaba creer que él era más grande, pero no era cierto. Todavía de vez en cuando jodía a Rich, pero ahora no era el momento y lo sabía. Hablaba bien de Rich que fuera la clase de hombre que toma esa actitud, que cuando el exesposo de su mujer se aparece en su casa, en la noche, a deshoras para decirles que hay que irse a las montañas, estaba dispuesto a dejarse influir y a ponerse de su lado contra Fanny.

—No, Rich. Para ser honesto, no estoy seguro. Pero prefiero equivocarme por hacerlo que por ignorarlo.

Rich asintió con la cabeza, y fuera de un apagado *gracias* cuando Fanny regresó con los cafés, ninguno de los hombres dijo una palabra más. Mike regresó a su camioneta y dio un sorbo mientras esperaba que Rich también llenara el tanque de su lancha de motor y luego los dos bidones que Mike le había hecho llevar.

Desde la gasolinera fueron otros veinticinco minutos de carreteras secundarias y serpenteos hasta pasada la una de la mañana, cuando llegó el momento de tirar la lancha al agua. Cuando ya estaba colmada con todo, Mike regresó a la camioneta. Pensó en nada más cargar a Annie y llevarla a la lancha, pero mejor la sacudió suavemente para despertarla.

—Escucha, Annie —dijo—. ¿Estás despierta? —ella asintió con la cabeza, y aunque Mike no estaba seguro de que de verdad lo estuviera, tenía que confiar en que lo recordaría—. Quédate aquí un poquito. Quédate con tu mamá y con Rich. Yo luego vendré contigo. No te preocupes por mí, yo volveré.

—¿Me lo prometes?

Annie habló con una voz queda y llena de sueño, y eso casi lo devastó. Dos años antes, cuando mataron a un agente en cumplimiento de su deber y Annie se enteró, lo hizo prometerle que usaría el chaleco antibalas cada vez que saliera a trabajar, pero eso no parecía difícil de hacer. Sin embargo, por alguna razón, esta petición lo hizo vacilar. ¿De verdad podía prometer que regresaría? En realidad no entendía qué estaba pasando, y le aterraba. Pero notó cómo lo miraba Annie y se dio cuenta de que nada de eso importaba: lo principal era hacerla sentir segura.

—Te lo prometo, hermosura. Te prometo que regresaré contigo, que regresaré por ti. Regresaré por ti, ¿okey?

Annie asintió con la cabeza otra vez, y luego él caminó con ella hacia la lancha.

Era todo lo que podía hacer antes de despedirse.

—¿Algo más? —dijo Rich.

—Sí, de hecho —Mike levantó una maleta de lona—. Mi pistola de refuerzo está allí dentro.

—Por Dios santo, Mike, ¿crees que de verdad es necesario?

—Espero que no.

—Ni siquiera sé disparar una pistola.

—Fanny sí. Yo le enseñé. La pistola es para ella. Es una Glock 27, es pequeña. Allí hay dos cajas de balas y un cargador de más —dijo—. También hay una escopeta, ésa es para ti. Salgan mañana. Que Fanny te enseñe a cargarla, y haz un par de disparos para que te familiarices.

—Mike...

—Rich —Mike se le acercó y habló en voz baja—. Hay cuarentena en el oeste. Ley marcial. Yo vi uno de esos bichos de mierda salir de la cara de Henderson. Mi hija está contigo. ¿Entiendes lo que te estoy pidiendo?

En lugar de responder, Rich volteó a ver la lancha. Annie estaba recargada en su madre. La luz de los faros de la camioneta proyectaba sombras raras, pero los dos hombres podían ver claramente a Fanny y Annie.

—Sí, sí entiendo, Mike.

—Es una Mossberg 500, calibre 12. Allí hay cuatro cajas de munición. Aprende a usarla. Ésta elimina cualquier cosa que esté frente a ti, como si la rociaras con una manguera. La carga se expande. Esa munición no sirve para una mierda a larga distancia, pero para defensa personal lo hace bastante bien. Tú sólo apunta y dispara.

Mike le entregó la maleta de lona. Los dos hombres se estrecharon la mano.

Mike se dio la vuelta para caminar a su camioneta, cuando oyó que Annie lo llamaba. Regresó con ellos.

—¿Por qué no vienes con nosotros, papi?

—Tengo que trabajar, nena, ¿okey? —se inclinó sobre el barandal de la lancha; Annie se levantó y fue hacia él. Ella se recargó en su pecho y le puso la nariz en el cuello—. No te preocupes. Tu mamá y Rich te van a cuidar.

—No me preocupo por mí —dijo.

La estrechó más fuerte.

—Voy a estar bien, hermosura. Voy a estar bien. Y muy pronto vendré por ti. Te lo prometo.

Universidad Americana, Washington, D.C.

Melanie se inclinó hacia adelante para atraparlo, pero sus dedos apenas rozaron el vidrio. No había nada que pudiera hacer, salvo verlo caer.

Eran casi las dos de la mañana y estaban cansados. Todos estaban cansadísimos.

Habían logrado meter a la araña en el envase sin peligro, pero Patrick lo dejó cerca de la orilla y luego Bark golpeó la mesa con la cadera. El frasco se tambaleó. Por unos instantes pareció que no había pasado nada. Melanie habría querido que ese momento regresara. Pero sí pasó algo, y el frasco se inclinó cayéndose, y la piel de Melanie apenas si tocó el vidrio antes de que girara, cayera y se estrellara contra el suelo. El ruido del vidrio haciéndose añicos los despertó. Los cuatro se pusieron a buscar a ciegas la araña, dando de gritos, para tratar de atraparla. El bicho escaló, extraño y veloz, por la pata de la mesa, cruzó la bata de laboratorio de Julie, alcanzó la camisa de Bark y entonces...

Una fina rajadura en la piel de Bark. Salió un poco de sangre y la araña desapareció. Dentro de él.

Habían escogido a esa araña entre todas las demás porque Julie observó que tenía unas manchas un poco diferentes que las demás. Habían preparado y les habían hecho la disección a tres que eran idénticas, además de siete que se habían muerto, y también ésas parecían ser iguales. La única diferencia con las siete muertas (sin razón aparente) era que éstas estaban casi secas, como si se hubieran consumido. Para Melanie no tenía mucho sentido. Nada de eso lo tenía.

Habían empezado a alimentar a las arañas normalmente. A todas las arañas del laboratorio las alimentaban en horarios estrictos, con grillos, gusanos de la harina y otros insectos, pero éstas no parecían interesadas en los insectos. Desde el principio habían buscado sangre. Era terrible y fascinante. La manera como pulverizaban a una rata y desprendían la piel del hueso era asombrosa. Parecía un video en *time-lapse* en el que algo hubiera salido horriblemente mal. Habían supuesto que las necesidades alimentarias de estas arañas corresponderían a las que ya conocían, pero se habían equivocado. Estas arañas eran voraces e impacientes.

Cuando reventaron la ooteca, se atacaron unas a otras y se comieron a varias de sus parientes en el frenesí de la eclosión, pero rápidamente prestaron atención a las ratas. Luego, el día anterior habían vuelto a contar y notaron que, incluyendo las muertas, les faltaban tres arañas. Tras unos minutos de pánico, Julie sugirió rebobinar el video, y encontraron escenas de las arañas del depósito atacándose y comiéndose unas a otras. A las arañas que morían solas, las secas y consumidas, las dejaban en paz, pero cuando era hora de alimentarse, todas las arañas vivas parecían blancos legítimos. Entonces, en lugar de soltarles una sola rata, Melanie decidió echar varias al mismo tiempo y ver qué pasaba. Las arañas parecían contentas. El ruido era repugnante, pero en poco tiempo había nuevas pilas de huesos.

Y una rata intacta.

La rata sobreviviente estaba aplastada contra el vidrio, acurrucada en el rincón del insectario, aterrada. Normalmente Melanie no les atribuía a las ratas una vida emocional. No podía darse ese lujo. Eran útiles para hacer pruebas o, como en ese momento, para alimentar, y no quería tener una crisis moral cada vez que se pusiera a trabajar. Sin embargo, no había otra manera de describirlo. La rata se veía asustada. Chillaba, temblaba y se aplastaba contra el vidrio para alejarse lo más posible de las arañas. Éstas, por su parte, no le hacían ningún caso. Eso le pareció extraño a Melanie. A las otras ratas las habían olido fehacientemente. Mientras se alimentaban, se asemejaban a un indisciplinado combate de lucha libre arácnida. Pero con esta rata parecía como si fuera casi invisible para ellas.

—Julie —preguntó Melanie—, ¿cuántas ratas hemos echado?

—¿Hoy?

—No, en total. ¿Qué número es ésta?

Julie busco en su tableta entre sus notas.

—Nueve. No, diez. Contando la primera, y luego las que acabamos de echar, les hemos dado diez ratas.

Patrick tocó suavemente el vidrio al otro lado del cuerpo de la rata.

—¿Crees que estas arañas están contando o algo?

—O algo —dijo Melanie—. ¿Por qué a ésta la dejan en paz?

—No la dejaron en paz —dijo Bark—. No exactamente.

Melanie lo miró. Él casi habría recobrado la compostura desde que terminaron, pero no había hablado mucho que digamos.

—¿A qué te refieres?

—Tiene una cortada en la panza —Bark apuntó sobre el vidrio.

—Esperen —dijo Patrick—, nos falta otra araña.

—¿Qué diablos? —Melanie jaló su cola de caballo y se quitó la liga. El cabello se le sentía grasoso. No podía recordar si se lo había siquiera cepillado después de su último baño—. Julie, regresa el video al momento en que soltamos las últimas ratas.

Lo vieron en la pantalla de Julie y luego lo observaron de nuevo, más despacio. Lo que antes había parecido casi instantáneo, era aterrador con la cantidad de imágenes por segundo reducidas a una décima parte de lo normal: las arañas ya estaban brincando antes de que la trampilla se abriera por completo. Recibieron los cuerpos de las ratas cuando todavía estaban suspendidos en el aire. Las arañas ya estaban comiendo antes de que las ratas cayeran al suelo del insectario. Salvo por esa rata y una araña. Fue demasiado rápido, y había tal caos con las otras arañas alimentándose que Melanie entendió por qué no lo habían visto. Las arañas se habían amontonado sobre las otras ratas, pero sólo una había ido hacia la sobreviviente. Pero esa araña no había comido. ¿Había... desaparecido? No. El cuerpo de la rata obstruía el ángulo de la cámara, pero casi podían distinguirlo. La araña embistió hacia delante, se estremeció o algo así y luego ya no estaba. Había desaparecido dentro del cuerpo de la rata.

—Regresen la toma otra vez. Déjenme ver un cuadro claro de la araña antes de que se meta en la rata.

Julie encontró el cuadro, lo congeló y luego Melanie hizo un acercamiento en la pantalla.

—Miren esa mancha en el abdomen —dijo Melanie—. ¿Significará algo?

Pasaron varios minutos viendo a las otras arañas moverse en el insectario antes de que Bark ubicara a otra con las mismas manchas.

Fueron cuidadosos. Aislaron a la araña de las manchas. Siguieron todos los protocolos. ¿Pero olvidaron algo tan simple como poner un envase alejado de la orilla de la mesa?

Siempre había errores humanos.

Tarde o temprano, pero siempre.

Y ahora la araña ya no estaba. Estrépito de vidrios rotos, gritos, sangre. Se fue.

Para perderse en algún lugar del cuerpo de Bark.

Julie anotó la hora: 1:58 a.m.

Autopista 10, California

Kim pensó que a veces estar en el cuerpo de marines sólo significaba estar sola en el viaje. Primero los habían mandado a Desperation, la ciudad más mierda de este lado de... bueno, de donde fuera, a construir lo que parecía un campo de concentración y, de repente, minutos antes del discurso de la presidenta, los hicieron apartarse de la brigada en desbandada. Toda la compañía, casi ciento cincuenta marines, dejando atrás a otros cinco mil, se subieron a los nuevos Joint Light Tactical Vehicles (JLTV) y viejas Hummer aún con huellas de arena. Habían oído la orden de cuarentena por la radio mientras iban por la carretera y estaban como a quince kilómetros de la autopista. Cuando llegaron a ésta, ya había dos tanques (¡tanques!) M1 Abrams bloqueando el tráfico. Nadie podía salir o entrar.

El capitán ordenó que se desplegaran: los dos tanques en la carretera, y los JLTV y Hummers del acotamiento a la maleza, hasta que abarcaron casi cien metros de cada lado, suficientes para desalentar a los conductores que quisieran hacerse los listos e intentaran burlar el bloqueo, porque no cabía duda de que alguien lo intentaría. Los civiles se estaban impacientando. Ya pasaban de las dos de la mañana. Kim supuso que, para entonces, el tráfico que se acumulaba y acumulaba por horas y horas, ya llegaría hasta Los Ángeles, con cuarentena o sin cuarentena. Incluso cuando estaban en Desperation, juntando alambradas y arriesgando el pellejo, ya se hablaba de lo que estaba pasando en Los Ángeles. Al principio, parecía como si las cosas estuvieran restringidas a un barrio, y daba la impresión de que había cundido el pánico por nada, pura gente espantándose con la idea de espantarse. En video no había gran cosa: imágenes temblorosas con muchos gritos. Pero de repente todas las noticias —en internet, televisión o radio— eran sobre arañas, arañas y arañas. Arañas irrumpiendo por toda la ciudad, arañas comiéndose a algunas personas y dejando a otras, arañas que bajaban del cielo flotando y caían en los tejados, arañas que salían por las tuberías o que se escurrían por debajo de las puertas. El soldado raso Goons decía que un primo le había dicho que todo Los Ángeles estaba en llamas. Nadie más sabía si era cierto. Y regresaban a los marines de Desperation a la autopista. Kim estaba haciéndoles frente a ciudadanos estadunidenses con una ametralladora calibre .50. La escuadra de Kim había descargado uno de los nuevos JLTV. Todos estaban hasta el final de la orilla más alejada del lado izquierdo, entre maleza, matorrales y tierra. Al principio pensó que era tonto. Si había tanques en la carretera, ¿quién iba a intentar pasarlos? ¿De verdad tenían que estar tan lejos del camino? Pero al caer la noche, Kim empezó a suponer que quizás un par de tanques y algunos Hummers y JLTV no serían suficientes si toda esa gente decidía desobedecer la cuarentena de la presidenta. Las torres de reflectores portátiles proyectaban un resplandor blanco como a doscientos metros, pero después de eso, desde su posición elevada encima del JLTV en el extremo del bloqueo, Kim alcanzaba a ver faros de coches hasta lo que parecía el infinito. Habían recibido avisos por el radio y el capitán envió a un par de hombres tres kilómetros más adelante para asegurarse de que los automovilistas supieran que la carretera estaba bloqueada, animarlos a dar la media vuelta y regresar a sus casas, pero había resultado un absoluto desastre: con el embotellamiento por los bloqueos, la gente había empezado a manejar en sentido contrario por la autopista, así que ahora había embotellamientos de los dos lados, y nadie podía avanzar ni regresarse. La única manera de salir era rebasando los tanques, las Hummers y los JLTV, a Kim y su ametralladora, pero ellos tenían órdenes de no dejar pasar a nadie. Aquello no pintaba bien.

Algún bruto en un BMW Roadster negro que estaba como a tres vehículos del principio de la fila, se bajó del coche y fue a discutir con el capitán Diggs por quinta o sexta vez, y Kim no pudo contener una sonrisa cuando vio cómo arrastraban al hombre por la fuerza de regreso a su coche. Ella evitaba tocar la ametralladora. Le había metido un viejo casquillo en el gatillo de mariposa como seguro improvisado. La Browning M2 lanzaba quinientas balas por minuto, y una cosa era perforar accidentalmente a alguien en una zona de guerra en el extranjero, y otra disparar accidentalmente a un civil.

—¿Quieres un chicle? —Elroy levantó la mano desde el camión. Kim se estiró para tomar uno.

—¿Qué hay de nuevo? —le preguntó.

Elroy asomó la cabeza y le mostró su teléfono.

—No había señal, y luego se le acabó la batería, así que ninguna noticia. Sólo lo que oyes por la radio.

A diez metros de donde estaba su vehículo táctico, en la parte más alejada del bloqueo, Kim alcanzaba a ver la Hummer de Sue. Las Hummer no estaban en buenas condiciones (habían tenido mucho uso en el desierto y el ejército se estaba tomando su tiempo antes de retirarlas del servicio), pero en el sur de California Kim no estaba preocupada por los artefactos explosivos.

—Sue —le gritó—, ¿ustedes saben algo?

Antes de que Sue pudiera responder, Kim oyó la llamada en el radio.

—Camioneta blanca saliendo de la contención. Líder de escuadra soldado de primera clase Bock, de su lado. Cambio.

—Entendido —dijo Kim.

Como a cuatrocientos o quinientos metros por la fila, en el filo de lo que los reflectores portátiles alcanzaban a iluminar, vio una camioneta blanca que sigilosamente se había salido de la fila y se estaba desviando de la autopista hacia la tierra. Muchos estaban haciendo eso, sobre todo camiones y camionetas, para tantear el terreno, tratar de ver el por qué del embotellamiento, y luego regresaban a su lugar en cuanto se daban cuenta de que no iban a llegar a ningún lado. Algunas personas todavía tenían el coche encendido y de repente Kim alcanzaba a oír música a la distancia, pero la mayoría había apagado sus coches hacía horas, y eso estaba bien. Lo último que necesitaban eran coches que se quedaran sin gasolina, aparte de todo. Parecía que casi todos se habían resignado a esperar. Unas horas antes, algunos habían salido de sus coches para estirarse, sentarse en los cofres y alguno para lanzar un frisbee, pero en ese momento, a las dos de la mañana, todo estaba quieto. La gente dormía en sus coches con los asientos reclinados, como una pijamada en la autopista. Pero el conductor de la camioneta blanca no dormía ni pensaba regresar a la fila. Se había abierto unos cincuenta o sesenta metros y se movía rápidamente hacia ellos.

—Líder de escuadra, si el vehículo intenta pasar la brigada, ataque.

Apretó el botón de su radio.

—¿Señor? Es un civil.

Hubo un silencio.

—Líder de escuadra, haga unos disparos de advertencia frente al vehículo.

—¿Ahora?

—Afirmativo.

Kim respiró hondo y siguió el rastro de la camioneta. Se estaba moviendo, levantando polvo y avanzando en diagonal. Si continuaba, sin lugar a dudas iba a rebasarla. Estaba ahora como a ciento cincuenta metros de ella. La siguió como diez metros por la mira para ir a la segura, sacó el casquillo del gatillo de mariposa y soltó una ráfaga de cinco disparos. Había transcurrido mucho tiempo desde su capacitación con la Browning y se le había olvidado lo ruidosa que era. El fogonazo en la boca del arma se vio como el sol, y uno de los disparos fue una bala trazadora, pero ni la luz ni el ruido parecieron importar. La camioneta no se detuvo. Ni siquiera disminuyó la velocidad.

Kim vaciló.

—Líder de escuadra.

Tenía los dedos en el gatillo.

—Bock, elimínela.

Esta vez Kim no siguió a la camioneta por la mira. Apuntó directamente al bloque del motor y jaló el gatillo.

Desperation, California

El reconocimiento facial preciso (reconocer en una multitud a una persona que se está moviendo) era algo que sólo se veía en películas y televisión, pero detectar el ruido de un disparo ya se había resuelto años atrás. Cuando la soldado de primera clase Kim Bock jaló el gatillo de su Browning M2, los sensores de ruido sobre el nivel del suelo afuera de la casa de Shotgun mandaron un aviso a la tableta que tenía en el buró. Sólo un silbidito. Ni siquiera perturbó a Fred, del otro lado de la cama, pero bastó para despertar a Shotgun. Se puso una camiseta y jeans y salió a la cocina. Gordo estaba sentado a la mesa, con una sola luz encendida.

—¿No podías dormir?

Gordo levantó la mirada de su computadora.

—No. Esto va mal, Shotgun, muy mal.

—Así es— Shotgun asintió con la cabeza.

Gordo hizo una pausa, meditó algo un momento y se encogió de hombros.

—Debo decir que me alegra que hayamos hecho esto. Que Amy y yo nos hayamos venido para acá. Creo que tendremos que sobrellevar esto un buen rato.

—Hubo disparos allá afuera.

Gordo se enderezó.

—¿Qué?, ¿de verdad?

—Algo grave. El ejército.

—¿Por eso te despertaste?

—Ajá —dijo Shotgun, pero luego agitó la cabeza—. Sí, pero no sólo eso. Voy a revisar todo otra vez. Aquí abajo estamos bien. Al menos, mientras no nos dé directamente un arma antibúnker, pero ya sabes.

Gordo sabía. Juntos verificaron dos veces las puertas a prueba de explosiones y que todo estuviera apagado y cerrado herméticamente. Desde afuera, nadie que pasara por ahí (ni ningún miembro del ejército que pensara en tratar de obligar a los civiles a desalojar) se daría cuenta de que había todo un búnker abajo de la casa de Shotgun.

Estaban sanos y salvos bajo tierra. Podían esperar un rato antes de tener que asomar la cabeza de nuevo.

La Casa Blanca

Manny estaba desplomado en una silla. Había un punto en el que la Diet Coke ya no podía hacerle nada, y no quería reconocer que ya había llegado a ese punto. Habían sido días difíciles. Había pensado que lo peor serían las consecuencias de las cancelaciones de todos los vuelos, pero las cosas pasaron de mal a peor abruptamente.

Por unos minutos, justo después del discurso de Steph de la noche anterior, pensó que todo iba a estar bien. Los indios informaron que las arañas parecían estar muriéndose. Sin ningún motivo: muriéndose y ya. Había arañas muertas por todo Delhi. Pilas y pilas. Cientos de miles, millones de arañas muertas, como olas batiendo contra la orilla y congeladas en el acto. Había visto una película tomada desde un helicóptero: el viento de los rotores revolvía las pilas y los cadáveres de araña se dispersaban en la brisa. Por un momento, Manny se permitió creer que iba a ser así de simple. Las arañas morirían igual que las cigarras. Melanie había mencionado a las cigarras periódicas como una posible comparación, y Manny esperaba que tuviera razón. Alrededor de Washington, D.C., las cigarras de las generaciones II y X eclosionaban en ciclos de diecisiete años. Habían salido a la superficie por última vez en 2013 y 2004, respectivamente. Quizá las arañas harían lo suyo por algunas semanas y luego se esfumarían como las cigarras, dejando atrás sólo sus cáscaras.

Pero no era tan fácil. Las arañas de Delhi podían estarse muriendo, pero ahora tenía las arañas de Los Ángeles para preocuparse, y luego, rápidamente, informes de Helsinki, Río de Janeiro, Líbano, Sudáfrica y Rusia. Ya nada tenía sentido. Amanecía en Washington, D.C., y el mundo entero se estaba desmoronando. ¿Qué debía hacer? Trataban el asunto como pandemia de influenza. Eso por lo menos lo habría entendido, pero ¿arañas?

Lo que necesitaba era una siesta. Cinco minutos. Sólo quería cinco minutos para cerrar los ojos, dejar que el barullo de la sala se dispersara. Sólo cinco minutos para darle al botón de reinicio. Cinco minutos de sueño.

Tenía treinta segundos.

China.

Con un carajo.

China.

Todos se quedaron quietos viendo los globos de luz en las imágenes de satélite. Una sala llena de coroneles y generales. Dos, tres, cuatro estrellas. El secretario de Defensa, la consejera de Seguridad Nacional, el director del Departamento de Seguridad Nacional. La maldita presidenta. Treinta o cuarenta asesores y asistentes, y todos, hasta Manny, miraban fijamente en la pantalla lo que parecía un campo de flores hermosas abriéndose en China occidental. Una línea de explosiones nucleares encadenándose de Mongolia a Nepal. No había sonidos humanos en la sala, sólo los constantes chirridos y pitidos y timbrazos de correos electrónicos, mensajes de texto y llamadas telefónicas.

—¿Qué demonios...?

Manny no supo quién había atravesado la barrera del lenguaje, pero eso desató un torrente de gritos. En primer lugar, negación. No, eso no podían ser bombas nucleares. En segundo lugar, confirmación: bombas nucleares. Los chinos acababan de arrasar deliberadamente con un tercio de su país. En tercer lugar: silencio, otra vez. El silencio llegó despacio, y luego, de repente, toda la sala volteó a ver a Stephanie, la presidenta de Estados Unidos.

Nadie tuvo que plantear la pregunta: estaba en el aire, en todas partes. ¿Qué demonios vamos a hacer?

No era buen momento para que el teléfono celular de Manny zumbara, pero mientras Steph empezaba a gritar órdenes (miembros del gabinete, a la sala de conferencias; ejército, en alerta total) y la sala volvía al ruido y al caos, Manny vio disimuladamente la pantalla y estaba ahí el nombre de Melanie.

Se pegó con fuerza el teléfono contra la oreja y se tapó la boca con la mano ahuecada.

—Ahora estoy un poco ocupado.

—Manny —le dijo—, no entiendes. Es peor de lo que pensaba.

Manny se frotó los ojos. Quería creer que no había oído bien. ¿Peor? ¿Cómo podría ser peor? China iba a estar fosforescente los siguientes mil años, Los Ángeles era zona de guerra, ¿y su exesposa le decía por teléfono que era peor que eso? Se puso de pie y le hizo gestos a un asistente para que recogiera sus cosas y él pudiera seguir a Steph.

—De acuerdo.

—¿De acuerdo?

—Dímelo y ya, ¿okey, Melanie? No creo que entiendas lo difícil que es para mí hablar en este momento. Ya me dijiste que estas arañas están diseñadas para alimentarse. ¿Qué puede ser peor que eso?

Alcanzó a echar un rápido vistazo a una pantalla que empezaba a transmitir en vivo desde el satélite. Estaba llena de estática, pero se había alejado para mostrar la mayor parte del territorio chino: incluso de lejos, el polvo, tierra, humo o lo que fuera que las explosiones nucleares habían dejado era aterrador.

—Okey, no me cuelgues. Su ritmo no tiene ningún sentido,

¿cierto?, salen y ya están completamente desarrolladas, y comen como saltamontes. Está acelerado.

—¿Qué está acelerado?

—Todo. Son como cohetes. Se alimentan hasta acabar con ellas mismas. Eso es lo que está pasando en Delhi, y pronto pasará en Los Ángeles.

Manny se animó. Tenía razón.

—¿Entonces me estás diciendo que se van a morir y ya? ¿En cuánto tiempo?

—No, no entiendes. Estaba equivocada. Cuando dije que sólo estaban diseñadas para alimentarse no era cierto. Son colonizadoras.

—¿Qué quieres decir?

—Que algunas de ellas se alimentan, pero otras ponen huevos, y ésas también están aceleradas. Van a eclosionar rápidamente.

—¿Cómo sabes?

—Porque estoy viendo un nuevo saco de huevos. Estoy absolutamente segura de que esta cosa no tiene más de unas cuantas horas, pero no lo aparenta. Parece que va a eclosionar muy pronto.

—¿Qué? ¿Dónde estás?

—En los Institutos Nacionales de la Salud, en Bethesda.

Manny salió al pasillo, siguiendo el ajetreo de trajes y uniformes. Vio a Steph tomando del brazo a Ben Broussard y hablando con él mientras caminaban.

—¿Qué haces ahí?

—Me diste carta blanca. Y necesitábamos un cirujano y un hospital con una unidad de biocontención. Sólo hay cuatro lugares en todo el país que las tengan. Las otras tres están en el hospital de la Universidad Emory, en Atlanta; el Centro Médico de la Universidad de Nebraska y el Hospital St. Patrick en Missoula, Montana. Entonces la elección obvia era Bethesda, Maryland.

—¿Por qué no me llamaste? —preguntó Manny—. No,

olvídalo, no importa. Pero ¿por qué necesitabas un cirujano? Espérate, ¿qué?, ¿biocontención? Por favor, dime que estas cosas no portan enfermedades aparte de todo.

—No, no son portadoras de enfermedades infecciosas —se detuvo—. Bueno, estoy casi segura de que no. Aunque, ¿te imaginas? ¿Que fueran portadoras de peste? No. No creo que haya que preocuparse por eso, pero no queríamos ir a un hospital normal y que luego la ooteca eclosionara y luego que una araña, no sé, se escapara por un conducto de ventilación o algo. Necesitábamos un lugar con los procedimientos y las instalaciones para que todo quedara dentro. Entonces, estamos en los Institutos Nacionales de la Salud.

—¿Debo saber por qué necesitas un cirujano? No —respondió su propia pregunta—, probablemente no quiero saberlo, pero, está bien, tengo que preguntar: ¿por qué necesitas un cirujano?

—Porque el saco de huevos está dentro de uno de mis estudiantes.

Institutos Nacionales de la Salud, Bethesda, Maryland

Melanie bajó la vista para ver a Bark acostado, inconsciente y abierto en la mesa de operaciones. Al principio se habían sentido aliviados: el cirujano abrió la cavidad abdominal de Bark y la araña cayó hacia fuera. La cosa estaba muerta. Consumida, por lo que Melanie podía ver. Como las que habían muerto sin motivo aparente en el laboratorio. Como las que barrían en las calles de Delhi. Y pronto, pronto, esperaba, en las de Los Ángeles. El alivio, sin embargo, duró poco, porque la araña parecía haberse consumido formando una ooteca dentro de Bark. Era como la que había llegado por mensajería a su laboratorio, sólo que no estaba calcificada. La seda estaba pegajosísima, y la cosa tibia y zumbando. El cirujano se veía aterrado, y una enfermera había tratado de huir de la sala hasta que recordó que se encontraban en una unidad de biocontención (hecha para evitar la propagación de la clase de enfermedades junto a las que el ébola parecía un juego de niños, y tanto para entrar como para salir se necesitaba pasar por cámaras de aire y toda clase de descontaminantes), pero Melanie no pudo evitar posar en el saco su mano enguantada. Sabía que debía estar muerta de miedo. Bark y ella habían estado acostándose con regularidad hasta esa semana, y ahora él estaba allí, y por culpa de una araña que estaba jugando a las escondidas en su cuerpo lo habían tenido que anestesiar y abrir. Y sí, había una parte de ella que se moría de miedo, lo percibía, que quería gritar y tratar de huir de la sala como esa enfermera, pero esa partecita perdía en la votación frente al resto, que intentaba resolver el acertijo.

Abajo de la mano enguantada sentía las pulsaciones del saco de huevos, y en la otra mano tenía el teléfono tibio pegado a la oreja.

—¿Manny?

—Perdón —le dijo—. Es que no... Okey, ¿qué hace un saco de huevos dentro de tu estudiante?

Le dio un rápido resumen. Cómo se cayó el envase, se rompió el vidrio, la araña que se metió por la piel de Bark como si nada, el pánico y luego resignarse a que lo único que podían hacer era sacársela. El viaje precipitado a los Institutos Nacionales de la Salud, los agentes del Servicio Secreto mostrando sus gafetes, gritando e impidiendo el paso entre trámites burocráticos de un modo nunca visto.

—¿No estás contento de haberme dejado con un montón de señores trajeados y las órdenes presidenciales de Steph? —dijo, pero el chiste no hizo gracia. Era natural. No era hora para bromas. Pero no sabía bien qué más hacer.

—Unas que se alimentan y unas que se reproducen... —dijo Manny.

—Y hay una regularidad —observó ella. Quitó la mano del saco de huevos. Julie Yoo estaba vestida con ropa quirúrgica y Melanie los veía a ella y al cirujano ocuparse de los cordones de seda que unían el saco al interior del cuerpo de Bark. Habían llevado un insectario del laboratorio, y metieron ahí el saco en el instante en que lo sacaron de Bark—. Lo dedujimos por las arañas del insectario y las ratas. Y luego Patrick, uno de mis estudiantes, lo advirtió en el video de Los Ángeles. Las que se alimentan se mantienen alejadas de los huéspedes. Están marcados de alguna manera. Eso tiene un doble propósito: los cuerpos son un lugar para los huevos y una manera de extender la colonia. La persona o, supongo, animal, puede viajar con los huevos dentro hasta que eclosionan. Su huésped, sea quien sea, probablemente podrá viajar más lejos que las arañas por sí solas. Cancelar los viajes aéreos fue una decisión muy inteligente.

Manny estuvo unos segundos sin decir nada, y Melanie oía ruido de fondo donde él estaba. Se dio cuenta de que mientras ellos estaban en el laboratorio ocupándose de algunas de estas arañas, el trabajo de Manny era ayudar a Steph a lidiar con todas las arañas. Ella era una académica, pero Manny era un político, y eso a veces significaba que tenía que encargarse del mundo real.

—Está feo allá afuera, ¿verdad? —dijo—. No conocemos el panorama completo, ¿o sí?

—Melanie. Mel —y en ese momento ella se preocupó de verdad. Él casi nunca le decía Mel. La última vez había sido cuando le anunció que quería divorciarse—. Antes te pedí que vinieras a la Casa Blanca a responder unas preguntas, pero ahora *necesito* que vengas a responder unas preguntas.

—Muy bien. ¿Como cuál?

—Cómo matarlas, por ejemplo.

Agencia de noticias CNN, Atlanta, Georgia

Teddie retrocedió el video y lo vio una y otra, y otra vez. Había una regularidad, estaba segura.

Minneapolis, Minnesota

Leshaun parecía hecho mierda, pero Mike estaba contento de verlo. Cuando regresó de dejar a Annie con Rich y Fanny en el muelle, Mike fue a su casa, tomó el teléfono de trabajo y el vehículo de la agencia, y se encaminó. Fue el último en llegar a la oficina.

El jefe del departamento había pronunciado un discurso poco inspirado para repetir las órdenes nacionales y luego decirles que el arsenal estaba abierto.

—Prepárense —dijo—, básicamente para disturbios urbanos. Es el modelo que estamos usando. Nosotros no tenemos nada de qué preocuparnos todavía, así que sólo vamos a ayudar a los policías locales a mantener el orden. Hay que asegurarnos de que nadie se deje arrastrar por el pánico.

—Claro —dijo Leshaun entre dientes para que Mike lo oyera—, porque la manera de que todos estén tranquilos es que nosotros nos paseemos con ametralladoras.

Pero Mike y él hicieron lo mismo que todos los demás: ponerse rompevientos de la agencia encima de los chalecos antibalas y tomar carabinas M2, escopetas con acción de bombeo Remington modelo 870, y cargadores, cartuchos y munición de repuesto. Luego se subieron al auto de la agencia y empezaron a manejar.

Era un poco aburrido.

—¿Estás seguro de que puedes con esto? —preguntó Mike. Leshaun había echado hacia atrás el asiento y tenía los ojos cerrados, pero no estaba dormido—. Aquí no está pasando nada. Digo, Los Ángeles suena como una increíble pesadilla indeseable, pero ¿el viejo Minneapolis? Supongo que pronto empezará la hora pico, pero reconozcámoslo: estamos en el medio oeste.

Leshaun rio. Él era de Boston y siempre estaba dispuesto a reírse sobre lo aburrido que podía ser el medio oeste.

—Estoy bien, mi brazo está bien. Las costillas todavía me duelen, pero ahí no hay nada que hacer, así que, pues sí, prefiero salir.

La siguiente media hora no hablaron mucho. Se detuvieron por café. Y en eso la pantalla del teléfono de Mike mostró una llamada del jefe del departamento.

—Si volvieras a ver esa araña, ¿la identificarías?

Mike se estremeció. No creía que la fuera a olvidar jamás.

—Sí, señor.

—Tenemos un informe de una araña muerta. De hecho ha habido miles de llamadas sobre arañas, pero ésta puede ser un poco distinta. Está a dos calles de donde cayó el avión de Henderson.

Mike volvió a poner el teléfono en el portavasos de la consola central y encendió la sirena. Era un rápido recorrido por la ciudad, con el tráfico todavía tranquilo y soldados abriendo el paso.

El edificio era el almacén de una compañía de suministros para plomería. Afuera había dos patrullas y una pareja de policías recargados en ellas, fumando. Saludaron con la mano a Mike y a Leshaun cuando pasaron frente a ellos. Dentro del almacén, Mike y Leshaun siguieron el ruido de las voces hasta que llegaron con otra pareja de policías, que estaban al lado de una mujer de cincuenta y tantos con ropa de civil.

—Los llamé en cuanto Juan me llamó —dijo la mujer—. Juan es el gerente nocturno. La mayoría de los pedidos los surtimos de noche para que nuestros clientes puedan estar listos para salir a trabajar a primera hora de la mañana. Allí está la araña —dijo señalando.

Mike estiró el brazo para agarrarse del anaquel y poder ver más de cerca sin perder el equilibrio. La cortada en la mano seguía siendo incómoda, pero con la movilidad no tenía problemas. De hecho, entre las puntadas de su mano y Leshaun con las costillas rotas y el brazo atravesado por un disparo, no estaban en la mejor forma. Pero uno hace lo que puede con lo que tiene.

No había duda de que era la misma clase de araña.

—Pero es un almacén —seguía hablando la mujer—. Aquí hay arañas, ratones y de vez en cuando una ardilla. Si no fuera por todo lo que dicen en las noticias, no sé si lo hubiera reportado. Y también están esos horribles capullos.

Mike la miró.

—¿Qué?

—Oh, ahí a la vuelta. Parecen capullos.

Mike, Leshaun y los dos policías siguieron a la mujer. Llevaba una linterna y apuntó el haz cerca de las vigas. Había un entramado de capullos. Y desde el piso Mike alcanzó a ver al menos tres esferas con forma de pelota de softball. Tardó unos instantes, pero entonces cayó en la cuenta de qué era lo que le recordaban: parecían versiones enteras del saco de huevos abierto en el laboratorio de Washington.

Eso no pintaba bien.

Autopista 10, California

Todavía salía un poco de humo de la camioneta.

A Kim le tranquilizaba muchísimo que los pasajeros, dos hombres jóvenes, hubieran salido de ahí con las manos arriba, muertos de miedo, pero al parecer ilesos. El capitán los detuvo y los mandó al campo de concentración temporal a las afueras de Desperation. Como diez minutos después de que Kim disparó su ametralladora alguien notó que la camioneta blanca estaba en llamas, pero el capitán detuvo a los que iban a toda prisa a apagarlas.

—Dejen que se queme —ordenó—. A lo mejor así escarmienta el próximo idiota que pretenda pasar el bloqueo, al menos hasta que empecemos a sacar a todos de la autopista para llevarlos al campo.

Ya había amanecido y se había iniciado el desvío del tráfico. Kim no estaba segura de por qué no se limitaban a regresar a la gente, pero Honky Joe dijo que si Los Ángeles estaba tan mal como sonaba, no podrían mandar a la gente de vuelta, pero tampoco podían dejar que se rompiera la zona de cuarentena y ya. Por eso estaban ahí las alambradas y los corrales provisionales. O, en las palabras no muy tranquilizadoras de Honky Joe, *piensen que son unos campamentos de refugiados temporales.*

El sol anunciaba con enfado el calor que se avecinaba. Una fina voluta de humo se elevó de los restos metálicos ardientes que apenas pocas horas antes habían sido una camioneta. Los marines habían abierto el camino hacia el campamento en las afueras de Desperation, y desde donde estaba Kim, en el asiento de conductor del JLTV, se podía ver a todos los conductores y pasajeros dando un vistazo a la camioneta humeante mientras se alejaban de la autopista. A todos los pelotones, entre ellos el de Kim (junto con los dos tanques), se les ordenó defender el frente; los pelotones en Hummers y JLTV hicieron una fila en el camino al campo de concentración, con un espacio entre ellos como de noventa metros, que tampoco parecían muy necesarios. Cuando el tráfico empezó a moverse, la gente parecía tan contenta tan sólo por salir de la autopista que nadie se preguntó adónde iban. Los estadunidenses prefieren ser borregos, pensó Kim. Llevaban casi una hora haciendo pasar el tráfico hacia los corrales fuera de Desperation, y sólo había un informe de un coche que había intentado romper la fila. Los civiles tenían un aire casi celebratorio. Claro, se veían un poco asustados ante la visión de la camioneta humeante, pero la mayoría de la gente saludaba y sonreía a los marines al pasar. Se les había enseñado a ver a los militares como héroes, aunque en ese momento estuvieran actuando, pensaba Kim, más que nada como agentes de tránsito.

Tenía abiertas las ventanillas del vehículo táctico, pero seguía habiendo un intenso olor a traseros, testículos y pies. Duran iba en el asiento de copiloto. Había encontrado un cargador en alguna parte y ahora leía las noticias, un frustrante empeño dada la pésima señal que había donde estaban. Elroy estaba a cargo de la Browning y Mitts tomaba una siesta en la parte de atrás. No había mucho que hacer aparte de ver el tráfico fluyendo fastidiosamente en la carretera secundaria. ¿Exactamente qué planeaba hacer el ejército cuando todos los coches estuvieran allá?, ¿cuánto se suponía que iba a durar esa cuarentena?, ¿habría cuarenta, cincuenta mil personas atascadas en la carretera?, ¿tal vez más? Kim otra vez volteó a ver los restos de la camioneta, los agujeros en el cofre por donde las balas habían entrado. Seguía sin poder creer que no hubiera muerto nadie. Le daban náuseas. Estaba entrenada para abrir fuego sobre gente hostil, disparar antes de que alguien pudiera acercarse lo suficiente para detonar un coche bomba. En ese mundo vivían ahora los militares. Pero nunca había esperado tener que actuar en territorio nacional. Se había incorporado a los marines para proteger a sus compatriotas.

—Dicen que ahora también Japón.

Kim volteó a ver a Duran.

—¿Tokio?

Él sacudió la cabeza.

—No, un lugar del que nunca había oído. Un sitio rural, en las montañas.

—¿Y de Los Ángeles qué dicen? ¿Alguna novedad?

—Nada. El teléfono, los satélites y todas esas madres están sobrepasados. O sea, algo dicen, pero todo es muy vago. Conjeturas.

Kim volteó para echarle un ojo a Mitts, pero seguía profundamente dormido, con la boca abierta y roncando quedo.

—Entonces, básicamente, ¿nadie sabe qué está pasando?

—Duran regresó su teléfono al tablero.

—Es el ejército. Alguien probablemente sabe qué está pasando, pero vamos a tener que esperar mucho antes de que alguien comparta esa información con los de rango E-1.

—Bueno, pues yo soy E-3, y como tengo un rango infinitamente superior al tuyo, está claro que me lo van a decir antes a mí —dijo en tono de broma. Le gustó verlo sonreír—. Entonces, ¿qué sigue?, ¿vamos a quedarnos los próximos días aquí sentados haciendo de niñeras del tráfico?

—La verdad es que no he pensado en eso.

—¿Cómo puedes no pensar en eso?

—Bueno, supongo que, como tanto le gusta recordármelo, usted es la líder de la escuadra, señora soldado de primera clase, así que le toca a usted pensar en esas cosas. Yo sólo sigo órdenes.

—Vete al carajo, Duran —sonrió al decirlo, pero eso no impidió que él frunciera el ceño y sacudiera enérgicamente la cabeza.

—No, no. No te quiero molestar, Kim, es en serio. Confiamos en ti. Por algo eres la líder de la escuadra y no alguno de nosotros. Es que creo que si hubiera algo de qué preocuparnos, serías tú quien pensaría en eso. No es para lo que soy bueno.

—Bueno, está bien. Pero hay algunas preguntas genuinas, ¿no? Digo, si estas arañas están en todo el mundo, ¿de verdad podemos pretender que se queden en Los Ángeles? ¿Y qué va a ocurrir cuando se llene el campo? —señaló hacia el tráfico por el parabrisas. Se movía lentamente, al paso de una rápida caminata, pero se movía—. Porque hay muchos coches.

—Kim, ¿qué es ese…?

—No, en serio. Tenemos que preocuparnos por…

—Kim —dijo su nombre bruscamente, levantando la mano—, ¿oyes eso?

Había estado hablando en voz baja, pero cuando se calló se oyó claramente el bang-bang de un arma de alto calibre. Provenía de su extremo izquierdo, por la zona de detención temporal. Volteó y le dio un golpecito a Mitts para despertarlo antes de abrir la puerta y salir. A pesar del calor, era un alivio bajar del JLTV y respirar aire fresco. Vio a Elroy mirándola desde su sitio. Tenía casquillos abajo del gatillo a modo de seguro y las manos a los lados, pero no parecía estar relajado. Hubo un momento de silencio, y luego una, dos, tal vez tres de las Browning dispararon, además de otras armas de menor calibre. Se escuchaba muy lejos, al menos a un kilómetro. En el radio no decían nada.

—¿Qué habrá sido, Kim? —preguntó Elroy quitándose los lentes oscuros.

—¿Alguien colándose en la fila? —respondió ella.

Elroy se encogió de hombros.

—A lo mejor. Si es así, fueron algunos disparos de la .50.

No necesitó decir que habían sido algo más que algunos disparos de la ametralladora calibre .50. Kim asintió.

—Ve a quitarle esos cartuchos al gatillo —dijo, y caminó por atrás del vehículo hacia donde estaba estacionado el pelotón de Sue. Estaba afuera de su Hummer, sentada en el suelo y recargada en una llanta. Miraba con desánimo su teléfono celular, y cuando vio a Sue lo levantó.

—¡Señal de mierda —comentó—, teléfono de mierda, todo de mierda!

—Podría estar peor, ¿no?

—Siempre —dijo Sue poniéndose de pie—. Ya pararon los disparos, ¿verdad?

—Sí, pero... —Kim se detuvo. Hubo otro sonido, y le tomó unos instantes entender qué había sido. ¿Claxonazos? Ahora por la autopista. Lejos. Tan lejos que Sue y ella tuvieron que guardar silencio y aguzar el oído. Era el principio de un alboroto. ¿Gritos? Era difícil distinguir. Y luego, el ruido que pudiera haber provenido de la autopista se perdió con el estrépito de los rotores. Un par de helicópteros, Apache AH-64, cargados de misiles se movían rápidamente y rugían en las alturas siguiendo la trayectoria de la autopista. Kim y Sue se miraron por un momento y corrieron a sus vehículos.

Kim acababa de cerrar la puerta cuando los helicópteros empezaron a disparar. Los rebotes de taladro de las armas (los AH-64 tenían un cañón automático M230 de 30 mm que podía lanzar trescientos disparos por minuto desde la torreta) sonaban casi apagados a kilómetro y medio de distancia.

—Todas las unidades, todas las unidades —gritó el radio—, prepárense para hostilidades.

Kim arrancó el JLTV y el repiqueteo del motor empezó justo en el momento en que los cañones automáticos se callaron. Ella había visto la munición de los Apaches: cada bala era casi del tamaño de su mano. Tras ella alcanzaba a oír a Mitts haciendo barullo, y delante veía a más coches saliéndose de la fila. Salía una columna de humo donde los helicópteros habían disparado, y luego hubo una pequeña explosión. Los helicópteros se separaron para ir a ambos lados de la carretera moviéndose hacia el centro, y agacharon la nariz para que los pilotos tuvieran una vista clara del camino. Y luego, del Apache de la derecha salió la estela de vapor de un misil y hubo una explosión mucho más fuerte.

Tras el misil se hizo un extraño vacío silencioso, roto unos segundos después por Duran.

—Okey, esto no pinta bien —y volteó a preguntarle a Kim—: ¿Y ahora?

—¡Puta madre!

Kim oyó que Elroy gritaba por encima de ellos, pero no necesitó oírlo pronunciar *bombardero* porque vio al jet pasar sobre ellos. Y en eso… Santo Dios. El jet lanzó un misil.

Caos.

Una bola de fuego a quince metros de altura.

El movimiento lento y disciplinado de camiones y coches hacia la carretera secundaria en dirección a Desperation se alteró de inmediato. Frente a ellos, autos, camiones y camionetas se movieron al desierto por donde pudieron, y Kim vio a gente bajarse de su coche y correr. A doscientos metros de ella, vio cómo un sedán que se había salido de la autopista le pasaba encima a un hombre que corría por el camino de tierra. El sedán no disminuyó la velocidad. Los helicópteros volvieron a abrir fuego con sus cañones automáticos. Kim vio que cada vez más gente se bajaba de sus coches. Huía de la furia de los helicópteros y de las cenizas ardientes de donde había caído el misil del bombardero. Era algo que nunca creyó que llegaría a ver: ciudadanos estadunidenses huyendo del poder del ejército de Estados Unidos.

No, no. No era eso. No estaban huyendo de los disparos y de los misiles. Tomó los binoculares de la consola y movió la rueda de enfoque hasta ver nítidamente.

—No —dijo.

Percibía sombras móviles, lenguas oscuras que se levantaban y atrapaban gente entre sus fauces. Hombres, mujeres y niños corrían y gritaban. El avión y los helicópteros no disparaban a los civiles.

—Están aquí —dijo. No lo hizo gritando. Usó su tono de voz normal. Casi como si estuviera platicando. Se sentía… tranquila. Tenía miedo, estaba dispuesta a reconocerlo. ¿Cómo no iba a estarlo? Pero también se daba cuenta de que estaba donde necesitaba estar. Vio a Duran y luego a Mitts. Levantó la mirada y enfocó a Elroy, de pie con las manos en el gatillo de mariposa de la Browning. Nunca pensó en usarla en suelo estadunidense, pero toda su vida había querido unirse a los marines y estaba preparada para eso. Tenía que estarlo. Sus hombres confiaban en ella.

El radio sonó.

—Todas las unidades tienen autorización de disparar. No permitan, repito, no permitan que la zona de cuarentena se infrinja. Fuego a discreción.

Quería preguntar a qué demonios se suponía que debían dispararle, a la gente o a las arañas, pero los marines ya habían abierto fuego. Sintió que el camión temblaba mientras Elroy disparaba la Browning, sentía los golpes del peso muerto de la ametralladora escupiendo balas. Un tráiler que había conseguido salir de la autopista hacia el desierto explotó y se volcó. Había un gran desorden de coches moviéndose, chocando y tratando de llegar a cualquier lugar fuera de donde estaban. Kim vio a su derecha que también la Hummer de Sue estaba disparando la Browning, y alguien de su equipo, posiblemente el soldado raso Goons, estaba abajo de la camioneta disparando su M16. Vio a Duran junto a ella estirándose para abrir la puerta pero lo detuvo del brazo.

—Quédate en el coche. Podemos parar a los coches y detener a los civiles, pero ¿qué sentido tiene dispararles a las arañas? Quiero estar lista para rodar.

Volvió a tomar los binoculares. Sin ellos, las arañas eran una masa negra, ya a menos de cuatrocientos metros, a través de los vidrios, Kim vio a una mujer agitando los brazos, con abalorios negros brillándole en la cabeza. Repentinamente la mujer se cayó, y Kim no estaba segura de si era por las arañas o por una bala. Al principio no se percibía una regularidad, pero Kim se dio cuenta de que la mayoría de la gente corría de derecha a izquierda, sin importarle los disparos de los marines. Les daban más miedo las arañas que las armas.

—¿Kim? —Mitts se inclinó hacia delante. Tenía la mano en el hombro de Kim—. ¿Qué debemos hacer?

Ella no sabía, pero algo la perturbaba, algo en la manera de moverse de las arañas. Le recordaba una especie de baile. Un líquido salpicando adelante y atrás, olas de negrura bañando a algunas personas y luego retrocediendo por abajo, como el océano cuando jala la arena hacia el fondo. E inexplicablemente algunas personas se quedaban paradas, con los bichos dispersándose a su alrededor, como islas desiertas. Ahora estaban a menos de trescientos metros, y con los binoculares podía ver a las arañas como gotitas sueltas, pero a simple vista se movían juntas, como un solo torrente líquido.

Y el radio cobró vida:

—¡Repliéguense! ¡Repliéguense!

Ella no vaciló. Puso el JLTV en neutral e hincó el pie en el acelerador. Como estaban en el extremo y eran el último vehículo de la barricada, todo lo que tuvo que hacer fue mover el volante completamente a la izquierda, poniendo a girar como trompo un semicírculo de tierra, piedras y polvo antes de empezar a ir en la otra dirección.

—¿Qué carajos haces? —Elroy se agachó, agarrándose firmemente de los bordes de la torreta—. Nos dieron órdenes de...

—Nos están pidiendo replegarnos. Ya es demasiado tarde —gritó Kim—. Se equivocaron. Esto no es influenza. Podemos matar a todos los civiles que quieran, disparar hasta quedarnos sin munición, pero eso no va a detener a las arañas. No podemos salir de ésta disparando.

Seguía con el pie pegado al acelerador, y el JLTV empezaba a ganar velocidad ahora que iba en línea recta. En la autopista conseguía acelerar la bestia de seis toneladas a ciento diez kilómetros por hora, pero en la arena se habría contentado con cincuenta. Por el espejo vio la Hummer de Sue siguiéndole la pista, y al resto de la fila en una confusión caótica. Mitts se deslizó al otro lado del asiento para asomarse por la ventanilla hacia la barricada.

Hubo otra explosión, ahora más grande. El vehículo rebotó y se sacudió, pero las llantas regresaron a la arena y siguió moviéndose hacia delante. Los bombarderos volvieron a sonar en las alturas desde la otra dirección, tras haber vaciado sus cargas explosivas, y Kim se atrevió a mirar otra vez por el espejo. Hasta donde podía ver, sólo había humo y fuego.

Institutos Nacionales de la Salud, Bethesda, Maryland

Melanie calculó que tendría como otros diez minutos antes de que el helicóptero llegara. Manny había insistido. A pesar del discurso de la presidenta y todos los indicios de que sólo Los Ángeles estaba infestada, la gente estaba empezando a salirse del Distrito de Columbia para ir... ¿adónde?, ¿adónde creía la gente que podía ir?, se preguntaba Melanie, ¿a un hotel en Los Hamptons? De todas formas no importaba, pues el resultado final había sido que el tráfico normalmente pesado de la zona de D.C. se pusiera aún peor, y la media hora de camino en auto a la Casa Blanca iba a tomar mucho más. Así que iría en helicóptero.

Se recargó en la ventanilla de la unidad de aislamiento para tratar de tener una mejor vista de lo que el cirujano estaba haciendo. Al principio pensó que sería una cosa simple: habían abierto a Bark, la araña muerta estaba fuera y la ooteca había aparecido ante ellos. Recortar unos hilos, sacar el saco de huevos y ponerlo en el insectario, coser a Bark y darlo por terminado. Pero no fue tan fácil. Las hebras de seda no estaban hilvanadas alrededor del saco: estaban literalmente cosidas a lo largo del cuerpo de Bark. Peor aún: los hilos estaban salpicados de huevos, como miniootecas en una autopista que recorriera su cuerpo. Pequeñas sorpresas repugnantes. Y el cirujano tuvo que seguir el curso de cada hilo y asegurarse de pescar cada uno de los huevos. La ooteca grande seguía allí: el cirujano quería trabajar a su alrededor, asegurarse de no perder ninguno de los preciados hilos. Además de todo, el saco de huevos y la seda de araña eran increíblemente pegajosos. En eso no se parecían al saco de Perú. Aquella cosa era dura, diseñada para llegar a buen término. Pero éste era diferente, y el cirujano debió ser cuidadoso para no enredarse.

Además, como remate, estaba vibrando y caliente.

Para ella, nada de eso tenía sentido. Normalmente a un saco de huevos le tomaba dos o tres semanas eclosionar, y luego las arañitas eran como polluelos recién salidos del cascarón, crías que lentamente iban creciendo hasta alcanzar su tamaño adulto. A estas cosas, sin embargo, les bastaban doce horas para poner huevos y que surgieran arañas grandes. ¿O serían veinticuatro horas? En realidad, no sabía. Habría dicho que veinticuatro, basada en todo lo que estaba pasando en los otros lados, pero este saco de huevos parecía estarse moviendo más rápido. Eclosionaría con toda seguridad antes de doce horas. Todavía menos quizá. Era como si estuvieran acelerándose. Una generación se consume rápido y la siguiente todavía más. Tal vez la mejor manera de describirlo fuera la que le había dicho a Manny: como un cohete.

Pero eso tampoco tenía sentido. ¿Qué ventaja evolutiva podría haber en una muerte rápida? La parte parasitaria se entendía: al poner huevos dentro de los huéspedes, las arañas tenían garantizada una fuente de alimentación cuando los huevos eclosionaran. Pero el hecho de que pudieran comerse a sus huéspedes tampoco era normal. La mayoría de las arañas disuelven a su presa y la muelen con sus pedipalpos, porque no tienen dientes. Una vez se lo describió a Manny como haberse roto la mandíbula y tener que pasar todo por la licuadora antes de tragarlo con un popote. ¿Pero estas arañas? Tenían más en común con las pirañas que con ninguna otra cosa. De hecho, no era una mala comparación, aunque Melanie no sabía de los peces mucho más de lo que había visto en un par de malas películas de terror. Las arañas eran sociales y coordinadas a un punto fuera de lo común: formaban enjambres y casi eran organizadas.

Tenía que haber una razón. Debía haber algo más que se les estuviera escapando, estaba segura. La respuesta era como una comezón que no pudiera rascarse. Sabía que lo descubriría si contara con suficiente tiempo, pero ése era el problema, ¿tendría suficiente tiempo?

Dentro de la unidad de contención, el cirujano seguía inclinado sobre el cuerpo de Bark, ayudado por tres enfermeros y un anestesiólogo. También Patrick estaba allí. Llevaba la costosa cámara réflex del laboratorio y además una cámara de video, y alternaba entre tomar fotos y grabarla. Melanie dio unos toques en el vidrio para tratar de que le prestara atención. Por el momento ya estaba bien de video. Era de alta definición. Ella deseó que hubieran llevado un tripié del laboratorio. Si tuvieran uno, Patrick podría haber dejado la cámara de video funcionando y moverse de un lado al otro con la réflex, pero ésa era una de las cosas que se les habían olvidado. Era un milagro que no estuvieran tomando video con un celular. Como estúpidos, sacaron a Bark del laboratorio a toda prisa sin considerar detenidamente algo más que trasladarlo a la unidad de biocontención. Nadie llevó una computadora portátil o una tableta, lo que al principio no pareció importar mucho, hasta que se dieron cuenta de que, con el saco de huevos que ya empezaba a zumbar y calentarse, podría ser buena idea mirar los datos sobre el otro saco de huevos. Cuando Melanie salió de la unidad de aislamiento a fin de prepararse para que la recogiera el helicóptero que Manny había mandado por ella, envió a Julie a salir disparada por una computadora para ver si podía tener acceso a sus datos de manera remota. La gran pregunta era: ¿qué tan caliente era demasiado caliente?, ¿en cuánto tiempo iba a eclosionar esa mierda? Una cosa era ver el huevo eclosionar en el laboratorio, y otra tener los números frente a uno para compararlos. Julie tenía que estar de vuelta lo más pronto posible para que Melanie pudiera procesar las cifras. Quería asegurarse de que, de ser necesario, Patrick y el equipo médico pudieran salir de ahí a tiempo.

Recargó la cabeza en el vidrio, súbitamente agotada. Faltaba mucho por entender y conocer acerca de estas cosas, pero ya no resultaba emocionante: sólo escalofriante. Sabía que a veces podía ser distante, que no siempre se alteraba como otras personas, pero allí dentro, al otro lado de ese vidrio, acostado en la mesa de operaciones, con el pecho y el abdomen abierto, había un joven con el que había estado acostándose (de acuerdo, saliendo) hasta hacía unos días. Y a ella estaban convocándola a la Casa Blanca para decirles a la presidenta y a un montón de generales y miembros del gabinete cómo matar a esas arañas. ¿Con un periódico enrollado?, ¿caería bien esa broma? Probablemente no. No sabía qué decir.

Sería diferente si sólo hubiera unas cuantas. Si estuvieran en su laboratorio y tuviera tiempo de estudiarlas. Había tantas preguntas. Tan sólo las ootecas, para empezar. ¿Por qué había de dos clases? Una para incubaciones más largas y una más suave y pegajosa para alumbramiento inmediato. ¿Cómo podían eclosionar tan rápido algunos de los huevos? Era como si algunas arañas estuvieran en avance rápido.

—¿Doctora Guyer? —volteó esperando ver a alguien de traje, pero era un hombre con uniforme de combate del ejército. O a lo mejor de la naval o los marines. Vestidos así no sabía distinguirlos. Asintió con la cabeza.

—Su vehículo ya está aquí, señora —dijo el joven.

—Lo siento, no oí al helicóptero llegar. Sólo déjeme... —se interrumpió. Estaba por decir que necesitaba decirle a Patrick que ya se iba, pero en eso vio a Julie venir corriendo por el pasillo. Corriendo.

No. Era demasiado pronto. No habían pasado veinticuatro, ni siquiera doce horas. ¡Deberían tener más tiempo! Pero Julie corría y gritaba, y Melanie sabía que eso significaba que había conseguido el acceso a los datos del laboratorio. Melanie volteó al vidrio y empezó a golpearlo con los puños para atraer la atención de los enfermeros, el cirujano, el anestesiólogo y Patrick, para que se largaran de ahí.

Ya era demasiado tarde.

Minneapolis, Minnesota

Mike sabía que en esos temas andaba un poco perdido. Sin embargo, a veces, cuando te avientan al agua, lo único que puedes hacer es nadar. O llamar a un amigo.

Habían acordonado toda la calle, habían despejado el almacén y sacado a todos los que no tuvieran una placa, y llamó a otros cuatro agentes, además del jefe del departamento. Sólo que, honestamente, no hacían nada más que estar ahí parados. Nadie sabía qué hacer. Todos se quedaban viendo los sacos de huevos y ponían cara seria y hacían ruidos graves, pero no había protocolos para esa eventualidad. Uno de los agentes subalternos regresó con un gran frasco de vidrio y echó ahí la araña que estaba muerta en el piso, pero ¿qué más?

Y en eso Mike se acordó de la tarjeta de la científica del Distrito de Columbia. La sacó de su billetera. Melanie Guyer, doctora Melanie Guyer. Ella anotó su celular en el reverso. Eran las 8:30 a.m. en Minneapolis, así que serían las 9:30 en Washington, D.C., pero Mike supuso que con todo lo que estaba pasando y un laboratorio lleno de esas cosas, probablemente andaría ya de un lado a otro. Lo que no esperaba era que estuviera en un helicóptero.

Tuvo que hablar fuerte, y con el silencio que había en el almacén (era más fácil parecer serio si uno estaba medio callado), todo mundo volteó a verlo. Levantó la mano a manera de torpe disculpa y se salió.

—Agente Rich...

—Mike.

—Mike, ahora no puedo hablar.

—Encontré algunos, bueno, ¿sacos de huevos, supongo? Puedo mandarte una foto —por unos segundos no hubo respuesta. Se oían los golpes de las aspas del helicóptero aparte de la estática—. ¿Bueno?

—Disculpa, es que... Acabo de ver una eclosión de huevos de araña en un humano vivo.

Mike se alejó el teléfono de la oreja y se le quedó viendo. Sabía que era raro hacer algo así, pero también lo era escuchar algo así, y necesitaba asegurarse de que no lo había imaginado. Volvió a ponerse el teléfono en la oreja.

—¿En D.C.?

—De hecho, Maryland, pero no importa.

—¿Ya están sueltas en D.C.?

—Maryland. Pero no están sueltas, sino en una unidad de biocontención. Había un saco de huevos dentro de él. Estaban tratando de sacárselo. No debía... no debía eclosionar tan rápido. Nada de esto tiene sentido.

—Sí, vaya... Yo esperaba que pudieras decirme qué hacer.

—No creo que nadie pueda decirte qué hacer —dijo—. ¿Estás en Minnesota?

—En un almacén.

—¿Está tan feo como Los Ángeles?

El sonido se atenuó un instante y la oyó gritando algo. Luego ella volvió al teléfono.

—No —le dijo—, no hay nada. Aquí está tranquilo. Lo único que tenemos es una araña muerta y tres cosas como vainas. Por lo que sé, no tenemos más arañas aquí en el terreno. Estamos a un par de cuadras de donde cayó el avión de Henderson, así que estoy imaginando que debe haber otra araña que sobrevivió, que vino acá y puso estos huevos.

—¿Están tibios los sacos de huevos?

—No, este... —Mike tartamudeó—. Es que, este, nadie los ha tocado. Pusimos barricadas y unas cintas en la zona.

—¿Cintas de la policía? —rio—. Eso no va a servir de mucho.

—¿Eso es chistoso? Supongo que sí, un poco. Somos una agencia federal. Eso es más o menos lo que hacemos. Pero no, no sé si estén tibios o qué.

—Bueno, óyeme bien, Mike, sólo tengo un par de minutos antes de aterrizar, pero necesito que toques uno y me digas cómo se siente.

—Dame un minuto —entró de vuelta al edificio, se agachó, pasó por debajo de la cinta de policía y caminó hacia los anaqueles. Sostuvo el teléfono entre la oreja y el hombro y acercó una escalera con ruedas. Subió unos peldaños, estiró la mano y vaciló.

—¿Lo toco y ya?

—Sí, ¿cómo se siente?

De lejos parecía liso y blanco, casi como un huevo de gallina, pero de cerca se alcanzaban a ver las hebras, el modo como los hilos de seda envolvían capa tras capa para formar el saco. Le dio un escalofrío, y luego dejó que su mano se posara en la esfera. Esperaba que estuviera pegajosa, pero no. Era un poco rugosa, acaso un poco viscosa, pero nada como lo que había temido. Una parte de él estaba aterrorizada de que su mano se pegara a la cosa esa.

—Se siente un poco como esos caramelos rompemuelas cuando vuelven a secarse.

—¿Qué?

—Sí. Tengo una hija. ¿No conoces esos grandes caramelos? Mi hija chupa uno un rato, luego pega la cosa en un tazón y más tarde vuelve por él. Son pura azúcar y sustancias químicas, no se descomponen, pero cuando se secan son suaves y rugosos al mismo tiempo.

—¡Qué asco!

—Señora, usted trabaja con arañas —dijo. Con todo y el ruido del helicóptero y lo demás, imaginó que la oía sonreír. Sí, definitivamente, pensó; si sobrevivían a todo esto, él volaría al Distrito de Columbia y la invitaría a salir. ¿Por qué no?

—¿No es pegajoso?

—No. Bueno, como un poco viscoso, más bien. No sé...

—¿Calcificado?

—¡Eso es! Y no está caliente para nada. De hecho está frío.

La Casa Blanca

Melanie mantuvo el teléfono junto a la oreja, tapándose la otra con la mano libre. Hablaba fuerte, casi gritando. Abajo de ella vio surgir el jardín sur de la Casa Blanca. Estaban aterrizando.

—Vigila la temperatura. Por lo que sabemos, cuando se calienta está listo para eclosionar. Mientras tanto, no los toquen —dijo—. No, espera. Olvida eso. Busca alguna universidad local que tenga un programa de entomología y haz que les lleven unos insectarios. Mete allí los sacos de huevos y asegúrate de que estén en algún sitio contenido. Alguien en la zona debe tener un laboratorio que pueda servir. Creo que por ahora están a salvo, pero no lo sé.

Sintió el traqueteo del tren de aterrizaje tocando el suelo, y el soldado vestido para la batalla a su lado la tomó del brazo.

—Tenemos que bajar, señora.

Melanie corrió bajo las aspas, con la cabeza agachada por instinto.

—Avísame si hay algún cambio —gritó por el teléfono. Sonaba más fuerte afuera del helicóptero—. Y buena suerte.

El soldado la entregó a una pareja de agentes del Servicio Secreto, que la llevaron precipitadamente por los pasillos hacia la Sala de Crisis. Era abrumador. Cuando pasaron frente a un baño ella se detuvo. Uno de los agentes la jaló del brazo, pero ella sacudió la cabeza.

—Tengo que ir al baño.

El agente, un joven de origen latinoamericano, no le soltó el bíceps.

—Tenemos órdenes de llevarla inmediatamente con el señor Walchuck —le explicó.

Ella suavemente le quitó la mano.

—Tengo cuarenta años y un doctorado. Soy yo la que decide a qué hora voy a orinar.

En el salón había murmullos de gente que iba de un lado al otro. Algunos corrían y todos se veían agobiados. El baño, en contraste, se sintió fresco y silencioso. Melanie entró a un compartimento y se sentó a orinar. Fue un alivio sorprendente. Y a todo eso, ¿cuándo había sido la última vez que había comido o bebido algo? Necesitaba un café o una Diet Coke. Precisaba de unos minutos para recobrar la compostura antes de enfrentarse a Manny, la presidenta y una sala llena de personas uniformadas, pensó.

Arañas muertas en el insectario. Secas, consumidas. Máquinas de alimentarse. La ooteca en Bark, pegajosa y lista para eclosionar, y luego la de Minneapolis... Mike dijo que estaba fría. Un poco rugosa. Trató de repasar los números, reflexionar sobre los datos. Era... Había algo que se le escapaba. Estaba muy cerca. Necesitaba su laboratorio. Necesitaba una siesta.

Cerró los ojos y oyó que alguien entraba al baño. Abrió los ojos y miró fijamente sus rodillas; se quedó sentada en el escusado unos segundos más, disfrutando ese tiempo para ella sola, antes de acabar y salir del compartimento. Al hacerlo, se encontró con Manny recargado en el lavabo, esperándola.

—Santo Dios, Manny. ¡Por favor!

—Estuvimos casados once años —dijo, y se encogió de hombros: era su versión de una disculpa—. Tengo que hablar contigo antes de que entres.

Pasó frente a él para lavarse las manos.

—¿Qué hago aquí, Manny? Esto a mí hace mucho que me superó. Lo mío es el laboratorio, ¿qué esperas de mí?

—Espero que hagas tu trabajo —dijo—. Tú conoces a las arañas. Es todo lo que necesitamos. Dinos, lo mejor que puedas, a qué nos enfrentamos.

—Minnesota —le contestó.

—¿Qué?

—Ahora mismo están en Minnesota. Ya lo sabías, ¿no? —Manny palideció y Melanie obtuvo la respuesta a su pregunta—. Mike: el agente Rich, el que trajo la araña de Minneapolis, me llamó cuando estaba de camino para acá. En un almacén cerca del accidente de avión encontraron una araña muerta y algunos sacos de huevos.

Manny respiró hondo.

—¿Cuántos?, ¿cuántos sacos de huevos?

—Me parece que dijo que tres. ¿Tres? La buena noticia es que están fríos y a lo mejor nos queda un poco de tiempo antes de que eclosionen.

—Hay algo que tienes que ver —le dijo Manny.

Salió con ella del baño y la acompañó por los pasillos. Cuando pasaron por la Sala de Crisis, una mujer joven con vestido del ejército salió empujando las puertas, con una cacofonía de voces detrás de ella. Manny no se asomó. Dio la vuelta, pasó cuatro puertas y la llevó a una sala más chica y silenciosa, casi vacía. Sólo estaban allí Billy Cannon, Alex Harris y un par de asistentes.

—Muéstrenle las tomas —dijo Manny.

Melanie se sentó en una de las sillas alrededor de la mesa. Todas estaban dirigidas hacia la pantalla grande al otro extremo de la sala. Un asistente apagó las luces y la pantalla se encendió.

—Tomamos esto hace cuarenta minutos. Los marines en Los Ángeles.

—No se preocupe —dijo Billy con sequedad—, no vamos a mostrarle el letrero de Hollywood cubierto de arañas.

El video era tembloroso y estaba mal iluminado. Había sombras oscuras, y quien estuviera sosteniendo la cámara no dejaba de moverla adelante y atrás. Melanie cayó en cuenta de que debía estar montada en su casco. Alcanzó a ver a alguien con uniforme militar (uno de los otros marines, supuso) y una figura en el suelo; se percató de que era un cuerpo. La cámara dejó de moverse y la luz mostró una alfombra oscura. No, no era una alfombra: era una capa de arañas muertas. Se extendió un pie que se metió entre las arañas para hacerlas a un lado.

—¿Se están muriendo?

—Algunas. La mayoría. Pero eso no es lo importante del video —dijo Manny—. Mira esto.

El video siguió avanzando por la salida de un pasillo que se abría a un espacio cavernoso. Había secciones de asientos. La cámara giró y Melanie vio un logo de los Lakers de Los Ángeles.

—¿Es el Staples Center?

—Ella juega basquetbol. Te dije que lo reconocería —le dijo Manny a Alex, pero Melanie apenas si lo oía. Estaba inclinada hacia la pantalla, con el índice extendido.

—Santo Dios.

Los sacos de huevos más cercanos a la luz de la cámara eran blancos y se veían como cubiertos de polvo, y proyectaban sombras sobre los que estaban detrás. Lo que debía ser la cancha de madera estaba cubierto de bultos blancos, y había más allá arriba en las gradas del otro extremo. De pronto la luz dio paso a la oscuridad. Miles de sacos de huevos. Quizá decenas de miles.

—Por lo que sabemos —dijo Manny—, las arañas se están muriendo. Anoche hubo una tregua, después una nueva oleada que se interrumpió a medianoche, y luego otra oleada, pero se están muriendo. Tenemos soldados en el terreno, y nos mandan el mismo informe una y otra vez. Las arañas se están desplomando. Hay cadáveres por todas partes.

El teléfono de Melanie empezó a sonar pero no le hizo caso.

—¿Todas?

—Todas —respondió Manny—. Tenemos dos hieleras llenas de arañas que nos van a traer a toda prisa para que las veas, pero ahora mismo, de pronto está extrañamente tranquilo. La pregunta es: ¿qué hacemos con este estadio de basquetbol lleno de huevos de araña?

—Para empezar —dijo Billy—, tal vez deberíamos cancelar el partido de esta noche... aunque es probable que los Lakers hubieran perdido de todas formas.

Nadie se rio.

Alex le tocó el brazo y le preguntó:

—¿Ya nos fuimos al carajo?

Viniendo de la consejera de Seguridad Nacional, quien por su apariencia habría podido hacer de abuela en algún comercial navideño, la pregunta era casi cómica. Casi.

—Depende —dijo Melanie. Su teléfono dejó de sonar cuando mandó al buzón de voz, pero entonces se escuchó el timbre de un mensaje de texto. Y luego otro, y otro más.

—Yo diría que no depende... —dijo Billy Cannon—. Puedo hacer todos los chistes que quiera con los Lakers, pero cuando esas cosas eclosionen, ¿de cuántas estamos hablando? ¿Millones más? ¿Y qué significa que un día tengamos esta invasión en Los Ángeles y que al día siguiente todas estén muertas o moribundas? —echó la silla hacia atrás y aventó su vaso de café al bote de basura, pero falló por más de medio metro—. Carajo, ¿qué pasó con las guerras normales?

Melanie sacó el teléfono de su bolsillo para leer los textos, cayendo de pronto en cuenta de que tenían que ser de Mike en Minneapolis. Si esos sacos de huevos se estaban entibiando, preparándose para eclosionar, entonces... Pero no. Los textos eran de Julie.

Había dejado a Julie bañada en lágrimas afuera de la unidad de biocontención de los Institutos Nacionales de la Salud. No podía culparla. Eso de ver a los enfermeros y al cirujano ser engullidos por el enjambre de arañas, y ya no se diga a Bark, todavía abierto sobre la mesa de operaciones, y a Patrick. Melanie sabía que en algún punto su parte científica se iba a ver sobrepasada y ella también lloraría a lágrima viva.

Arañas muriéndose en el INS, decía el primer texto.

¡Llámame!, decía el segundo.

Y el tercero, más largo: *Las arañas atrás del vidrio se están muriendo. Casi todas. Al mismo tiempo. Llamé al laboratorio. Algunas muertas, algunas vivas. Pero, Melanie, ¡tienes que ver la ooteca del laboratorio!*

—No —dijo Melanie—, no nos hemos ido al carajo. O a lo mejor sí. Como dije, depende. Manny, te equivocas. El problema no es qué hacer con un estadio lleno de huevos. Eso sí, vas a tener que empezar a buscar si hay otros sitios infestados en Los Ángeles. Con todo, la pregunta de verdad importante no es qué necesitas hacer, sino cuándo. Por lo pronto, debes mandar a alguien al Staples Center a que tome la temperatura de los sacos de huevos. Antes de que eclosionen hay un aumento brusco en su temperatura. A lo mejor eso me dará una idea de cuánto tiempo tenemos —dijo—. Ah, y quiero a alguien en Minneapolis.

—Minneapolis —Alex Harris parecía alarmada—. ¿Por qué Minneapolis?

Epílogo

Los Ángeles, California

Andy Anderson nunca pensó que le diera gusto dejar que su perro cagara en el piso de la cocina, pero, bien mirado, estaba contento de no sacarlo a una caminata temprano en la mañana. Había pasado la noche acurrucado bajo las cobijas con el perro, oyendo sirenas, disparos y gritos. La última hora, sin embargo, había estado tranquilo.

Decidió aventurarse. Enganchó la correa al collar de Sparky, abrió la puerta con cautela y salió al camino. El sol caía sin filtro, pero había una agradable brisa que atenuaba el calor. Dio unos pasos más hasta llegar a la acera. Sparky parecía indiferente, así que Andy decidió caminar un poco más. Pasó por algunas casas. No había nadie afuera, aunque vio una camioneta que había chocado contra un árbol a la mitad de la cuadra, y después de eso, dos bultos a media calle. Empezó a acercarse, pero en eso, al darse cuenta de lo que eran, se detuvo. La brisa se convirtió en un viento fuerte y oyó que algo se resbalaba y rebotaba a sus espaldas.

Se tropezó y se torció al intentar voltear, sabiendo que había cometido un error tonto, que las arañas todavía estaban allí, pero no fue nada. Sólo algunas hojas deslizándose sobre el pavimento. Una cayó junto a su zapato, y se dio cuenta de que no era una hoja: era una araña muerta. Una cáscara. Miró alrededor con más cuidado. Había cadáveres por todas partes.

Minneapolis, Minnesota

Mike nunca había visto a tanta gente uniformada en un mismo lugar. Por lo que podía ver, todos los policías, bomberos, paramédicos, soldados de la Guardia Nacional y agentes federales de los tres estados revisaban concienzudamente cada centímetro de los tres mil metros cuadrados alrededor del lugar donde había caído el avión de Henderson. ¿Pero hasta ese momento? Nada, *nothing, niente*. Sólo los tres sacos de huevos del almacén, y ésos ya estaban dentro de insectarios y camino a Washington, al laboratorio de Melanie.

Se aseguró, por medio del jefe del departamento, de poder salir; le dijo a Leshaun que se fuera a su casa a descansar, y comenzó su camino rumbo al norte.

Universidad Americana, Washington, D.C.

Y allí estaba, en el insectario del laboratorio. Un saco de huevos. Con apariencia calcárea, una versión más fresca del que les habían enviado de Perú. Quería posar la mano encima de él, sentirlo, asegurarse de que estuviera tan frío como esperaba, pero aún había dos arañas vivas moviéndose por el insectario. Las demás estaban muertas. Las dos vivas no tenían las manchas, pero eran grandes (más grandes que las muertas), y después de lo que pasó con Bark, no iba a abrir la maldita tapa. Había más ootecas en camino, del pequeño sitio en Minneapolis y del nido gigante en Los Ángeles, aparte de unas muestras de arañas muertas de todo el mundo. Manny le aseguró que tenían aviones despegando por todas partes para ir por lo que necesitaba.

Pero no importaba. Ella ya lo había entendido.

Era peor de lo que esperaba. Muchísimo peor.

Alex Harris lo había dicho: ya se habían ido al carajo.

Isla de Càidh, lago Ròg, Isla de Lewis, Hébridas Exteriores

Aonghas puso la mano en el hombro de Thuy. Ella estaba bebiendo una taza de té y haciendo como si leyera una novela de misterio. Una novela de misterio de baja calidad, en opinión de Aonghas, pero sabía que era prejuicioso. Y Thuy en realidad no estaba leyéndola. Hacía lo mismo que él: una parte de su atención estaba en la BBC y la otra en ver por la ventana al viejo que daba vueltas en círculos alrededor de la roca.

Desperation, California

Gordo estaba seguro de que Amy había tirado el último turno en *Los colonos de Catán*. Fred nunca ganaba, y parecía extraordinariamente satisfecho consigo mismo, pero a todos les alegraba poder distraerse con el juego.

Shotgun dio un toque a su tableta y cambió la música a Lyle Lovett mientras Gordo llenaba una cubeta de hielos y cerveza. Amy y Fred reiniciaron el juego. En el rincón, Claymore dejaba escapar unos gemiditos y sacudía las piernas, como si estuviera soñando que huía de algo.

Agencia de noticias CNN, Atlanta, Georgia

—No sé, Teddie —Don volvió a reproducir el fragmento de video—. No creo que podamos sacarlo todavía. Los Ángeles se tranquilizó hace apenas veinticuatro horas. Es hora de empezar a pensar en lo que viene después del desastre. Tenemos arañas muertas por todas partes. La gente quiere ver historias positivas, de supervivencia. Ya pasó.

—Por favor —le dijo a su jefe—, no puedes decirme que no notas la regularidad.

Él sacudió la cabeza.

—No es eso. Es que... ¿qué significa?

Teddie dejó que su silla se reclinara. Él era el único jefe de verdad que había tenido, y la había animado a avanzar en su carrera, aunque ella se daba cuenta de que era una idea un poco estrambótica. No importaba. Lo sentía. Tenía razón.

—No se mueven azarosamente como si fueran bichos estúpidos.

Don volvió a apretar el botón para ver una vez más la escena.

—Bueno, pero ¿qué significa?

—Están cazando.

—Ya sabemos que están matando gente y...

—No —lo interrumpió ella—. Fíjate cómo este grupo se hace a un lado y luego esta otra hilera las canaliza. No son sólo un montón de arañas atacando gente: están cazando como grupo, como manada. Están coordinadas.

Base del Cuerpo de Marines
Camp Pendleton, San Diego, California

No podía dormir. Kim se bajó de su litera y deambuló afuera del dormitorio. Suponía que sería la única levantada a esas horas de la noche, además de los que estaban de ronda, pero Mitts estaba recargado en un costado de los cuarteles bebiendo una cerveza. Le hizo un gesto con la cabeza, se agachó a tomar una lata del six-pack que tenía en el suelo y se la ofreció. La cerveza estaba tibia, pero sabía bien.

Kim le dio unos tragos. Ninguno dijo nada, ninguno quería hablar de todas las literas vacías que había ahí dentro. Después de unos minutos se recargó en Mitts y él la rodeó con el brazo en silencio.

La Casa Blanca

No habían pasado ni veinticuatro horas desde que las arañas empezaran a morirse en Los Ángeles y todo terminara. ¿Cuántos millones de personas habrían muerto en el mundo? Pero ya había pasado. Manny se estiró para tomar su Diet Coke y se dio cuenta de que la mano le temblaba. No estaba seguro de cuánto tiempo llevaba sin dormir. ¿Tres días? ¿Cuatro? Lo que sabía con toda certeza era que en todos lados (India, China, Escocia, Egipto) se informaba que las arañas estaban muertas. Sólo quedaba hacer la limpieza. ¿Por qué no podía ser tan simple como ocuparse únicamente del maldito Staples Center?

—Perdón —dijo Melanie—. Sabes tan bien como yo que el Staples Center no es más que lo evidente. ¿Crees que porque mataste a una araña en el baño no va a haber otras escondidas en algún lugar de tu casa?

Steph estaba acostada en el sofá. No era precisamente un comportamiento digno en la Oficina Oval, pero sólo estaban ellos tres. Tenía los ojos cerrados, pero claramente no estaba durmiendo.

—Por favor, dime que no dijiste eso —imploró Steph.

—Pero ¿no podremos simplemente, no sé, rociarlas de gasolina y prenderles fuego? —dijo Manny—. Okey, entonces toda la idea de rociar insecticida sobre Los Ángeles fue un fiasco.

—Honestamente, no era la peor idea —dijo Melanie.

—Claro, si hubiéramos tenido suficientes aviones e insecticida para rociar algo más que unas cuantas manzanas, y si luego el insecticida que usamos hubiera funcionado. ¿Pero fuego? ¿Sí? —dijo Manny—. ¿Incendiar el Staples Center? Con eso tendría que bastar para todo lo que no vemos.

—No estoy hablando del Staples Center.

—¿Entonces de qué...?

—No todas las arañas son iguales —dijo Melanie—. Se ven iguales porque las observamos en grupo. Tienes una masa de estas arañas, un enjambre, y parecen un grupo uniforme. Hemos estado pensando mal, tratando de entender qué clase de araña pueden ser, y luego pensamos que, bueno, ya se están muriendo y lo único que queda son los sacos de huevos. Pero no se trata de una sola clase de arañas. Son arañas, en plural.

Steph se sentó y puso los pies en el suelo.

—No entiendo.

—Las arañas muestran conductas eusociales parecidas a las de los *Hymenoptera* y los *Isoptera*, y creo que, de manera similar, también estas arañas tienen diferentes castas.

—Melanie —le dijo Steph—, ya sé que crees que lo que dices tiene sentido, pero por favor entiende que casi no he dormido desde que empezó esto, y no entiendo nada. Nosotros no somos científicos, ¿de acuerdo?

—Las arañas normalmente son solitarias. Hay cerca de treinta y cinco mil especies conocidas, y casi todas viven solas, pero hay como veintitantas especies que manifiestan eusocialidad. Eso sólo significa que trabajan juntas. Todas ayudan a cuidar a las crías y comparten los recursos, esa clase de cosas. Cuando digo *Hymenoptera* e *Isoptera* piensa en hormigas, abejas y termitas. Colonias. Trabajan juntas y asumen papeles definidos. Ya sabes: las abejas obreras, las reinas y todo eso.

Manny se inclinó hacia delante.

—¿Estás diciendo que tienen reinas? ¿Que todo lo que tenemos que hacer es matar a la reina?

—No... —hizo una pausa—. Bueno, a lo mejor. Carajo, está bien. Tengo que pensar en eso. Pero no es de lo que estoy hablando. Sólo escúchame un minuto. Tenemos una clase de araña que no es como ninguna otra que hayamos visto, pero no es sólo una clase de araña. En el laboratorio ya averiguamos cómo distinguir entre las que se alimentan y las que se reproducen, pero parece que también hay más de una clase reproductora. Están las arañas que usan huéspedes para que lleven sus huevos, las que ponen huevos dentro de la gente, y también están las reproductoras que ponen huevos en ootecas en sitios que ya vaciaron. Algunas ootecas eclosionan rápido pero otras parecen ser más lentas. Quizá las reproductoras son iguales y sólo eligen qué clase de saco hacer según las condiciones, pero no creo que sea eso. Es como si estuvieran en pistas paralelas, diferentes. Están las que se comportan como arañas normales y parecen desarrollarse a un ritmo normal, y luego están las rápidas como un rayo.

—*Blitzkrieg* —dijo Steph.

—¿Qué?

—No todo puede compararse con los nazis —dijo Manny.

—Guerra relámpago —le dijo Steph a Melanie—. *Blitzkrieg*: ataques rápidos y aplastantes, como una orden militar.

—Pues sí, supongo. Sus huevos eclosionan y ellas crecen de esta manera loca y acelerada, y luego también mueren más rápido.

Melanie vio a Manny y a Steph, pero no parecían captarlo.

—Lo estoy explicando mal. Hablo de que algunas arañas se alimentan y otras se reproducen, pero es la manera más simple de verlo. Se trata del tiempo. Éstas, las que estamos viendo en libertad, son las colonizadoras —se inclinó hacia delante y extendió las manos sobre la mesa—. Son como pioneras, están despejando el terreno.

Steph la miró entrecerrando los ojos.

—¿Despejando el terreno?, ¿para qué?

A Melanie le dieron náuseas. No quería decirlo.

—Para las demás. Imagínenlas como una avanzada militar. Estas arañas, las que estamos viendo, son sólo la primera oleada.

Steph puso los codos en sus rodillas y dejó caer la cabeza.

—¿Estás diciendo que esto es sólo el principio?

—Es parte de su ventaja evolutiva. Salen en una primera oleada y quitan de en medio a los posibles depredadores. Están diseñadas para reproducirse rápidamente y alimentarse de lo que se les interponga en el camino, pero el precio de ese crecimiento veloz es que se consumen. Eso lo estamos viendo ahora. La primera oleada eclosionó sus huevos y despejó el terreno para la siguiente etapa.

—¿Entonces qué sigue? —preguntó Steph.

—Vendrán más y será peor —dijo Melanie—. Las siguientes son las verdaderas. Ésas serán las que veremos a largo plazo.

—¿Cuánto tiempo tenemos? —preguntó Manny—. ¿Cuánto falta para que regresen?

—Vuelvo a subrayar que estoy trabajando al tanteo. Nunca había visto arañas como éstas, y no tengo muchos datos. Pero al ver las ootecas, al observar las variaciones entre las arañas… —se detuvo—. No estoy completamente segura…

—Melanie —dijo Steph—, sólo dime un número. ¿Cuánto?

—Dos semanas —dijo Melanie—. Tres si tenemos suerte.

Soot Lake, Minnesota

Cada quince minutos, más o menos, Annie metía el pie al lago. Cuando había sol estaba lo bastante caliente para querer nadar, pero en abril, en el norte de Minnesota, por caliente que estuviera el aire, el agua no era muy distinta del hielo. Suspiró y siguió coloreando. Era mejor estar ahí afuera, en el muelle, que dentro de la cabaña de su padrastro. Su mamá y Rich no querían hacer nada más que estar sentados cerca del radio y leer las noticias en sus estúpidas tabletas.

Agitó la mano sobre su cabeza. Todavía no había muchas moscas negras, pero ya había mosquitos. Sus zumbidos eran una parte infaltable de la vida en la cabaña. Sacudió la mano de un lado a otro un par de veces antes de darse cuenta de que el zumbido no eran mosquitos: era un motor. Se levantó de un brinco. Ya veía a su papá en el timón de una lancha. Venía por ella. Venía a decirle que ya podían volver a casa sin peligro.

Agradecimientos

Escribir un libro es un esfuerzo solitario, pero publicar un libro requiere una gran cantidad de ayuda.

Emily Bester, de Bester Books/Atria Books es una magnífica editora, inteligente como ninguna, fue un placer trabajar con ella. La mayoría de los escritores son afortunados si tienen una editora como Emily a lo largo de su carrera. Soy tan afortunado porque también pude trabajar con la magnífica Anne Collins de Penguin Random House Canadá, y en el Reino Unido con el excelente Marcus Gipps de Gollancz, un sello de la Orion Publishing Group.

Bill Clegg, de Clegg Agency es mi extraordinario agente. No puedo agradecerte lo suficiente, aunque seguiré tratando.

Erin Conroy de William Morris Endeavor Entertainment, eres apabullante, como siempre.

En Bester Books/Atria Books agradezco a David Brown, Judith Curr, Suzanne Donahue, Lara Jones, Amy Li, Albert Tang y Jin Yu. En Penguin Random House Canadá, agradezco a Randy Chan, Ross Glover, Jessica Scott y Matthew Sibiga. En Gollancz agradezco a Sophie Calder, Craig Leyenaar, Jennifer McMenemy, Gillian Redfearn y Mark Stay. En Clegg Agency agradezco a Gillian Buckley, Chris Clemans, Henry Rabinowitz, Simon Top y Drew Zagami. También quiero agradecer a Anna Jarota y Dominika Bojanowska de Anna Jarota

Agency; a Mònica Martín, Inés Planells y Txell Torrent de MB Agencia Literaria; y a Anna Webber de United Agents.

A ustedes, chicos, que en realidad no hicieron nada, pero de todos modos les agradezco: Mike Haaf, Alex Hagen, Ken Rassnick y Ken Subin. Y a Shawn Goldman quien realmente me apoyó, muchas gracias a ti también.

Y por supuesto, gracias a mi hermano y su familia; a la familia de mi esposa; a los amigos, que son la familia por elección; a mi esposa y mis hijas. Pero no les agradezco a mis perros, los dos no suelen ser muy útiles.

Esta obra se imprimió y encuadernó
en el mes de octubre de 2016,
en los talleres de Impregráfica Digital, S.A. de C.V.,
Av. Universidad 1330, Col. Del Carmen Coyoacán,
C.P. 04100, Coyoacán, Ciudad de México.